启真馆 出品

海上冒险回忆录

oyages et aventures du Capitaine Ripon aux Grandes Indes

一位佣兵的日志：1617~1627

◆【瑞士】艾利·利邦 著　◆赖慧芸 译　◆包乐史 李伟华 校

ZHEJIANG UNIVERSITY PRESS
浙江大学出版社

图书在版编目（CIP）数据

海上冒险回忆录：一位佣兵的日志：1617 ～ 1627/
（瑞士）利邦著；赖慧芸译. —杭州：浙江大学出版社，
2015.12

ISBN 978-7-308-13829-1

Ⅰ.①海…Ⅱ.①利…②赖…Ⅲ.①日记－作品集
－瑞士－中世纪②社会生活－史料－台湾省－1617 ～
1627 Ⅳ.①I522.64②K295.8

中国版本图书馆 CIP 数据核字（2014）第 210333 号

海上冒险回忆录：一位佣兵的日志：1617～1627
[瑞士] 艾利·利邦 著　赖慧芸 译　包乐史 李伟华 校

责任编辑	叶　敏
文字编辑	张海荣　叶　敏
责任校对	周红聪
装帧设计	姜艳艳
出版发行	浙江大学出版社
	（杭州天目山路148号　邮政编码310007）
	（网址：http:// www.zjupress.com）
制　　作	北京大观世纪文化传媒有限公司
印　　刷	北京中科印刷有限公司
开　　本	880mm×1230mm　1/16
印　　张	17
字　　数	245千
版印次	2015年12月第1版　2015年12月第1次印刷
书　　号	ISBN 978-7-308-13829-1
定　　价	68.00元

目录

中文版校注导论　包乐史（Leonard Blussé）······ 001

中文版编辑体例与说明············ 011

法文版编注导读　伊弗·纪侯（Yves Giraud）······ 018

第一章　捕鲸记············ 041

第二章　从欧洲至爪哇············ 049

第三章　巴达维亚············ 061

第四章　班达群岛············ 077

第五章　关于摩鹿加群岛和巽他群岛的描述······ 093

第六章　从巴达维亚到澳门············ 107

第七章　澎湖············ 117

第八章　日本············ 125

第九章　台湾岛············ 133

第十章　台湾岛（续）············ 143

第十一章　爪哇探险············ 161

第十二章　到阿拉伯及印度海岸············ 179

第十三章　在巽他群岛中············ 193

第十四章　爪哇 ··· 211

第十五章　暹罗之旅与船难 ····································· 223

第十六章　爪哇（续） ··· 235

第十七章　描述中国 ··· 241

第十八章　婆罗洲 ··· 251

第十九章　告别东印度、返航欧洲我的故乡 ········· 259

附录 ··· 264

中文版校注导论　包乐史（Leonard Blussé）

"无钱不使瑞士兵"（Pas d'argent, pas de Suisses），这是一句在瑞士佣兵为欧洲大陆各地广泛招募的时代，人尽皆知的俗语，当其时，欧洲各邦国间不时交战，几无宁日。时至今日，瑞士已因现代化的工业技术与成熟的观光服务业，名列世界最富有国家之林，然而，回顾数百年前的瑞士，仅是一个由诸多过去互相仇视的小独立邦所结成的联盟，只要能获得合理酬金，这些小邦中老于征战的青年军人们，即乐于为外国提供服务。即便是现在，位于罗马的城邦国家梵蒂冈，仍然雇用瑞士佣兵来提供自我防卫。

这是艾利·利邦（Élie Ripon）上尉的手稿首度被翻译成中文面世。一六一八至一六二六年间，利邦任职于荷兰东印度公司（VOC）[1]，在亚洲地区担任士兵及军官。此人可谓瑞士佣兵冒险家的典范，他很有可能跟当时其他日耳曼地区的青年人一样，由于家乡发生了惨烈的宗教战争（至一六四八年各国签署西伐利亚条约才逐渐平息），在动荡中选择离乡背井，前往荷兰谋生。据说，在三十年战争里，日耳曼地区有三分之一的人口，因为恐怖的战争而罹难。

一八六五年，利邦的旅行札记手稿在弗里堡一栋瑞士旧宅阁楼中

---

[1] 荷兰东印度公司之荷兰文写法为 Verenigde Oost-Indische Compagnie，一般缩写为VOC。该公司在存续近两百年后于一七九九年解散。

被人发掘。两年之后，由当地图书馆书库典藏。[1]时光荏苒，在尘封百余年后，这份手稿又被伊弗·纪侯先生（Yves Giraud）在书库中重新发现，并且在一九九三年附上详细的评论与注释出版。[2]可惜的是，手稿中完全没有提及利邦本人在东印度地区活动生涯以外之事，甚至连利邦的名字都没有提到，幸好，我们还可以在一小则逸事中，推测出他的姓名。手稿作者叙述某日他因为俯身想去观察一条黄白相间的不知名小鱼，意外地跌进了台湾岛上的一条河中，为了纪念这有趣的意外，他手下的士兵就用他们长官的名字，将这条河命名为"利邦上尉溪"（la Rivière du Capitaine Ripon）[3]。既然知道了作者的名字，那么，我们就可以很容易去确认利邦是否曾如他所自称的一样，真的参加、经历过某些任务。这也使我们得以去复原许多因为使用法语发音与拼写而有所扭曲的荷兰人物名称。

　　十七世纪在荷兰东印度公司服役的冒险家们，留下了以荷兰文与德文书写，为数颇丰的游记。而这些游记，也常被能识读的学者们所评介。儒洛夫·范盖尔德（Roelof van Gelder）先生在其关于服役于荷兰东印度公司的日耳曼冒险家们之游记的精彩研究专著中，引用了不下四十七部此类的游记。[4]保罗·阿扎尔（Paul Hazard）先生，在他关于欧洲启蒙运动早期阶段的专著中指出，欧洲知识阶层

---

[1]　Bibliothèque Cantonale et Universitaire de Fribourg（Switzerland），ms. L509. Paper size 255×165 mm, 370 pages. Pages 1-2, 13-14, 35-36,155-156, 327-328, 353-354 以及最后数页手稿都佚失了。

[2]　Yves Giraud, *Voyages et aventures aux Grandes Indes*（1617-1627）.（Paris: Les Éditions de Paris 1997），205 pp.

[3]　Giraud, *Voyages et aventures*, p. 119.

[4]　Roelof van Gelder, *Het Oost-Indisch avontuur, Duitsers in dienst van de VOC,*（Nijmegen: Sun Publishers 1997），p. 16.

世界观的转变，与这些冒险家所刊行流布的、充满异国风情的游记，不无关系。①

　　迄今，关于近代早期欧洲旅行写作在文学方面的研究，已蔚为时尚，但多将注意力集中于事实与虚构间的关系。结果，学者们的精力多花在诸如偏见、迷思化、（不）可信度，以及十七世纪作者对海外各地社会评介的精确性等主题。其他有趣的主题，还包括这些原始手稿出版时被"改装"（tinker）的情况。因为手稿到出版商手中时，他们总希望"改善"一下内容，让读者读起来感受更加深刻。恣意妄为的出版商经常要求编者，在原始文本中，任意插入一些较具异国风味的逸事，有时，还会为此，无耻地抄袭他人的著作。②为我们所知的，那部一六五五年荷兰大使约翰·尼霍夫（Johan Nieuhof）出访中国、觐见中国皇帝所写的知名游记，由作者的兄弟亨德利克（Hendrick）所编辑。后者对于出版商范默斯（van Meurs）所提出的要求，总是不厌其烦地逐一加以辩驳。③另一著例，则是法国钻石商 Jean Baptiste Tavernier 的游记，虽然流畅易读，可信度却受到质疑。

　　艾利·利邦的游记显然未如前述那些德文游记一样，受到一般惯用体例所加诸的要求与限制。这游记以一种生动朴实的风格写就，免除了刻意修饰辞藻之累。甚而，由于此份手稿从来未经同时代编者处理，读来令人倍觉兴味盎然。虽然，当今爱好和平的读者

---

①　Paul Hazard, *La crise de la conscience européenne 1680-1715.* 〔Paris: Boivin et Cie 1935〕.

②　比较古典的研究当然见之于 Percy G.. Adams, *Travelers and Travel Liars 1660-1800,* 〔New York: Dover publications 1980〕.

③　Leonard Blussé and R. Falkenburg, *Johan Nieuhofs Beelden van een Chinareis 1655-57,* 〔Middelburg: Stichting VOC Publicatiën 1987〕, p.105.

可能不会很同意，这个坦荡荡、横冲直撞的军人衷心地告白。他说他很享受当一名战士的冒险生活方式："我喜欢打仗，不爱和平。"（j'aimais mieux la guerre que la paix.）[1]

当年招募利邦来当兵的荷兰东印度公司，成立于一六〇二年，其主要方针有二：

一、将所有现存经营东亚航运的船运公司结合为一家特许公司，这公司将被赋予所有荷兰人与东亚地区贸易活动的垄断权力。由荷兰共和国联邦会议所赋予的特权，使得公司有权对亚洲地区的不同统治者宣战、媾和及签订条约，又能对其属下员工与外国属民行使司法权。公司垄断了亚洲各商港与荷兰间贸易的产品，如香料、丝绸与棉布等等。

二、公司将成为当时荷兰共和国向葡萄牙人与西班牙人争取独立的战略工具之一。在独立战争中，公司也要竭尽全力，不断地攻击西班牙人、葡萄牙人在亚洲的居留地。

英国史学者博克舍（Charles Boxer），也就是《荷兰海上帝国》（*The Dutch Seaborne Empire*）一书（一本详述荷兰东、西印度两公司历史的著作）之作者，即因为公司扮演了双重角色之故，顺理成章地称荷兰东印度公司为"账册与剑之公司"。利邦的生涯，或多或少卷入了公司在亚洲出场的第三个十年间的活动，清楚地呈现了前述商业与战略的双重目标。在亚洲各地，公司盖起了高墙耸立的商馆，用

---

[1]　Giraud, *Voyages et aventures*, p. 116.

004

以保护其贸易品，又于战略要地建造城池，借以施行其从原住居民那里所获得的垄断贸易权。为此，公司总是需要调度相当数目的欧洲士兵，以及数量更多的亚洲同盟军人。根据粗略的估计，当利邦服役时，在东印度公司常驻亚洲的六千名人员中，约有三分之二是军职，其中，超过半数的欧洲士兵，来自于中欧地区。利邦跟那一小群我们多次从他游记中瞥见姓名的日耳曼与瑞士军官一起，被调派到许多不同地区，去解决各种状况。虽然，在为公司服务的七年中，他造访过（或应说他宣称造访过）亚洲许多偏远的角落，但我们或许可以稳当地说，他的游踪确实贯穿了一六一九到一六二六年间，数个关键的历史事件：如东印度公司亚洲总部在荷兰人首次造访爪哇后不久所遭到的围攻，还有后来的重建；一六二一年公司强加在班达群岛上的肉豆蔻垄断政策；荷兰人侵攻葡萄牙人居留地澳门失败，与其后一六二二年到一六四四年夏季，荷兰东印度公司亟欲与中国建立自由贸易关系这一注定失败的尝试，以及公司日后转入台湾本岛的过程。一六二五年，利邦跟手下一群人，驻扎于巽他海峡上一座水土瘴厉的海岛上，瞭望着占据附近阿勒贡德岛的英国人，却差点没病死。一六二六年，他被派遣到生产檀香木的帝汶岛、盛产胡椒的亚齐去执行军事任务，在乘船回返巴达维亚的海路上，几乎灭顶。后来，他又在巴达维亚当了几个月的上尉。当他依约服毕役期，便带着满身战斗遗留的伤疤，还有满脑子宝贵的回忆，在同年十二月登船返欧。

艾利·利邦并非一开始就在荷兰签约当兵。最初，他登上的是在北极海域斯匹茨卑尔根（Spitsbergen）岛附近作业的捕鲸船，但猎捕与残杀鲸鱼的骇人景象让他反感，他誓言不再登上任何捕鲸船，大叹"我看着这一切前所未见景象，心中唯一的想法是，要是自己在瑞士最高峰上就好了"①。回到荷兰，他便在一六一八年三月，签约成为荷兰东印度公司的佣兵。当月底，他就随船出航，开始了他前往东亚的八个月航程。通过好望角时，他在那里见识了一些跟原住民科伊科伊人或霍屯督人的交易。之后，于十一月四日，抵达了位在爪哇岛西端的雅加达的东印度公司商馆。总督昆恩开心地迎接他们，利邦与其他士兵立刻领命，增援商馆四壁的防卫工作，以御敌袭。②不久之前，昆恩才刚调派人手、物资、仓储货物及补给品，到雅加达附近的这个荷兰人所保有，刚建立的贸易商馆，昆恩当然担心万丹苏丹（亟欲迫使荷兰人回头到万丹），与雅加达当地首领（因荷兰人突然在他管领的港口大量驻扎）的联军，会突然发动攻击。此外，也担心英国东印度公司将荷兰与爪哇间升高的紧张局势，视为排除荷兰商敌的天赐良机，加入本地人的一方。

利邦的记载，生动地描绘了此后历经四个月的围城战大小事。在战斗中，冲突与喘息被巧妙地连缀在一块。荷兰守城军两度希望能开城投降，但在围城军之间，接连爆发内斗，阻碍了投降时机。后来，这一被围的商馆，终于受到昆恩总督所指挥的大型舰队援助，这也是昆恩早先于一月初，乘船到摩鹿加海域求援的成果。在优势火力下，雅加达的爪哇人市镇被夷为平地，此后数年，荷兰人在旧镇的废墟中，建造起殖民市镇——巴达维亚城，也就是荷兰东印度公司在十七、十八世纪作为亚洲营运总部的城市。至十九、二十世纪，此地发展为荷属东印度殖民地的行政首都。一九四五年，印度尼西亚宣布独立，其后，巴达维亚恢复本名雅加达，直到今日，仍为印度尼西亚首都。

---

① Giraud, *Voyages et aventures*, p. 116.
② 昆恩于一六一八至一六二二年间担任总督，尔后则被召回荷兰。又再度于一六二七至一六二九年间就任同一职位，最后因病殉职。

一年半后，在一六二一年的春季，昆恩总督率领一支由二十一艘船舰组成的大型舰队前往班达岛。按照荷兰本部公司高层的指示，他必须征服所有生产肉豆蔻的岛屿，并垄断全部肉豆蔻的出口。利邦也参与了这次远征，虽然他把日期完全记错了——他以为是在九月，他还是把交战过程写成一份生动的报告。后来，此一战役演变成了将所有原住居民驱逐出岛的结局。虽说如此，利邦还是将当地的人群、水果、蛇与其他动物作了一番详细的叙述。

　　对中文读者而言，讲述利邦参与东印度公司，迫使中国开放市场各战役的那些章节，无疑是最有兴趣了解的。因为此一记载，揭示了澎湖从一六二二到一六二四年受荷兰占领时的一些新数据。[①]利邦个人参与了荷兰在澳门的败仗，以及荷兰东印度公司与中国谈判开放贸易被拒后，劫掠沿海的活动。最具历史意义的，莫过于利邦在台湾岛沿岸建造一座小型木城的记载，以及他遭遇身材伟岸的麻豆战士的恐怖经验。麻豆人趁着他跟手下在林中伐木为材时，发动了一次奇袭。

　　就跟同时代的一些作者一样，利邦也把一些他所没有，或几乎不可能前往之处的游记，穿插在他的札记里。他的圣城麦加与亚拉拉山之旅——也就是号称曾目睹诺亚方舟残骸的旅程，显然是自己发明的。另外，他的日本与中国内地之旅，多少也启人疑窦。关于所谓"沉默贸易"（silent trade），还有残忍的亚齐苏丹，以及中国人口密集

---

①　Leonard Blussé, "Another Voice from the Past: the Dutch Occupation of P'eng-hu and the first Dutch settlement on Taiwan between Myth and Reality" in *Transaction of the International Symposium on the Image of Taiwan during the Dutch Period*, pp. 48-64.

情况（利邦还提出自己的解释）的这些故事，在与他同时代的许多人的记载中，比比皆是。更为耐人寻味的是，手稿中存在许多执行陆战的详细描述，让我们获知许多他所运用的战术与武器。他执行过一胆大妄为的秘密侦察任务，走陆路从巴达维亚到万丹，栩栩如生地描绘了这位十七世纪丛林"兰博"杀气腾腾的活动。从他花费不少篇幅述说许多跟亚洲当地人交往的故事这点，以及他甚至会引用他们的语言来看，在社交能力方面，利邦拥有过人的秉赋。

　　读者有时会发现，在面对女性时，利邦也有他柔情的一面。他对于那些阵亡万丹高官遗孀的号泣，寄予同情；又惊讶班达女人们提供情人鸦片，当成春药；对于亚齐女人被苏丹下令给大象强奸，他深感惊怖。然而，对于在帝汶岛"皇帝"的嫔妃间能四处逢源，他感到十分享受。在澎湖那一段让我们发现，汉人官员笑眯眯地说，他早就把女人藏得远远，不让利邦有机可趁。尽管利邦是一个称职的士兵，但他当然也是个"坏小子"（mauvais garçon）。可是，当台湾岛上村社的头目，热忱地让给他自己的卧榻——就是他房间地板上的床垫，还有几张鹿皮制的被子，利邦却回嘴说，要不是他得在行军中打野铺的话，总希望睡在家里舒适的床垫上。头目建议利邦，不妨以本地的女人来当床垫与铺盖，利邦又回嘴说，那样的床垫，他也睡不惯。

　　利邦的历险记，读起来仿佛一本配满插图的小说，述说着大男人莽撞又毫无顾忌的放肆胡为，对于所受的苦遇，蛮不在乎。在利邦看来，士兵这个工作本来就有很多值得一探的危险跟际遇。他对杀死爪哇敌人，又割耳带回以证军功一事，毫不遮掩。当他在亚齐担任顾问的任务结束，利用所谓"许可私掠"（privateer）的理由，也亲自干了一回海盗，把一艘葡萄牙小商船上的船员，残杀到仅存一人。

之所以这么做，是因为他们竟然没有在他发出警告之后就立刻投降交货，反而大胆回击。

是否因此就说利邦是一个道德沦丧的家伙？他可能有点不道德，但还不至于反道德。他决定让另一艘葡萄牙船上被俘的船员活下去，就是因为他们真的好好投降。他体恤手下士兵，又蔑视那种不顾手下生命安危的上级，例如他自己的同胞——瑞凡上尉在攻击澳门时的表现。他也蔑视虐待、苛待士兵的马丁·宋克——他是最不得人心的"台湾岛"长官。事实上，利邦根本拒绝继续担任宋克的手下，而且，在他回到巴达维亚后，他向卡彭铁尔总督直言禀报自己对原本上级的恶感，从未噤声缩舌。从公司与他本身的记载，我们知道，利邦也曾担任巴达维亚城的市政法庭承审官，同时，他又是教务评议会的一员。换言之，虽然他被同时代之人看成一介武夫，也无损于他身为一个市民的尊严。

我们应该从何种角度来阅读利邦的游记呢？这样的文本，可能会被历史学者、人类学家拿来注释与分析，这些人喜欢对其中历史的或非历史的事实，作出种种评论。但我会建议，从别处下手。依我的方式，可能要先有一些历史想象能力，说不定，享受利邦文本最佳的方式，是把自己想象成他十七世纪同伴中的一员，跟着他一起前往远方的异国。在那里，他见到许多人，以及形形色色、各有不同的风俗习惯，但他在那些人生无法不面对的事情上，坦率自然、毫不做作。这点可能是他的作品最为吸引人的特质：无论面对怎样的人，利邦都毫不腼腆。他尝试去引发对话，并与"他者"坦诚相待，不带偏见与优越感。一名汉人跟他混熟了之后，告诉他说："Lou ho bey orspaniar omho"（你是好人，西班牙人不是），他显然是十分愉快地被逗乐了吧。

本书为利邦的游记，因古文献版本和流传的复杂性以及游记本身的体裁，书中所记是否属实仍有待专家的考察，此书的出版仅有文献的补充和参考价值，请读者明鉴。

中文版编辑体例与说明

一、书稿来源

　　本书的主文为古文献，文献手稿目前收藏于瑞士弗里堡（Fribourg）州立大学图书馆，手稿号码 ms. L 509，纸本，尺寸为宽 255 毫米，长 165 毫米，共三百七十页。装帧为每十二张一部。其中一百一十二页，十三至十四页，三十五至三十六页，一百五十五至一百五十六页，三百二十七至三百二十八页，三百五十三至三百五十四页及结尾佚失。书皮为硬纸板。封面里有以下标示：Gex/一八六七年四月五日 / 此手稿于一八六五年在弗里堡州一栋房舍阁楼中的箱子里发现。

二、版面说明

本文

页码

法文版编者注

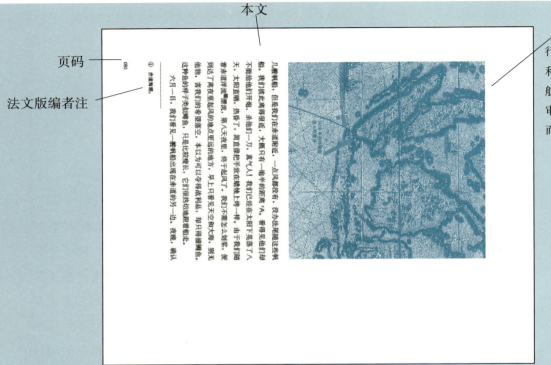

《利邦上尉航行路线图》分图。利邦提及之地点与航行路线由中文版审校学者考据绘制而成。

① 冷霜译注。

几乎着帆船，但是我们的在赤道附近，一点风都没有，设办法拦住这在东帆船，我们彼此将得很近，大概只有一炮半的距离，看得见他们向我们开炮，不能向他们开炮，杀他们一刀，真气人！我们已经在太阳下晒了八天，太阳直照，热得了，照直晒您手放在甲板上一秒一下，就会烫熟一样。像人无论坐立卧躺，终于累倒风了。由于我们闷热，我们彼此怒骂诅咒，决无尽头。船上已看够多无空和头等大，别达了我们夜里起风的地点又更远的地方，早上只看见火空和大海；现在这种鱼子类就嚼长，只能比较晚长，它们随这种鱼出现在赤道的另一边，夜晚，确认大月一日，我们看见了类似城墙，本以为可以停泊的地方，他物，看我们的希望落空。

边栏文字：法文版编者擷取自其他航海日志之内容，可与利邦提及的人、事物参照

中文版校注

马达兰

从前这里有很多小王国，每一个海港城市和附城都有自己的国王，后来荷兰东印度公司取得，现名为 Caistela，De Oustindische voyage taru W'onter Scloenter，p. 110, noot 26. 又可能由于此城属之西部为称 Guanlano 鱼，以便跟加马拉点中的区分开来。

校注

A —即马来语 "Eungo tecaloeh teja"。

B —于子实西摩的大城，先后被葡萄牙人与西班牙人占领，一六大三年后被荷兰东印度公司取得，现名为 Caistela, De Oustindische voyage taru W'onter Scloenter, p. 110, noot 26, 又可能由于此城属之西部为称 Guanlano 鱼，以便跟加马拉点中的区分开来。

C —马的在一点八米。

D —马来语 "toga tahai"。

E —马来语 "Orang setan xmak"。

F —可能指的时任若干子爵的米膏 Jan Dirckszoon Lam。

G —马来语 "kuong hutan raja cumak"。

H —马来语 "Raia"，意为国王。

I —位方马来语 "Orang hoistadu pudihepudi kita poury kari suka bautrak pau dia pourp kasi karena kita suka Eskimir raaka deugta kin"。

J —湖绿色。

K —一个大住记中和，爪哇岛与子爵生种起来代表此度费潜越，他并在一五七五年载名为在 Scnapati 做每下势力范围扩张，其弟 Socnan Agoeng 在一六一三到一六四五年间扩张领版图，并在爪哇岛分区内的时候的地较，夺取数个大城，成立O年荷其做的万人众动教众向东征讨的地较，控制此爪哇中部分内的邦等邦为水丹，并为夺加为做成万人成员，如一马来语邦到昌睦，上耕号为 Socnocohoenang Iagulaga Mataram，即一马来语邦县睦夏罗季费（之数。参见，Pieter van Dam, Beschrygvinge van de oostindische Compagnie，之数，参见，Pieter van Dam, Beschrygvinge van de oostindische Compagnie。

L —此色绿注或有误，小爪哇应是据马对比。

M —塔净是他们打了贸易员苏利（Auditen Soury）（见第三章校注），当时并开

Bock II, Deel III, pp. 361-3
(《Gavrashago》: Rajka Getschandleuug Publicatien, 1939)，

三、编辑体例

本书章节副标中有引号（""）者，为利邦手稿中既有，无引号之标题为法文版编者所加。

中文版依据利邦提及的地点绘制的航行路线以实线——→表示，部分真实性存疑航程则用虚线------→表示。

利邦受雇于荷兰东印度公司，笔下众多船只人物大部分原为荷兰文，利邦笔下以法文化拼写，考据不易。中文版于本文仍列出利邦记录之法文名称，并将校者考据得之相关数据注于章末，让读者可以互相参照。

对于原文作者利邦所提及的人物，如中文版审校学者可考证出荷兰人名信息，皆依据荷兰文音译为中文名，而不根据利邦笔下之法文拼写音译。

书中出现的东印度公司职称、官阶说明参见附录："职阶对照说明表"。

利邦在文中使用的度量衡方式少为今日读者所熟悉，为减低时空隔阂，于全书首次出现时加校注，亦可参见附录："旧时度量衡对照说明表"。

法文版编者曾经请伯纳德斯·约瑟夫斯·斯落特（Bernardus Josephus Slot）博士从储存于荷兰海牙档案馆之东印度公司档案来追索利邦所担任过的职务。斯落特博士于一九八二年毕业自荷兰莱顿大学，博士论文以法文写成 *Achipelagus turbatus: les Cyclades entre colonisation latine et occupation Ottomane c. 1500—1718*（《忧愤的群岛：奥图曼帝国占领与拉丁人殖民下的基克拉泽斯群岛：一五〇〇——一七一八》）。斯落特博士为近代早期希腊、近东、阿拉伯史之专家。因其所制的利邦职务经历略表来源档案号标注不全，又未参酌许多已出版的研究，故中文版校注者决定略去此表，以免导致日后学者于引用上发生争议。

书中边栏文字的参照数据多为法文版编者自《低地联邦荷兰东印度公司创立与扩张的航程汇编》一书中撷取的内容，原文仅在段落后附上所参阅之卷目标题，而不载页数。该汇编目录及出处请参见附录。

四、本书相关历史年表

一五一一年　葡萄牙人阿尔布魁克（Afonso de Albuquerque）攻取向明国朝贡的苏丹国马六甲，为欧人首度现身东亚。

一五一二年　千子智岛苏丹接纳葡萄牙人舍埃奥（Francisco Serrão）为军事顾问并协助其进行香料贸易，为欧人由香料产地直接购货之发端。

一五一七年　葡萄牙人使节皮莱资（Thomé Pires）至广州与明国朝廷展开接触，为欧人首度以官方身份现身明国。

一五二一年　西班牙人麦哲伦（Fernando de Magallanes）所率领之船队经南美抵达千子智岛，为西人进入香料产地之始。

一五六七年　明国开放福建漳州月港船只出境贸易，明人自此得合法前往东南亚各地经商。

一五九六年　荷兰人豪特曼（Cornelis de Houtman）首度航抵爪哇岛之万丹港，开荷人直接前往香料产地之先河。

一六〇一年　荷兰人凡聂克（Jacob van Neck）所率六舰航抵东亚，其中两船迫近澳门，船员阿匹乌斯（Maarten Apius）登岸被捕，为荷人首度现身明国边境。

一六〇二年　荷兰联合东印度公司成立，荷兰海商自此肩负海军任务，战时得掠夺西葡商船、商站。

一六〇四年　荷人麻韦郎（Wbrand van Warwijck）前往澎湖请求与明

国直接贸易，为守军军官沈有容驱离。此为荷人首度
与明国官方接触。

一六一九年　荷兰东印度公司总督昆恩（Jan Pieterszoon Coen）率军
击退万丹、雅加达联军，于雅加达建立亚洲营运总部巴
达维亚，为荷人殖民印度尼西亚之发端。利邦时任雅加
达商馆守军上士。

一六二一年　昆恩率舰队前往班达岛，迫居民签约，垄断肉豆蔻出
口，为荷人垄断香料贸易之始。居民愤而抗争，利邦时
任上士，受命镇压。

一六二二年　雷尔松（Cornelis Reijerszoon）率领舰队夺取澳门不果，
转占澎湖展开与明国协商，为荷人探勘台湾之始。利邦
时任风柜尾红毛城守军中尉，并率队前往台湾岛勘查。

一六二四年　荷军与福建巡抚南居益谈判失败，宋克长官（Martinus
Sonck）拆城迁移至大员，为殖民台湾之始。时利邦升
任守军上尉。

一六二六年　利邦上尉登船返回欧洲。

法文版编注导读
INTRODUCTION

法文版编注导读 　*伊弗·纪侯（Yves Giraud）*

　　一八六五年，格鲁耶尔区（Gruyère）布勒市（Bulle）一幢房子的阁楼中发现了一份厚厚的手稿，不知透过何种神秘的管道流落至此。此后，便存放在弗里堡（Fribourg）州立图书馆中，直至今日。这份手稿以非常工整的字体抄写，属于十七世纪中叶流行的旅行日志；尽管这部游记叙述的是一名佣兵的日常生活，既无说教意图，亦无文学诉求，却是一段令人惊讶的生活经验的结晶。

　　这段探险始于一六一七年四月，一个对海洋一无所知的年轻人因为"好奇"踏上了一艘格陵兰捕鲸船。他亲眼见到一条鲸鱼被鱼叉击中、严重受伤，为了奋力求生而猛力甩尾，打碎了一条小艇，一名水手还因此丧生。"我看着这一切前所未见的景象，心中唯一的想法是，要是自己在瑞士最高峰上就好了，我对捕鲸真是倒尽了胃口。"我们可以确定的是，叙述这段经历的人是瑞士人，像法语诗人桑德拉尔（Blaise Cendrars）一样喜欢到处活动。

　　永远张满帆，
　　循着地图，追风，随星而行。①

　　但是这部回忆录既没有标题，也没有签名，又缺了一些页数，还少了适当的结尾。然而，在字里行间，一段小插曲泄露了作者的身

---

① 请参照七星诗社成员雅克·佩勒提尔·杜芝（Jacques Peletier du Mans）之诗句。

份。当他和士兵到河边休息，俯身观察一条"全身满是黄白小点"的奇异小鱼时，"不小心踩到一团泥，倒栽葱一头栽进水里，于是他们便称这条河为利邦上尉溪"。

除此之外，我们没有其他数据佐证，这也很正常。通常为自己或是为亲友拾掇回忆的人，很少留下自己的身份资料或写下自己的履历。利邦不是想写自传，也没料到这份资料（回忆录）有一天会出版。他可能出身于洛桑或沃州（Vaud）的家庭，在一四六六至一七二一年间为望族，在一六三七年[1]已被称为"贵族"，曾服务于荷兰东印度公司。至于其他事迹，仅能借由他的叙述和笔记来猜测。隐藏于这些泛黄破损纸面上、一行行文字中的，应该是一位奇特的人物。他活力旺盛、令人难忘，文字没有丝毫自白，完全不涉内心世界，留下的全指向外在世界——他的行动和所见证的事物。

这位冒险家总是被好奇心[2]驱使，年轻时便踏上了捕鲸船，之后更到处"流窜"，选择了面对危险的生活，但其生命丰富强烈，留下了精彩有趣的见证。因为他不同于一般旅行家、作家，和口述回忆录的作者也不同。他描述的地方，是亲身居住过，也深入当地生活，而且时间够久，略通各地语言，了解日常生活背后的真相，甚至能收录杂闻趣事，留下惊鸿一瞥的片段。他不是理想主义者，没有伟大的抱负，不想重建世界；是一个活在现实中的人，忠实地记录生命。他的笔记堪称未经修饰的素材，缺乏文采，但是清新活泼，忠实直接，不画蛇添足，也不造作，缺乏宣教士的热情，也没有思辨的倾向（在他的文字里，没有对待"良善的野人"的心态，这点读者将看得见）。利邦是为了冒险而冒险；他仔细写下故事、行动的始

---

[1] 请参照瑞士历史暨传记辞典《沃州纹章图案集》（*Armorial vaudois*）。

[2] 当时另一名旅行家舒顿（Gautier Schouten）如此记述："旅行的渴望是去看去学习，这鼓动力推着我去寻找满足好奇心的方法。我去了阿姆斯特丹，到东印度公司工作。"（一六五八年）

末，是为了日后重拾回忆。这是一部冒险爱好者的业余纪录、一部极佳的业余作品，十七世纪这么好的记录并不多见。

从格陵兰回来之后，他随着地图长途航行，一六一八年四月他再度上船，历经七个月的航行越过好望角，航向爪哇。他的目的地是巴达维亚（Batavia，今雅加达），荷兰东印度公司的总部；他在巽他（Sonde）群岛航行，沿着亚洲海岸向北航至澳门、广州、漳州

（Chinchau）**A，在澎湖、台湾岛居住，甚至远至日本。再经菲律宾回到巴达维亚，然后出发经果阿邦（Goa）到麦加，回程经过苏拉特（Surate）、科罗曼德尔（Coromandel）、加尔各答和苏门答腊。他还多次因任务来到帝汶岛的古邦（Coupang）和婆罗洲，后来因重病在暹罗休养。病愈后，先回爪哇和苏门答腊，再启程回欧洲。大约在一六二七年底抵达欧洲，但此后就失去了踪影。

这位上尉杰出的表现让他晋升至指挥官的职位[①]。他是一位优秀的专业人士、职业军人、佣兵，就像其他瑞士人，如巴赛的菲利普·吉斯勒（Philippe Gisler）、苏黎世的汉斯·瑞勒（Hans Ulrich Reller）**B、洛桑的克莱蒙·维奈（Clément Vuagnière）**C。战争是他的生命，"我比较喜欢战争，不爱和平"。敌人如果距离太远，他就会生气。"看得见他们，却不能给他们开炮，杀他们一刀。"

他对不专业的人只有鄙视。就是那种在腰间配刀却不会作战的商务员："他们还在学习作战阶段，便命丧黄泉，因为临阵磨枪，酿成大错。"跟太喜欢他的女人在一起，他很快就厌倦，"我还是比较喜欢和我的士兵一起行动"。

他不是水手。虽然迫于情势在海上航行，但是他对航行技术或捕鱼毫无兴趣，只有遇到暴风雨时稍微一提。他出身步兵，担任指挥官，好勇斗狠、习于争战，最得意的是带着一小队火枪人马或轻骑兵冲锋陷阵。可是，对付鲸鱼就没自信了。只是他很快就接受磨练，习惯所从事职业的危险。尽管身体伤痕累累，他却不因此自艾自怜，对别人也毫不心软，无论友敌。面对痛苦，他态度坚强：

[①] 参照沙勒（Robert Challes）："我再来谈荷兰军队的军官。他们的任命，三角帽、衬裙都帮不上忙，唯一的条件是他们自身的功勋。他们以晋升的精神，彼此互助。下属对他们有高度的景仰，因为每个人都希望能和他们一样，但这种晋升机会只能以功绩获得，无法私授。"——《东印度旅行日志》，一七二一年

西班牙上尉狄哥·德逢德（Diego de Fonte）全身披甲，奋身向我冲来。我毫无武装。我们搏斗许久，直到他长矛的戟断了，掉到我这一边，刺进我的肚子，我的肠子便挂到大腿上了。我奋力一跳，用剑从他头盔下方刺进去，刺穿他的咽喉，他应声倒下。我便挥剑砍下他的头颅，让手下送给长官马丁·宋克（Martin Song）。

他气定神闲，对危险毫无恐惧，是一个活动力强、善于争战斗狠的人。懂得指挥，也知道如何教人服从，受到部属爱戴。部属毫不吝于表达：

同一天，我正忙于给我连队上的士兵签发通行证，并加封缄。他们每个人都哭了，说道："做父亲的要走了，叫我们怎么办？"所有船上的人都向我大喊："唉！与我们并肩作战的好首领就要把我们丢在这里了？他对我们是真的以诚相待啊！愿上帝保佑他平安抵达港口，也赐予我们恩惠，让我们很快再相见！"

这是利邦非常自许的角色——他在许多情境中被推为"军队首领"。有一回，他被孤立在一个岛上的堡垒中，被当地住民包围，他和全队士兵都病了十多天：

我得值勤巡守，因为生病的人得卧床休息。虽然我也不太舒服，还是一整夜都到城墙上巡逻，看看敌人的动静。我隐藏自己的病情，一方面不让奴隶看到，另一方面必须鼓舞士气。要是敌人真的打来，我们都难逃剑下。俗话说得不错，知己知彼，百战百胜。这一夜很平静，我们安然度过。但是堡垒里的人都病了，我得替他们准备吃的，不然他们就会像牲口一样死去。我尽力像帮我的孩子一样帮他们，他们也把我当作父亲。他们说，要不是我这样照顾他们，他们都死定了。

他的一生是营帐、堡垒、突击、野战；他的一生都在战斗，在陆地、在海上，对付西班牙人、荷兰人、英国人、海盗、当地原住民。这些工作的代价是每个月十三至二十里尔的收入，加上掠夺货物的分红。他只有一个勤务兵（他称之为"仆役"）和一个当地男童，负责管理所有内务。他是一个机灵、会钻营的人，谨慎、有才干又狡猾。同时，热情有活力：懂得和同伴手下欢宴同乐，也喜欢女人。他有语言天分，很快就能学会当地的只字词组，担任官方翻译，巧妙地谈判。不过，有时他的引述的当地语很像莫里哀剧作《布勒乔亚绅士》中的"Bel men"*D 般洋腔洋调：如中文"lou om ho"*E 的意思是"你们胆小鬼，别再靠近我们了"……这位卡尔文派的信徒并不怎么虔诚，还有点迷信。在荒岛上遇到白鸽，对他来说是死亡预兆，还曾应验过。他不管到哪里总是四处观察，不一定是心存好意（他有自己的成见、偏颇、白种人的自傲）。他也爱夸大事实，例如一场暴风雨吞噬了一百艘帆船，他说："船上约有五万人罹难。"……一艘船居然载了五百人！但是对于最紧要的事实，他没有说谎隐瞒，对真实发生的事，也没有扭曲。他想要记下的是事实，也坦然以对。

他抵达爪哇时写下的，可算是历史实录：就是巴达维亚城建城史。当时岛上的土著分成九个王国，其中一个叫雅加达（Jacatra），离当时最大的王国万丹（Bantam）约二十哩。公司在雅加达设立了一所商站；国王备受威胁，于是英国人煽动他开战。他于一六一八年底宣战，荷兰人奋力抵抗至一六一九年三月，总督昆恩（Coen）从摩鹿加群岛集结回师，攻下雅加达城，将之夷为平地。荷兰人便在废墟之上建立新城，名为巴达维亚，又在半哩之外兴建雅加达城堡。利邦积极参与这些事迹，一定也获得应得的报偿。

随着他的脚步，我们走在荷兰人在印度尼西亚发展初期筚路蓝缕的历史中，每个商站的设立过程都一样，而相同的剧本也不断地重演。每次都是到新地方占下据点，通常是找一个有生产利益或战略价值的岛屿，快速地建立堡垒，保障安全的退路，保护船只，然后控制当地原住民，并击退西班牙、葡萄牙、英国等竞争对手，再开始通商。

根据航海日志（通常都很简短），我们看到了野外防御工事的修建，这是最重要的安全保障：首先修筑木栅栏，有时也会用报废的船壳和帆索，然后堆土，以防堵火灾，不过无法抵挡水流造成的坍塌，尤其是敌人想要凿穿壕沟、攻城略地的话。有一回，因为没有土，甚至拿大捆的印度式细布和丝绒作为堡篮（gabion）**F** 保护。要撤离的时候，便铲平棱堡（bastion)，以免落入敌手；若是和当地住民签下和平协约，他们也会要求摧毁据点，甚至有一次，中国人还出动了大批人力协助拆毁。

之后，就由驻防的部队守卫、巡逻，殖民地便渐渐开展。在较大的地方，沿着城墙建立城市，修筑"棱堡"**G** 保护居民。各地各阶层的人都聚集到堡垒里接受保护。各公司的商务人员在城中设立商号、柜台和商店，这些居所有时也用船只残骸建造；最重要的地点则设立教堂。殖民地社会就这样组织起来，包括屯军、警察、军事法庭或城堡议会、市政议会，还有教务议会。利邦也将受召出席会议。

生活是艰困的：日常生活中得时时刻刻提高警觉，随时注意不让原住民靠近，保护自我安全。巴达维亚和澎湖常发生火灾，造成小商店破产。还有地震，幸好都不严重；有一次是哨兵从岗哨跌下去，哨兵大叫："是哪个魔鬼把我扔下来的？"更严重的是，常为了女人争风吃醋、斗殴、决斗。他们也有失职的时候：哨兵在岗哨上偷偷打瞌睡，会被判以火枪枪决，"但是总督知道他们在围困时曾尽力作战，便决定特赦"。由于士兵工作过于繁重，有时也会反抗：

八日，因士兵和水手抗议，我们召开了一次大会。其实是我们错待他们，因为长官要他们每天工作，却只给他们喝很稀的粥，其他什么也没有。士兵说他们白天站岗已经够辛苦了，如果夜里还要轮值守卫，就会累到打盹；被巡逻发现，应该要获得原谅。

逃兵是家常便饭。如果被抓到，军事法庭总是快速判决：

二十五日，我们审判了前面提到的四人，判他们抽签。两张签写了"死刑"，两张签空白。……

这个月十日，我们审判两个擅自逃到马六甲 *H 的荷兰人，被我们追到，抓回巴达维亚。他们的下场是：上绞架，被吊死，罪有应得。因为他们在马六甲的行为是背叛。

至于小的过犯，便施以水中和陆地的吊刑；此外，也有服苦役或杀头等各种不同的刑罚：

七月二十六日，我们审判两个人，一人剁了右手又砍了头，另一人在头上烙了印……

这个月十九日，我们审判了十个人，有士兵也有水手，判决四个人从"奥兰治号"下面穿过，其他人被判两个月劳役。

当然，也有一些较轻松的事迹，譬如一些女人的事和家庭纠纷：史垂克上尉要去受训，"因为他对老婆感到厌烦，想要摆脱她，况且她也对他不忠"。"八月一日，贝萨（Bernard Pescher）和谢灵（Chelin）上尉热情如火的遗孀订了婚。他最好戴着头盔或是铁面具，才不会'长出角来' *I……"

只有一项罕见的休闲活动：乐透。这是在巴达维亚办的彩券；但是所有彩券都作了假，最大奖最后都留在主办者手中。利邦对此深感不耻："这简直是偷穷人的钱！"另外，还有一些闲逸的小细节：利邦曾任岗哨队长，他在小堡垒旁辟了一个小菜园。这样的休闲轻松时刻非常珍贵，因为堡垒、城墙旁通常是威胁性最大的地方。

最危险的莫过于野兽：鳄鱼"平日藏身于河中。我们若划小船去，人数不多的话，他就会游到我们的船下，随便咬走一个人，拖到水中吃掉"；老虎真是到处为害，一年吃掉一百六十个人，就像"猫叼老鼠一样"把人给叼走；还有大得惊人的蛇，有十至十五米长，可以把狗或野猪整个"吞下去"。

危险？四处皆然：犯人想办法毒害守卫，归顺的原住民想恢复他们地方主人的身份。幸好被发现了，他们被处以"四马分尸，挂在城中道路上示众，给爪哇人和其他人看，以达杀鸡儆猴之效"。野蛮人懂得将追杀的人引到陷阱里；叛徒随时准备出卖堡垒给敌人；盟友一发现时机不对就见风转舵……和原住民相处，必须保持高度警觉。"我们实在不能信任他们，他们天生诡诈：多少次折磨过我们，还杀死我们的评议员，停战的时候，只要他们一接近，我们就绷紧神经。"

因为我不信任对方，命令士兵随时待命，枪上膛，备好火绳及鼓手。八门炮都有炮兵、号兵，手中备着引信，只要有状况，随时准备击发。

虽然利邦生性机灵，且富外交手腕，熟稔外邦礼仪，但是他比较喜欢刺激亢奋的战争。对他来说，那简直是一场游戏：以其人之道还治其人之身、"报仇"、"边打呵欠边消遣"。他享受争战中的气氛，喜欢布局出兵击溃对手，或抵挡敌军的攻击，打到敌营的"战壕里一片火光血影"。

尽管可以大捞一笔，这种游戏风险极大：

总督为了奖励士兵，宣布取得一个爪哇人头可得到十里尔。这就是为什么我们常常出击，也常常取得奖赏，但有时候我们想要敌人的命，却丢了自己的……

胜利是以人头计算，确定奖赏，但是不久之后，他们发现人头很重又占地方，便决定以右耳计算，这样就可以串起来挂在腰带上。战败的人却得不到一丁点同情，多么悲惨！别人的生命毫无价值："那些被我们送到另一个世界的人，一点也不干扰我们安眠"；"我们一定追赶敌人，也总是能逮住不少人，有时还远超过我们想要的人数，那就送他们去喂鱼"。还大言不惭地嘲笑那些遗弃在沙场上的尸体，以及那些在半夜被突击杀害的敌人，"因为他们不知道我们的目的，是为了开玩笑，或是看看他们是否睡着了"。他们早就不怕这种杀戮场面了：就是杀，杀到"血流漫过了我们的鞋缘"，"我们看到船底有很多血，好像杀了牛群一般"。有一次，利邦叙述他们如何占领一个不为人知的岛屿，是他负责探路：

当地居民不断增加，并没有协商的意图，也不许人拿武器走近，与我们互相对峙。他们对我们来意不善，简直是逼我们大开杀戒。他们站在枪口前，受了伤就揩去身上的血，直到不支倒地。我看到这个情景，宁可杀了他们，也不要被杀。这种情势持续十五六天，我们无法维生了。我们在海上早就断了粮，士兵被迫以敌人为食。

从这里我们可以发现，野蛮的行为（包括食人）都很常见。在利邦的笔记中，"文明"欧洲人的行为并不完全是光荣的。

等到终于可以谈判和平条约或停战协议的时候，就做好万全的准备以防背叛。其实，最重要的就是到达这个地步，才能开始商业交流，确保商品买卖。这时当然也可以向对手下手，那就需要一艘好船，优越的武器配备。利邦并未否认有机会也当海盗，有时会很开心地"等候葡萄牙人替我送来的货，他们为我装满了船"，"我们则替他们省去了卸货的麻烦"。反正，"在大海上每个人都各凭本事"……这就是利邦的工作内容，他也做得不错，尽心尽力、无怨无悔。末了，还对勇敢的对手产生敬意，在休战期间称兄道弟，到下回战场相见再厮杀。

然后，还有大海。印度洋和大西洋围绕着迷宫似的岛群，面对弯曲难行的航道，水手每一刻都得警醒。有时风平浪静，却平地刮起暴风雨——季风（moisson du vent）考验水手的航海技术，不让突来的风暴吞噬。利邦也亲身经历了船难和遇难时的恐惧。他逃过了中国沿海 *J 海盗的肆虐，当时这个海域海盗猖獗，属于高危险的航程，但他也和其中一名海盗船长有不错的交情。他带领五十艘船队纵横海上，"敬拜所有神祇，却与所有人为敌"。在一场暴风雨中，利邦出手拯救一艘爪哇船。船上载着佐丹（Jortan）的王后和侍女，佐丹国王和他原是敌对的，这次却大大给予犒赏，赐他"一头牛、三打鸡和他五十位宫女中最美的一个。这样看来，我承认对敌人伸出援手也蛮不错的"。这位国王不比"海盗船长"了解利邦。"海盗船长"一看到利邦，就笑了出来，"透过翻译告诉我，我看起来像个好战士，却是个坏男人，幸好他把所有的妇女都藏起来了……"

看起来真像一部西部拓荒片、历险故事。他的故事也不只这些，但是战争和冒险行动确实是他在巽他群岛和中国沿海生活中最重要的部分。

这一年在大战当中度过，海上和陆上皆然；我们每天出击，到森林里去搜寻那位所谓的雅加达国王和他剩余的人马；每天狭路相逢，双方各有伤亡。

这些相同的描述在在显示类似的情景：惯于出生入死，最后对什么都无动于衷，甚至冷漠地嘲弄。

我们再度发动攻势，所到之处无一幸免，一整年在中国沿海和附近的岛屿，尽情烧杀、掠夺，看谁先受不了，是他们，还是我们。

除了这些事实性的陈述，还有利邦和伙伴们的真实生活。这位鲜活的人物详细描述许多事物，去过的地点、岛屿、停靠过的海岸也都留下记录，而且记录得非常明确。当然，其中也有旅行家的老生常谈；但是，利邦留下很多新的数据，只有在他的书中才看得到。最特别的是，他总是非常直接，细节记得非常详细，充满趣闻，又富有故事性。

他的观点通常像一份调查报告，规格一致，也显现他个人的兴趣焦点：他会谈论男人（外表、体型、穿着和武器），女人（她们的衣着和女人的利器：对爱的表现），当地的风俗习惯和宗教、司法制度和社会规范，城市规划和住宅、饮食、产物和商业，以及战争模式。

他甚至还写下印度尼西亚人穿着的"唐古"（tancoule）**K** 和更纱（sarasse）。最有趣的逸闻是（台湾）麻豆妇女的奇装异服：她们只在前身挡一块遮羞布。

她们要离开的时候，看身体转向哪一边，就一面转身一面拉遮羞布，像拉窗帘一样拉到臀部。如果你叫住她们，她们就把布转到前面。如果前后有两个人，她们就把布拉到说话对象的那一面，另一面就不遮了。

至于武器，当然有马来人的短刀、"跟瑞士剑一样长"的日本武士刀，还有苏门答腊的弓，更有一组非常精美的投掷器。在暹罗，利邦乔装成旅客。他发现了有一千只武装象，装配齐全，也观赏了以母象为诱饵的捕象过程。

利邦身为战术专家，特别注意到战略的运用和残忍的作为：例如先把奴隶灌醉，再赶他们上战场，这几乎已经成了麻豆和卡美纳斯（Camenasse）*L 的战场仪式。战士全身戴满珠宝，还有亚齐王和暹罗王举办的游行和大象游行。

虽然是战士，利邦有时也会休战，而且不管他到哪里，都对女性感兴趣。例如在万丹，"女性极其多情，但是会下毒，所以很危险"；卡美纳斯的女性很懂得服侍人；在苏拉特（Surate）和日本，"女人都一样"，"也很便宜"，"一里尔银币就可以享受一个女人两三个月"；在毕马（Bima）*M 就完全不同了，"如果你和一个女人认识，也建立了情分，就必须忠实，不可以变心，如果被她们发现，就会想尽办法毒害你"。各地的习俗很不一样，待客之道也充满意外。在古邦，利邦想获得食物，却得和女人打交道。国王的儿子来找他，介绍自己的妹妹"要我与她共寝，因为根据他们的习俗，我们的军官和国王的女儿过夜后，可以更快嫁出去，也更添荣耀"。对此，利邦以非常不屑的口吻说："这是我见过最下流的国家。"在麻豆，他住在大酋长家的小屋子里：床低到几乎就在地板上，上头铺了鹿皮。

我跟他说，我不习惯睡在没有垫子和床单的床上，只有打仗和行军时除外。他表示我应该找个女人当床垫。我回答说我也不习惯那样的床垫……

姑且相信他。然而，他也注意到日本幕府将军 *N 观察女人"是否适合生产"的奇特方式；坦伯芝村（Tamberge）妇女所受的待遇是被养得像远方（我们那边）的母马；中国女性则是如此娇弱无力，总是由宦官扶持；还有万丹的女性鼓励男人使用阿芙蓉，即鸦片，"这样可以让维纳斯的欢娱更加持久"。利邦总是提到当地人的一句话，允许男人"拥有一个能满足自己性欲的女人"。

对于饮食，利邦谈到热带水果"菠萝、榴莲、波罗蜜、芒果"，还有各种椰子的用法，特别是西谷米，或称树林里的面包。更是到处喝啤酒，包括日本、中国、阿拉伯。他不太在意当地饮食，没记录什么菜单或上好的饮食，显然他不在意。

他比较注意当地的建筑物，如高脚屋、王宫等。有些中国建筑富丽堂皇，让他非常惊讶。他很欣赏一幅极为逼真的装饰画："愈仔细看，愈觉得他们像是活的，画得那么逼真，就差开口说话了。"峇里岛、长崎都有宽敞的马路，房舍的装饰都费尽了心思。他见过美丽的城市，如马度拉、暹罗、麦加；也有些城市脏乱不堪，如帕雷卡德、亚齐和佛罗雷斯岛。他最常写的是，住家通常很简陋，像小箱子，以棕榈叶或椰子叶覆盖，如南非咖吠哩人的高脚屋。作为一个瑞士人，他喜欢麻豆的房子，"因为当地人随时准备扫帚打扫干净"。

利邦对他造访过的地方的宗教信仰，只有很扼要的描述。和美国旅行家不同，他总是观察到各式各样的宗教组织形式，却没有提到"自然宗教"。只有在中国，他对宗教仪式比较感兴趣，但从不讨论神学议题。他也自觉有义务对这些外邦人传道。他们膜拜一帧魔鬼的画像，还供奉食物。在神像前掷签问自己的命运，进行任何事之前都先占卜。如果事情没有成功，他们便咒骂、鞭打神像。利邦劝他们相信创造天地的上帝，但他们还是比较喜欢膜拜他们的魔鬼，使它不作祟。在麻豆，战士由战场归来后，战士表现虔诚的做法是"疯狂地大吼大叫"。

谈到司法，我们这位观察家总是注意到相同的罪行，他写到对窃贼、淫荡、不贞和杀人犯等或宽或严的惩罚。在苏门答腊，一个叛徒是"坐在锯子上，一条腿在这边，一条腿在那边，从中间锯开"。窃贼是断手断脚。杀人犯则是"抓去坐在一支尖木桩上，直到断气；我还看过嫌犯坐在一支削尖的木头上，为了不让他掉下来，双手反绑吊起来"。在中国，大盗是鞭打至死。男人通奸是以"一支尖木桩穿肚致死"；至于女人通奸，在中国就得承受最残酷的刑罚："他们在淫妇的子宫放进涂抹炸药的芦苇，由刽子手点燃，炸死。"亚齐国王的残酷野蛮让利邦震惊。他在日记里描述了两起恐怖的事件，并忍不住对这位泯灭人性的暴君说："我不知道你的子民是如何看待你，因为你是如此残酷地对待他们。"但是亚齐王毫不动容地回答，这样做才是对的，才能让子民恐惧服从。

利邦的描述有限。他对这些异国情景的观察流于片面，又有特定的角度。对于日常生活、农业、工程、手工艺、习俗、家庭生活、公共及私人仪式，毫无记载。偶尔会出现一些珍奇异闻：以号角捕鹿、在海南岛采珠。但是他既不作调查也不作采访，不作分析，只是直接描述事实，非常具有实用主义的精神。他从不提私人财产或集体产权这些对观念学家来说最根本的问题；对社会家庭结构不感兴趣，也没提到孩童教育的问题。他所到之处，除了少数几个岛屿，都注意到一个制度：四处都有不同形式的"社会秩序"，没有无政府状态，麻豆除外。值得注意的是：利邦从来未用过"野蛮"这个字眼。

利邦上尉的注意力往往放在商业贸易、当地自然资源和品种繁多的热带植物。荷兰人到东印度 *O 追寻的主要是香料：桂皮、豆蔻、丁香、胡椒、樟脑、姜，以及檀木、沉香。为了这些，利邦和他的同伴每天冒着生命危险。我们很难想象这些香料对他们的重要。在那个时代，香料被视为珍贵食材，更是商业交流中交易蓬勃的商品。①专卖权受到小心监控，种植园有警卫看守，市场则受到严格控制。除了这些香料，还有织品，尤其中国丝和日本丝，都是非常有市场价值的

---

① 香料是保存饲料、防止腐坏的必需品，也是为食物添加风味不可或缺的材料。我们都知道在欧洲，盐的生产与销售通路受到严密监控，各国政府也从中获取可观收入。香料的产地遥远，必须先投入巨资，再加上各种探险，使得香料的贸易成本大幅提高。

物品；还有贵金属，以及钻石和宝石，都占有重要的市场。利邦叙述了一种很奇怪的钻石交易方法，在这些描述中，钻石商都是神出鬼没、可怕又神奇的神秘人物。至于水银，这种充满神秘的液态银子，利邦说："在某些山上就像晨露，原住民用一种手工铲子来采集。"最奇怪的宝石是著名的胃石，是婆罗洲居民在岛上羚羊体内培养的，很受欢迎。

利邦对动物的观察很仔细：他详细描写了好望角企鹅的特点、班达（Banda）的鹤鸵，还有爪哇群岛的草食类、可食用的蝙蝠，还有其他更奇怪的动物。例如：在希兰岛（Céram）*P 看到的天堂鸟，生物学家形容它们没有脚，却能不停地飞——利邦坚持要加以修正！还有"独角兽"——当时他如此称呼犀牛，起先是远远地瞥见，后来在爪哇近距离看见。在婆罗洲，他们畜养母麝猫以取出浓郁的腺体分泌物，取出时没有一只是安详死去。还有猴子，各种猴子，尤其是一种可怕的猴子，称为"oran saïtan ana"，意为它们不是"森林的人"，而是"魔鬼的化身"，因为它们对妇女常有猥亵行为。描述起这种猴子的行为，利邦和许多其他旅行家一样，让人想起布拉桑（Georges Brassens）一首香颂《猩猩》（Le Gorille）。

一般而言，这位上尉对于风景、热带森林、海岸线并不是特别注意，没记载什么景色独特之处。也没谈到气候，只提到苏拉特炎热难忍。也许因为他是瑞士人，还是注意到了山景：在好望角，他爬上桌山，观赏狮子山；在日本，他观赏覆雪的山峰；在巽他，他描述了古诺瓦丕（Gouanouapi）火山 *Q，还说登上了亚拉拉山（Ararat，但依他的行程看来不太可能），看到当地人虔诚地保存了诺亚方舟的遗迹。还有一些天然奇景，例如一个"可以容下两三千人"的巨大洞穴，而且利邦还发现了燕窝"以煮内脏的做法"烹调，美味可口。

至于建筑物，利邦看到了中国长城，尤有甚者，他可能是少数得以进入麦加的西方人，"我伪装成波斯人"。他走过亚洲最大的几个城市，对中国的京城景色尤其印象深刻，大大赞赏他们的组织、富饶和文化。

所有这些回忆、印象，都以一种平铺直叙的口吻记述，没有兴奋、狂热，有时带着微笑，偶尔才展现一丝怜悯。利邦不是个重情感的人，很难受到感动：他一定是见怪不怪了。但是他很会开玩笑，在各种情况下皆然，有时很细腻，有时很嘲讽——被击溃的敌人庆幸自己能趁休战悄然逃逸，那样就可以"不用再听到他们的喧哗和嬉戏，因为那样的舞蹈太粗俗了"。中国人拒绝和利邦往来，"他们瞧不起我们，视我们如母鸡和稚子。但是我让他们好好尝了母鸡硬喙的滋味，将我们在沿岸所见一切全部烧光、杀光"。他下令叫敌方的帆船离开台湾的泊港："大家都离开了，只有一艘留着想观望什么。我就送它一个礼物，发了一炮，越过船身。"之后多处可见他这种残酷的嘲弄。书中很多地方可见天真、滑稽的例子；利邦叙述某起特定事件时，为了加强可信度，总是说："这些都是真的，某甲和某乙都看见了，还有很多军官跟我在一起。"

一如其他游记，利邦看待事物以模拟法叙述。面对新的事物与未知真实，叙述者以模拟法，让人借由已知、可理解、熟悉的事物，来加以参照。这些模拟的功用，首先描绘事物，然后让人从心理上安顿这令人惊讶、奇怪、新鲜的事物。提出一个相似的模拟，便可将其融入人既有的观点中。对利邦而言，模拟的对照是他的祖国瑞士。他时常用"和我们家那边"一样的方式参照。最常见的比对是日常家务事："塔松"（tasson）就是"我家那边"的土拨鼠；企鹅就像印度的公鸡；做色拉的香草就像"幸运酸草"，是当地一种特产；在麻豆，有一种特殊的野兔，肥得像"小山羊"一样；香瓜是一种水果，像哈蜜瓜一样等等。模拟法让人心安，因为新发现令人摸不着头绪。事实的真相很难让人直接接受，但说成"像我们那边的"，让奇异的事变得可接受。新事物只是已知事物的复制品："oronquai"*R 就是王公贵族，"大人"就是官员。但利邦还是保留了高度的纯真，比他的同辈更诚实。他承认事情可以另一种方式进行，他正视异己，因此常说"以那个国家的方式"或者"以他们的方式"。这位平民出身的冒险家不像那些学识渊博的探险者，被自身丰富的文化捆绑，一旦遇到异己便大惊小怪。

不论到了哪里，瑞士的影像都在利邦的脑海中。在暹罗看到王宫纯金的屋顶，他写下："我告诉队员，真希望全瑞士的屋顶都铺了这样的瓦。"较戏剧化的情境是：他被围困在小堡垒中，备受马来人威胁，他用的口令是"奉上帝之名"，"因为那是个很危险的堡垒"，过几天就改用"洛桑"和"伯尔尼"。但是瑞士最著名的"思乡病"（Heimweh）这个字，却从不曾出现过。

他的文字非常通俗，不太有想象力，有时会使用格言、俗语："中国人非常卖弄聪明"；"我们就像这个人一样不告而别"；"俗语说，如果能先知敌情，便有制胜先机"；"我们的俗语说得是：不应做的事，便会有不乐见的后果"。我们这位探险家不是文化素养非常高的人，从来不用修辞或是典故。可能最多读过一些游记吧？其实，军事前线上是不会有图书馆的……总之，他绝对算不上是一个"作家"。描述的才华相当有限，但颇有嘲讽的本领和纯真可爱的观察，添增了不少趣闻逸事。书中有趣的不是文辞，而是所叙述的事情，利邦的贡献不在文学，就如同他丝毫不在意辞藻优美与否。他的文字程度接近中等，应该是多数平民使用的法文。于是，句子呈现了犹豫、中断、流水账、反弹、不断错格、反复、未完的语气。这是口述文字。利邦一定是写得很快，急忙记下他脑中保留的细节，完全不在乎文字风格组织。他的笔记原稿更是珍贵：左撇子、纯真毫不做作，色彩丰富，充满各种气味，非常自然、直接地写下感受，几乎是速写般的记载。

利邦在军中晋升；他得到卡美纳斯国王封为贵族；在帝汶（Timor）受颁三个黑色半月形的特洛尔勋章；他和日本、中国的长

官 *S 都有很好的交情，也受到自己长官的看重、部下的爱戴。但他还是想要归乡，也许是健康情况不佳，无法继续过艰苦的水手生活——他已经过了 10 年苦日子。翻开新页，他写下最后一段文字的标题："与东印度告别、返航欧洲我的故乡。"这是一本简洁的航海日志，意料之外的事件层出不穷：食物不足、水手之间的斗殴、有识之士的忧虑。最后，结尾写道："10 日早晨，暴风雨打断了一支船舵……"接下来的页数则轶失。但是我们知道利邦顺利靠岸，后来利用空闲的时间来写东方回忆录。

不像有些人写的是"有人说"，他写的是亲眼目睹、亲身经历。他对这种真实的第一手数据，完全写实的记录感到自豪："我尽力、真实地写出我看到的一小部分。可能故事的组织不够好，顺序不够好"，"而我写的一切不是从书本上得来的知识，而是我亲眼看见和亲身的经历"。俗语说，远来者易欺人，但利邦不会，也不想欺骗。他的确看到那么多事，有稀松平常的、有预料中的，也有意外、惊奇、怪异的事迹。

有什么比简单的事实更精彩？

我想象利邦的晚年，退隐在雷蒙湖畔的小村中，拄着一支拐杖，看着烟雾渺渺的湖面，仿佛眺望远方的岛屿。我可以听见"印度利邦"（当时人一定这样叫他）叨叨絮絮，向陪着他的小孩子叙述他的回忆。这些回忆充满异国景象、醉人的香气，以及动荡和喧嚣。他沉醉在青春记忆里，此时，围在他身边那群充满艳羡的稚子脑中，幻想着那些伟大的航行。

校注

A 一由于当时漳州人普遍于澳门行商，一般葡萄牙文文献中之 Chinchau 均指漳州，此亦为后来其他欧语文献所习用。

B 一这里法文版编者指的可能是第四章提到的苏黎世人瑞勒（Hans Eoldric Reller），唯不知编者所据为何。

C 一荷兰文作 Clement Weijnart。

D 一土耳其语 Bilmen 的变形，意为"我不知道"。指利邦引述外语时皆只誊写自听到的拼音，常常不太标准也很难考证原文。

E 一可能是闽南语"汝不好"。

F 一参见第二章编注，圆柱形篮子，两端无底，装满土，筑堡垒用。

G 一此处法文原为"boulevard"现为"大道"之意，词源来自荷兰语"bolwerk"（炮台），根据当代研究考证，译为"棱堡"为宜。详见第七章校注**C**。

H 一参见第十一章编注1，马六甲，葡萄牙人重要的通商口，位于马六甲半岛，面对苏门答腊。在一六四一年被荷兰人夺占。

I 一头上长角意味戴绿帽。荷兰文的谢灵作 Schelling，贝萨作 Baerent Pessaert。

J 一即南海。

K 一此处编者所指应为第四章所称的 tingan / tancoulaz，但其具体指称何物则尚待考察。

L 一详见第十三章编注及校注**F**，帝汶岛上的一个村落。

M 一在松巴哇岛（Sumbawa）东部。

N 一日本幕府将军原文为"le roi du Japon"，由于利邦未曾指明究竟系幕府将军本人或各藩国的首长"大名"，此处由校者径行判断应指"幕府将军"。

O 一此处原文为"Grandes Indes"，直译为印度大陆地区，多指印度半岛东南岸，即法国东印度公司在亚洲活动之主要基地。此处借指今日东南亚一带地区，故译为"东印度"为宜。

P ——今英文名为 Seram。

Q ——利邦所指为马来语"Gunung Api"。"Gunung"为火，"Api"为山，"古诺瓦丕"实为火山之意。

R ——马来语为"Orang Kaya"。

S ——这里指的是荷兰东印度公司驻日本平户的商馆长，以及驻澎湖或台湾负责与中国政府交涉贸易事宜的长官。详见第七章与第八章。

第一章

捕鲸记

LA CHASSE À LA BALEINE

Description de voyage

Le 15e jour du moys d'Auril 1611 ayant
ouy resiter a Delf comme on prend
la Baleine es Jsles de Groelan je
deliberay d'y aller faire vn voyage
par curiosité po veoyr comme on
la prenoit m'estant embarqué sur
le nauire appellé Souris souz la
conduitte de Jean Gaspard (conducteur)
des Biscays qui prend la d'te Baleine
po faire thuyle qu'on appelle thuyle
de poisson, ayant preparé tout ce
qui estoit necessaires, comme charbon
de pierre, et chaudiere po fondre
la d'te Baleine, Le 28 du d' mays
nous fismes voile depuis Tessel
auec six Voiles t'ant nauires que
pinasses, Le 14e de may arri
uasmes deuant les d'tes Jsles de
Groeland au lieu accoustumee
ou les fourneaux est rent pour

第一章　捕鲸记 La chasse à la baleine

一六一七年四月十五日，在代夫特（Delft）耳闻有人要到格陵兰去捕鲸鱼。出于好奇心，我决定去玩一趟，看看怎么捕捉。

我上了一艘叫"熊号"（Ours）的船舰 **A**，船长让·卡斯帕尔（Jean Gaspard）是比斯开人的首领[①]，专门捕鲸，并将其做成鲸油。船上有足够的生石灰和火炉可以把鲸鱼炼成油。这个月二十八日，我们从特塞尔岛（Texel）张帆起程，共有六艘船，有大型帆船，也有轻巧的快艇 **B**。

鱼叉风波

五月十四日，我们抵达格陵兰岛，到达他们熟悉的地点。他们在那里摆了炉灶，用来烧大锅。我们一上陆，就看到炉灶边有两只大白熊躺在木炭旁，它们一看到我们就逃往山上去了。水手和伙计把热锅摆上，一切准备就绪。比士凯人把小艇 **C** 放下来，并且在出发时准备好所有的鱼叉和缆绳，又在山上最高处设好侦察哨，以便从远处发现鲸鱼的行踪。他们不久就发现了。发现了一只之后，侦察哨的人就赶紧通知其他人。他们立刻跳上小艇，一共四五艘，很用力、坚定地划向鲸鱼。鲸鱼在海上自在地游着。当他们很接近鲸鱼的时候，比士

---

① 比士凯人首领（conducteur des Biscays），巴斯克人船长，巴斯克人是远洋渔猎的能手。

捕鲸

鲸鱼头部两侧及尾部有大鳍，最容易刺进鱼叉，也是最致命的要害。被刺中时，血会冲上头部，从鼻子喷出血和水，含血的水柱甚至可达船桅杆的高度。当它沉下去，失去抵抗能力后，船即靠近，捕鱼者就往头上和鼻子部位射箭。——《荷兰人第三次北方航行》（Troisième voyage des Hollandais par le Nord），一五九六年

凯人的头头手拿一支非常锋利的鱼叉，状如锚，用一条很粗的绳子绑着，长度有四五百臂 ① 。鱼叉刺进鲸鱼后，它就逃不掉了，因为已被钩住。当它发觉受了伤，便潜到水里试图逃脱，那位比士凯人也随着它的逃逸放出绳子。其他人更加奋力地划桨追逐，等到停下来，比士凯人首领就收回绳子，等到它再度开始逃跑，才又放绳子。就这样过了差不多一个小时，也许还长一些，这只鲸鱼失血过多，回到水面上

① 　四五百臂大约相当于六百五十到八百米。

让自己舒服些。它渐渐升上水面的时候，比士凯人便渐渐拉紧小艇上的绳索，靠近鲸鱼，使尽全力再加射三四支鱼叉，这些鱼叉是不带绳索的；而鲸鱼感到自己伤势更严重，便扭转鱼尾，攻击小艇，它全力拍打，把小艇打得粉碎，一名负责划桨的比士凯人还因此丧失；当时要不是有其他小艇，我们会全部落海。我看着这一切前所未见的景象，心中唯一的想法是，要是自己在瑞士最高峰上就好了，我对捕鲸真是倒尽了胃口。比士凯人首领无视我们的危险处境，完全不放松绳索，而是转交给另一条小艇上的同伴，让他迅速追捕那条鲸鱼，同时，其他比士凯人将我们拉上他们的小艇。那只鲸鱼又逃了一个小时之久，才浮升到海面上来，逐渐翻身，死去。这时，所有比士凯人都聚集起来，在鲸鱼的太阳穴插上一支锚，然后把索结丢给所有的小艇，大伙使劲拖行这只庞然大物到岸边。火炉和锅都已经就绪。用绞车卷起绳索将它拖上岸后，接下来便如此作业：首先，他们把水手分成三组，因为这个地方从四月十五日到十月左右都没有黑夜。这三组之中，一组睡觉,一组工作,另一组休息吃饭恢复体力。整个过程就这样三组轮班不息。

鲸油

再来,有一两人拿着大刀朝那只鲸鱼砍去,切成一段一段、一大块一大块。有一段尾端都是肥油,像肥猪肉一样。两三个人负责把肥肉铲上推车,再推到热锅旁边。还有几个人,把肥肉切成小块,再放到热锅里熔化。另外有些人只负责烧炭加热来熔肥油;有些人则是制桶匠,只负责做小桶和大约三塞提尔(Setier)①的提桶,来存放那些鲸油。有些人负责把桶子装满,有人负责将桶滚到小船上,再运到大船上,白船上的人负责装进船舱里。这样就算处理完毕。

把鲸鱼的一面除完油后,就翻到另一面,进行同样程序。比二凯人做完一整只鲸,才会处理下一只;海边常常有两三只等待处理。把鲸鱼油都取下之后,再处理其他部位:将内脏做成饲料,喂熊和一些野生动物。这就是捕鲸的整个过程。

当地群山都覆盖着皑皑白雪,有狐狸、白熊,还有一种鹿。关于这些岛屿,我只知道这些。

至于这些庞大鲸鱼的天性如何?如何生产下一代?我们曾经抓到一只怀有两只幼鲸的母鲸。它们的乳房在尾部,像牛一样。一胎可生两只。我们抓过另一只母鲸,有两只幼鲸跟随着,母鲸临死时还想哺乳。那两只幼鲸在水中看来并不小,应该有十五呎长,呈深褐色,在水中看起来像混浊的深褐色。它们的皮又厚又硬,如同牛皮;一张嘴大得吓人,令人难以置信;眼睛大得像颗球,黑黑的。(……)②

---

① 旧时容积单位,三塞提尔约合七点六公升。
② 以下两页佚失:在补鲸叙述之后,回到荷兰,接着受到东印度公司征召前往爪哇的内容。

校注

A — Navire，在利邦此书常指十七世纪初用于跨洋航行的大型帆船（荷语：returschip），本体长约四十五米，载重约为六百八十七吨或以上。参照：Robert Parthesius, *Dutch Ships in Tropical Waters:the Development of the Dutch East India Company（VOC）Shipping Network in Asia 1595-1600*,（Amsterdam: Amsterdam University Press, 2010），pp.65-8.

B — Pinasse，来自拉丁文pinus，松树之意。十七世纪初期意指载重约一百二十五吨以下之中型、快速的船只，其构造上的特征为后桅的底帆为三角帆、船尾为平面船尾，船尾楼上建有廊道，有时也被称为"Jacht"，即荷语之快船。参见Hans Haalmeijer; Dik Vuik, *Fluiten, katten en fregatten: de Schepen van de Verenigde Oost-Indische Compagnie 1602-1798*,（Haarlem: De Boer Maritiem, 2002），p.92.

C — Chaloupe，法语是取自于荷语sloep，原先是指在大型船上负载的小艇，平时用于近岸取水，危急时充当救生艇使用。荷兰 sloep 构造上的特征是有一长而直的龙骨。有些用于捕鱼的 sloep 也会装上小型的帆。

第二章

从欧洲至瓜哇

D'EUROPE À JAVA

第二章　从欧洲至爪哇　D'europe à Java

飞鱼

鱼成群从海中飞出来，沿着船飞，甚至横越船中央。它们在水中被大鱼和水怪追捕，在空中也一样被海鸥追逐。它们常常坠落到船上，我们毫不费力就能捕捉，直接烤来吃，相当美味。上帝赐予这些鱼一对长在背上的鳍，湿的时候可用来作为翅膀飞，干了就掉进水里，鳍浸湿之后又恢复了特性，于是飞鱼一直处在不安和危险之中。因为掉入水中，有等着吞噬它们的天敌，飞到空中海鸥也不放过它们。——出自《伍特·舒顿 (Gautier Schouten) 航海日志》

四月三日，我们抵达英国托贝湾（Torbay）[①]，停留四天，买了一些生活用品[②]；但发现船上的人试图逃走，得设法防守，最后仍有三人逃走。英国人说没看见他们，但我们知道那并非真话。他们尽地主之谊款待我们，送我们两只肥羊和几只母鸡。

这个月八日，我们起锚出发，在海峡中[③]遇到三艘船，但是认不出它们的身份。我们看到很多飞鱼，有好几只飞到船上来，就被我们吃掉了，非常好吃。这些鱼看起来很像鲱鱼，但颜色比较接近褐色，翅膀像蝙蝠。我们也看见很大的鲸鱼，比船还大，它们对着船喷水，在船舰四周嬉戏。

"加那利群岛"

这个月二十日，我们越过加那利群岛，右边是群岛的最高处，其他岛屿在左边。我们离悬崖非常近，近到可以看见岸上的人，也很罕见地观察到一种大翅、绿头、尾和翅为黄色、身体全白的鸟。岛上有很多葡萄牙人[④]买卖糖和肉桂。居民很黑，身材不错。之后，又遇到

---

① 利邦写作 Tourbay，英国南部的大港德文（Devon）。

② 指的是船上的生活补给用品。

③ Le Channel，指英吉利海峡。

④ 利邦时常混淆葡萄牙人和西班牙人，因为葡萄牙于一五八〇年丧失主权，受西班牙管辖至一六四〇年。

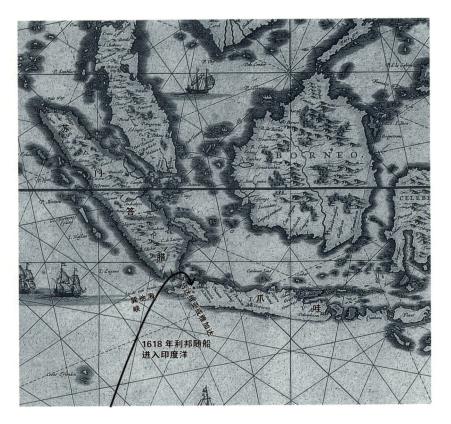

1618 年利邦随船
进入印度洋

几艘帆船，但是我们在赤道附近，一点风都没有，没办法尾随这些帆船。我们彼此离得很近，大概只有一炮半的距离 ***A**。看得见他们却不能给他们开炮、杀他们一刀，真气人！我们已经在太阳下晃荡了八天，太阳直晒，热昏了，简直像把手放在蜡烛上烤一样。由于我们随着赤道洋流[①]漂流，第八天夜里，终于起风了。我们不需怎么划桨，便到达了离夜里起风的地点更远的地方，早上只看见天空和大海，别无他物。害我们的希望落空，本以为可以夺得战利品，却只得捕鲷鱼。这种鱼的样子类似鳟鱼，只是比较瘦长，它们很热切地跟着船走。

六月一日，我们看见一艘帆船出现在赤道的另一边。夜晚，确认

---

① 赤道海潮。

了它的航行路线，于是上前拦截。午夜过后两小时，我们靠近了，为了让他们降下帆，我们朝夜空开了一炮。他们一看情势不对，又不晓得是怎么回事，便准备逃跑，不愿被抓住，并以武力对抗，双方打斗两个多小时，我方十二个人战死，对方二十三人，双方都有很多人受伤，过了许久才断气。这艘船载满各种商品，准备运往巴西去：有白面粉、果干、橘子酱（有点像白色的温桲[1]），有布料，也有做好

的衣服、鞋、武器、梳子、刀和镜子。这艘船从葡萄牙里斯本出发，途中被我们劫持随行；之后，我们就顺着路线航行，没再发生什么事，只是伤者最后仅四人存活，其余都死了。

"好望角"

七月二十日，我们到达好望角[2]的停泊湾，随时备战，因为我们

好望角的人

这个地方的人比荷兰共和国的人矮小。肤色红铜，有些人很红，有些人淡些。他们长得很丑，脸上还涂黑。头发很像被吊死的人被遗弃在绞架上一阵子的模样。一概赤身露体，在身体中间绑一块圆形的牛皮，像披大衣，毛穿里面，用一条同样用牛皮做成的宽带子，将这块牛皮绑在身体中间。私处应该遮盖的地方只用牛皮盖住（……）

宰牛的时候，他们会来向我们要内脏，生吃，只把秽物甩出来。

---

① 温桲果酱。
② 葡萄牙人狄亚士（Bartholomé Diaz）称之为"暴风雨角"，经葡萄牙国王重新命名。英国人在十六世纪末据为己有。

见到几艘大帆船：有六艘英国籍船只在那里，其中有几艘在英国制造，有几艘则是在东印度制造。我们在海湾内这几艘船的附近把锚抛下。他们对我们很礼遇，还放炮欢迎。我们上岸去找补给品，但是没找到什么，除了水，和可以做色拉的香草——这种草好像"幸运酸草"[①]；英国人则送了一只半的母牛给我们当见面礼。

我们去钓鱼，钓到了很多种鱼：有一种红鱼，肉色浅红，大概一呎 *B 长，像鲈鱼。还有"塔松"（tasson），像我们那里[②]的土拨鼠。在一个附近小岛上的洞穴石缝中抓到这种鱼，用铁钩钩出来，肉质肥美很好吃，煮汤也很美味。

怪鸟

我们在这个岛上还看到一种奇怪的鸟类，称之为企鹅，有点像印度的一种鸡，但是没有羽毛，只有一种绒毛像印度公鸡的须。翅膀也没有羽毛，反倒像鱼尾，用来击水、游泳。一张大嘴如钩，平足几乎裂成两半。这种鸟吃起来不错。我们也发现很多鸵鸟，小鸵鸟全身圆滚滚的像一颗球，插上头和脚，灰灰的像鹌鹑。脚、嘴就像你们在画里看到的模样。嘴扁平，脚就像三指的手。我们也发现鸵鸟蛋，很大，大到可以装两桶水，而且非常坚硬，人站着丢到地上也不会破。颜色是杂色，像山鹑蛋。我们打猎的时候想要去拿，但是没拿到。因为它们跑得很快，蛋都下在斜壁多石的地方。跑的时候，用脚向后踢石头，力道之大如同人们用投石机射击一般……

---

① 一种勃艮地旧辖区做色拉的香草。
② 指作者的家乡。十六世纪用语（参照哈伯雷（Rabelais）给戴蒂萨（G. d'Estissac）的书信），但是在利邦的时代显得有点过时。

他们的声音含糊不清、咯咯笑的时候，很像印度的鸡，极像住在瑞士群山附近的日耳曼人和住在阿尔卑斯山附近儒略地方居民，因为喝冰水、冷泉水或是雪水，下巴长了肿块。——出自《荷兰人首航东印度》日志

企鹅

企鹅如此称名，不是因为他们很肥，不如日志作者以为，而是因为头部为白色。企鹅是英文，指的是一种动物，可见于托马斯·加文迪西爵士（Sir Thomas Candish）的航海日志。企鹅背部黑，腹部白。有一些品种在颈部有一圈白毛，像一条白项链，大约是半黑半白的动物。没有翅膀，但长有两只下垂的鳍状物，长满了羽毛，游泳能力强。他们站立行走，两鳍下垂如手臂，远看仿佛矮人。——出自《航行麦哲伦海峡的五艘船舰》日志，一五九八至一六〇〇年

狮子山

作家和我一起爬上了狮子山。之

所以称为狮子山，是因为人们常在那里屠杀、捕捉狮子。一路上，我们看到草原，草很茂盛，相当肥美，还有许多有香气的花，但是树木很少。我们尽可能地向上走，与云层同高，那里空气浓稠而凝滞。但是再往上去，岩石非常陡峭，无法再往上走到峰顶。——出自《伍特·舒顿航海日志》

桌山

我们在悬崖中发现一个只有四呎宽的步道。旁边的峭壁好像直上云端，又向下直入深渊。我们只能爬行，抓着草和荆棘向上爬，到了高处，发现只有六七呎宽的空间，就像一张平整的桌子，四边是突起的墙，中央聚拢起一块悬崖。我们在桌山上晚餐，这是全世界最难得的餐桌，只有极少数人在这里用过餐。用过晚餐后，我们要到山的另一边，去观赏海岸线和那一面的高山，但那些山在我们眼里却显得相当低矮。——出自《伍特·舒顿航海日志》

咖吠哩人（Cafres）*C 和霍屯督人（Hottentots）*D

好望角的人身材矮小、黝黑、很脏，因为他们像狗一样吃生肉。交易的商品是铁、铜和铃。他们的铁是用来做标枪、鱼叉和箭镞，攻击敌人。他们没有房舍，随着牲口迁徙。牲口在哪里吃草，他们就在哪里驻扎，用三四根轻木头为支架，四周盖上草，里面就在地上挖一个像漏斗的大洞，睡在洞里，住在洞的周围。睡觉时脚对着脚，因为没有床垫，便铺一点干草，身上盖着衣服，通常是牛皮或羊皮。他们只要宰了一只动物，就立刻把皮剥下来做外衣或披着，用到坏了为止。冬天，他们把毛贴身穿取暖，夏天就翻过来把毛穿在外面。私处只用一小块约半呎大的皮遮盖。

他们用牛、羊和我们做买卖。我们以四分之一磅 *E 的铁，一小块三指大的铜，就可以买到一对大肥羊，光是尾巴有时都有四五磅重。或是也用一头肥牛换一些铃铛。他们是厉害的窃贼，只要能偷的都不会放过。买卖的时候，我们得拉住牲口的头，他们拉住腿。我们把铁、铜或铃塞给他们时，他们就放开那只牲口；但是如果我们抓住腿，而他们抓住头，他们常常七八人，有人在前、有人从后面切断羊尾巴就跑。如果我们没有抓紧牲口，他们一吹哨，眼前的牲口就逃之夭夭、不见踪影了。他们的语言，我们听不懂，也没学会，只是常听见他们说"otton tò otton tò gagaga"，我们认为这些话指的是铜和铁。那里还有很多狮子。我们把死去的人埋葬之后，他们却趁夜色来挖出，尽管尸体上面都压了很重的石头。

有一座山看起来像狮子，愈看愈像。附近还有一座山看起来像母狮，那里有很多真狮子，我们从船上就能听到很大声的狮吼。（挺恐怖的！）还有一座是最高峰，距离约一小时，长不足五十步 *F。我们站上去的时候，就变长变宽了二十步。不管从哪边看，都像一张长桌子，所以我们就把这个停泊处叫长桌湾。在桌子中央有一个湖，水量充沛，湖中有鱼；我们想不透这些鱼是怎么来到这里的：有人说是鸟在河里捕抓，带到湖边来吃，鱼卵掉到湖里去。这个地方也有很漂亮的花朵，色彩艳丽，像手掌那么大，却无香味。

八月十七日我们起锚，张帆继续航行，却没直接往东方去，而是往勒梅尔海峡（Détroit du Maire）航行。

九月十五日，差一点全军覆没。因为葡萄牙船的囚犯在好望角取得某种草，投进每天分配的饮水中。我们的人渐渐疯了，失去理智，在船上乱跑，还要跳到海里去，大喊："勇敢的人啊！谁会最先到陆地？"他们还以为那是一片大草原。我们立刻发现是那些囚犯搞的鬼。在好望角，有很多草能对人体造成各种伤害。幸好承蒙上帝的恩典，我们诚心祷告之后，发现是这些混蛋想报复，置我们于死地。我们立刻把头头和主导这起事件的人抓来拷问，还把两三个带头的狠命痛打。他们后来自己吐实，才揭开了这桩阴谋。他们本来计划过些日子再下手对付那些头脑还保持清楚的人，把他们一个个杀掉，丢到海里，然后把整艘船的战利品带去给西班牙人，因为他们隶属西班牙人。但是上帝的恩典没让阴谋得逞。我们把他们送上天堂，丢进海里，一共十九人。其他留下来的人，我们一路带往荷属东印度，直至巴达维亚，他们到了那里便逃之夭夭。

此后，一帆风顺。几次看到飞鱼飞落船上，还有很多海鸟成群飞来，停在绳结和帆上。我们也捕到了海豚①，用鱼叉和箭捕到后，用绳索拖上船。非常好吃，内脏和肉都很好吃，肥肉就像肥猪肉一样。

勒梅尔海峡

我们继续航行，花了十二天通过勒梅尔海峡。没有发现特别的

---

① 海豹或海牛。

海豚

一种褐色的鱼，葡萄牙人称为 tonnins，和法国人说的鼠海豚（marsouin）不一样。有一种口鼻部和猪一样尖；另一种是平的，和鼠鲨类似，头上好像戴了一顶斗篷，所以也称为"海中修士"。通常大概五六呎长，尾端分叉，和其他鱼不一样，但与鼠鲨、鲸鱼相似。皮色一致，内脏和猪一样，有脂肪、肉、肝和其他内脏。——出自《荷兰人首航东印度》日志

利邦的航行

这艘船的航行路线很奇特。如果它真的经过勒梅尔海峡，应该是从好望角由东往西航行（从来没有人这样做：史匹伯根 *G、勒梅尔 *H、洛米特 *I 航向麦哲伦海峡是穿越大西洋，航向巴西海岸），然后遇到太平洋中的许多岛屿，再往上到菲律宾，绕了不必要的一大圈。比较可能的是利邦弄错了，他指的勒梅尔海峡，可能是莫桑比克水道；他应该是由西往

东航行，穿越印度洋。遇见的岛屿应该是查戈斯群岛（Chagos），接着是苏门答腊西岸的岛屿，而不是菲律宾群岛。尤其是通过勒梅尔海峡花了十二天，菲律宾到爪哇五天，这样的航行时间应该是不可能的。

爪哇岛

这是一个很大、丰富又肥美的岛屿，分成几个王国。最有名的是万丹，比起其他地方，有更多的人在此上岸。万丹是一个大城，人口众多，位于海边，在岛的最西端，近巽他海峡。爪哇和苏门答腊岛分据海峡两端，相隔仅二十五（古法）*J 里。——出自《法兰斯瓦·皮哈尔（François Pyrard de Laval）东印度之旅与航程》一六一五年。

事，也没看见人，只看到鸵鸟和一种像牝鹿的动物，比较大，但是没办法抓。我们找到人的脚骨，大约有一古尺（aune）①；远远地在山上也看到有人，非常高大，像巨人。此外，就没有其他发现了。风是顺的，送我们出海峡。

十月二十日，我们看到左手边有岛屿，但是不知道叫什么名字。船长在地图上找不到，他手绘出来，但是没有注明更详细的资料。

三十日，我们应该经过了菲律宾群岛，但是没望见，就航向爪哇去了。

十一月二日，我们遇到属于代夫特舰队的"天使号"（Ange）*K，阻止我们前去万丹（Bantam）②，因为英国人与我们敌对。我们必须直接驶向新命名为"新巴达维亚"的雅加达。

校注

A ——炮击远：荷兰船舰上铸铁炮（Goteling）炮击涵盖的范围，最近五百米起至一千五百或两千米不等。参见：Anne Doedens; Henk Looijesteijn（uitg.），*Op jacht naar Spaans Zilver,*（Hilversum: Verloren, 2008），p.124. Noot 202. 但此似有些许高估。因此种中小型铸铁炮与英国Saker炮形制相类似，此炮身长八至十英尺，射击四至七英磅间的炮弹，炮击涵盖范围则起自一百七十步到一千七百步（英制每步为五英尺则约为二百五十九至两千五百九十八米）之间。参见：Ernest M. Satow（ed.），*The Voyage*

---

① 一古尺约合一点二米。
② 爪哇岛最西端的王国Bandoeng，巽他国王首都。

of Captain John Saris to Japan1613,（Nedeln: Hakluyt Soiety, 1900/1967），p.7. Note 3.

B 　一在瑞士各地有三种呎，罗伊斯河以东通行即纽伦堡呎（三十点八三厘米），罗伊斯河流域以西通行巴黎呎（三十二点四八厘米，巴赛尔、Wallis除外），伯尔尼附近通行伯尔尼呎（二十九点三三厘米）。此外，少数地方仍通行的长度，参见：Historisches Lexikon der Schweiz（瑞士历史辞典），Fuss条，http://www.hls-dhs-dss.ch/textes/d/D14191.php。

C 　一阿拉伯语 Kafir 意指不信伊斯兰教的异教徒，但在荷兰人的用法中多指莫桑比克与安哥拉出身的强壮黑人。Judith Schooneveld-Oosterling, Marc Kooijmans（uitg.），*VOC- glossarium: Verklaring van termen, verzameld uit de RGP-publicaties die betrekking hebben op de Verenigde Oost-Indische Compagnie*,（Den Haag: Instituut voor Nederlandse Geshiedenis, 2000），p.58.

D 　一现在称为科伊科伊人（Khoikhoi）。

E 　一国际交易间秤货物的磅，传统上大约流淌过瑞士中央的罗伊斯（Reuss）河以西为法国磅，共四百八十九点五克；罗伊斯河以东为德国科隆磅约四百六十七点六二五克。十五世纪后，莱茵河到阿尔卑斯山间为苏黎世磅约五百二十八至五百二十九克。但在日常生活本地市场交易用的"磅"，瑞士各地差异由三百一十三至九百八十克不等。参见：Historisches Lexikon der Schweiz（瑞士历史辞典），Pfund条，http://www.hls-dhs-dss.ch/textes/d/D14200.php。

F 　一一步在欧洲各地有所不同，介于三英尺到五英尺之间。因安特卫普与洛林地区十七世纪时通用的步均为二点五英尺，法国则为二英呎，故利邦所指之步应在六十一至七十六厘米之间。参见 Robert Norton, *The Gunner Shewing the Whole Practise of Artillerie*,（London: A.M., 1628），p.43.

G 　一史匹伯根（Joris van Spilbergen），一五六八年十一月二日于安特卫普受洗，一六二〇年一月于卑尔根奥普佐姆（Bergen-op-Zoom）逝世。本为热兰朗姆肯（Rammeken）要塞戍兵，于一五九六年参与西非探险；

因指挥官逝世，遂接掌舰队。一六〇〇年参与巴西沿岸劫掠。一六〇一年被指派为"白羊座号"（de Ram）、"绵羊号"（het Schaap）、"羔羊号"（het Lam）三艘船的指挥官，前往东南亚地区。他成功地与锡兰领主及亚齐领主签约，并重创葡萄牙势力。一六〇四年率船队返回弗利辛恩（Vlissingen），受到热兰议会表扬战功。一六一四年率六艘船穿越麦哲伦海峡前往东南亚，沿路破坏智利、秘鲁之西班牙势力，又驶往菲律宾、香料群岛等地。一六一六年十二月搭乘杰克. 勒梅尔（Jacques le Maire）率领之归国舰队返荷。Philipp Christiaan Molhuysen; Petrus Johannes Blok（uitg.）, *Nieuw Nederlandsch biografish woordenboek*, （A.W.Sijthoff: Leiden, 1912）, Deel II, pp. 1352-4.

H 一雅各布·勒梅尔（Jacob Le Maire），一五八五年生于阿姆斯特丹，一六一〇由其父依萨克·勒梅尔（Isaak Le Maire）指派，率商船前往非洲好望角附近行商。一六一五年六月十四日，他率领荷船"和睦号"（Eendracht）与"号角号"（Hoorn）两船由特塞尔岛（Texel）出发，航向南美州。当时一般以为火地岛与南方一块大陆连接，因此除麦哲伦海峡外，别无通道绕过南美洲，但雅各布·勒梅尔率船再向南航行，遂穿越火地岛与东端小岛Staten岛间的海峡而绕过南美洲。此一海峡因此命名为勒梅尔海峡。Willem Anton Engelbrecht en P. J. van Herwerden（uitg.）*De Ontdekkingsreis van Jacob le Maire en Willem Cornelisz Schouten in de Jaren 1615-1617: journalen, documenten en andere bescheiden, 2 deelen,*（'s-Gravenhage: Martinus Nijhoff, 1945）, deel I, p.1; deel II, p. 34.

I 一洛米特（Jacques l'Hermite），约一五八二年生于安特卫普，一六二四年六月二日死于利马的卡亚俄（Callao）城。一六〇七至一六一一年间担任万丹荷兰商馆长、上级商务员。一六〇九年，他与万丹苏丹签约，翌年又与雅加达领主签约。一六一一年担任东印度评议员，并于一六一二年六月归国。一六二三年四月二十九日，率领由十一艘船组成的拿骚（Nassaus）舰队穿越麦哲伦海峡、截击南太平洋西班牙舰队，于航程中逝世。*Nieuw Nederlandsch biografish woordenboek*, Deel V, p. 228.

J 一古法里约为今三点二四八公里。

K 一天使号利邦写作"Ange",荷兰文应作"Engel"。

第三章

巴达维亚

BATAVIA

Jacatra nommée depuis Batavia

第三章　巴达维亚　Batavia

四日（一六一八年十一月），我们到达巴达维亚湾，下锚，感谢上帝的恩典！ *A 感谢他守护我们，引领我们到达正确的港湾。我们遇见两艘英国船，热烈地欢迎我们，向我们表达友谊，但都是故作姿态。我们上了岸去见摄政暨总督昆尚皮耶·昆恩（Jean-Pierre Coune）①，向他递交共和国各省②致意的信。提到他被任命摄政暨总督，他很开心，热诚地款待我们。

这个月七日，我带着五十人秘密上陆探察扎营地，随即开始建堡，作为抵抗敌人之用。敌人每天都对我们造成威胁，尤其是爪哇人和英国人。这个月都在劳动，日夜不停，完工后才有自卫能力抵抗外侮。

十二月三日，英国人和爪哇人联合起来攻击我们，这是他们的不幸，因为同一天下午一点钟，那位总督昆恩（……）③首领把他们移到更远的地方，因为根据他们的传说，那些在战争中被炮炸死或因其他原因死亡的人，他们的神穆罕默德不承认也不接待他们到他那里去。

雅加达（Jacatra）

雅加达城约有三千房舍，紧密相连，周围有篱笆围住，城中有一条美丽的河流穿越。最美、最有用的是那条河，发源自岛中深处。土地上有溪流纵横交错，形成肥沃土壤，生产各种食物和水果。
——出自《荷兰人首航东印度》日志

---

① 昆恩（Jan Pietersz Coen）*B一六一二年抵达爪哇，将英国人逐出雅加达，建立巴达维亚城。一六一八年被任命为总督，一六二三年九月卸任离开巴达维亚（参看第四章），之后再回任，一六二九年九月二十日逝世于此地。继任者为Jacques Specx。参看：
Colenbrander, J.P.Coen. Bescheiden ontruit zijin bedrijf in Indie, s' Gravenhage, 1919-1953.
② 荷兰共和国联省会议各省。
③ 手稿佚失两页。

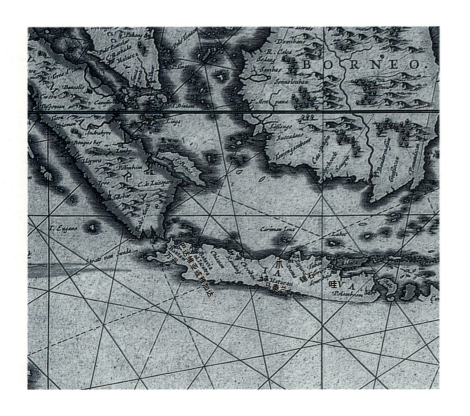

"利邦（此回忆录的作者）陷入险境"

　　有一天，我和十八还是二十名士兵在一个名为"卡"（Cha）的岬角 *C，十二名炮兵点燃了大炮，在我身旁十人全被炸死，还有五人受伤，我头上的帽子则被炸飞了出去，撞到木造的钟楼上。我那顶帽子的碎片就挂在那个钟楼的木板上，这些都是很久之后才发现的。那门炮的另一块碎片击中我身旁的一把剑，剑飞出去砍断我身旁一名奴隶的手臂，不久他就死了。

　　不久之后，那些爪哇敌军发现他们自己也伤亡惨重，无法战胜我们，而英国人又袖手旁观。他们最好的炮兵不愿意出手，因为天气太

逢登布鲁克自述不幸遭遇

一月二十二日，国王基于我对他的友情和尊敬，也依循过去总督和司令的惯例，派了沙班达（Sabandar）和几名高级官员来请我晋见，并一同欢送军队离开万丹。因此，我召开评议会，请他们认真考虑，因为我可预见困难重重，而且非常危险，但是我补充说明，如果是为了连队的利益考虑，我并不害怕身陷敌阵。评议会决议我应出席王宫，带着韩医生（Haan *F）、五个士兵和一名小男仆，带着礼物同去。我一到，正想坐下来的时候，就被一群爪哇人包围（……）。我们被带到国王和英国总督面前，手、脚都被绑住，和我一起来的人待遇也没更好。瓜哇人命令我写信给堡垒中的人，叫他们立刻投降，要不就强迫他们投降，那时将不会宽恕任何人。

我们的人一得到受骗的消息，立刻把堡垒的门紧闭，赶紧挖壕沟，回答说，他们不可能那么快投降（……）。

一六一九年一月二十九日，堡垒送来两千里尔作为赎金。国王不

仅拒绝收下，还将我们手脚反绑，由两个英国人送到城墙上，对着堡垒喊话，要他们投降，否则明天就要攻打，绝不留活口。（……）我在那里，颈子上缠着绳子，但没有叫他们投降，还使尽了力叫他们勇敢抵抗到底。*G

爪哇人作战的狡诈

他们夜间出征时，会使用一种捕兽器（蒺藜），对追赶他们的人来说具有高度危险性。这种装置不像我国的装置会抓住、束紧小腿，而是一种尖的芦苇，长约一米多荷兰尺（aune de Hdlande）*H，它的尖端不是直立放置，而是向前朝着敌人的必经之处。——出自《雷希特伦（Seyger van Rechteren）航海日志》

热，他们不像在英国时那么敏捷；那些爪哇人诈降，说他们想要停战，其实是心怀诡计。他们提出的和平协议如果出于真心诚意，我们也不想拒绝，其实那只是想引诱我们，欺骗我们的长官尚·逢登布鲁克（Jean Fondembrouc）①*D，所以他们一直派人看我们签不签约。

我就告诉他："长官，想想看！你别以为我们不懂，这可是诈降。"他回答，我们应该信任他们，总之，他们没有占据堡垒。这位长官和三名他带去的商务员，可真是倒大霉了，因为他们一到那里，爪哇人就把他们抓起来，全身剥光，还把手脚绑起来，套住脖子，丢到马厩里，像动物一样，只给他们腐败的蛋和肉吃，动辄鞭打他们。当时，我们不明白如此耽搁代表什么，也不知道这些爪哇人带着武器到处乱跑所为何事 *E。见到这种情况，我便下令让士兵知道个中隐情。看到一切如我所料，我们便重新开始装填火枪和大炮，瞄准城市。我对士兵说："要勇敢！我们又要开枪发炮，大干一番了，因为他们绑了我们的人，背叛了我们。"但是，我们再也找不到沙土来建棱堡（bastion），以抵御炮击，因为我们所在之处离水边太近。得趁着夜晚，冒着被大炮轰的危险淌过河去。

我们被迫填入一包包的细布和衣服到堡篮（gabion）②里，还有不少丝绒、棉缎和锦缎，有一千份之多。这对公司是很大的损失，但是多亏上帝的帮助，我们成功抵抗爪哇人和英国人的盛怒，因为那些被我们送上天堂的人，再也不会给我们造成丝毫妨碍。

---

① 其实他的名字是 Pierre van den Broeck〔荷兰文作Pieter van den Broecke〕，而不是 Jean Fondembrouc。他留下了一部航海记（一六〇五—一六三〇），这段期间正是利邦在东印度的期间。在逢登布鲁克的航海记中，我们知道为何荷兰人在雅加达的据点变成了巴达维亚，后来又成了城市名。

② 圆柱形篮子，两端无底，装满土筑堡垒用。

胜利出击

四月十九日，我们鼓足了勇气开城出击，震撼并击退了敌军，彻底摧毁他们的阵地，对方伤亡惨重。因为他们不知道我们的目的，还以为我们是为了好玩，或是以为我们是去看看他们有没有在睡觉。*I 但我们把炮都烧了，把营地夷为平地，然后回到我们的堡垒。没有人员损伤，只有几个在移动中被长标枪射中受伤。第二天大约十二点，我们再度出发去攻打那一区。他们在备战状态。我们整整打了一个半小时多，大约死了二十或二十二人。我们战胜了，烧了他们的堡垒和大炮，把营地烧平。对他们来说损失惨重，对我们而言是欢欣鼓舞。他们的司令是万丹国王的爵士 *J，奋力作战，最后不支战死，万丹国王为他致哀，而更令人难过的是他那些夫人。她们是如此哀伤，每天哀号："Touant maré quita pogni à ti de emana datingal carna ti da Datan" *K，意思是"我的丈夫爱人啊！你不回来了吗？留下我们如此绝望？"尽管她们呼喊，他却不曾回来，随着别人一起顺着河水漂走了。我们这一方没有人当场死亡，但大部分人被标枪、爪哇人的投掷武器和蒺藜（ancre）*L 刺伤。这些蒺藜设置在对方堡垒四周的走道上，只有两个人死亡。结束后，我们退回堡垒中，感谢上帝赐给我们胜利。

四月二十日，爪哇人看着英国人收了所有炮退回船上；他们知道我们的舰队不久就会由总督率领抵达，目前还在摩鹿加群岛（Moluques）。他们知道会轮到他们被击败，就没再多说，拔营往万丹去了。*M 因为他们知道，和爪哇人的诈降之事会流传开来。

总督莅临

爪哇人带着白旗来，想知道我们为什么要这样做。我们回答说，

因捕兽器（蒺藜）受伤

敌人在好几个地方，包括草端上和掩盖的坑里，插上削得很尖的芦苇或竹子，微烧烤后再涂上一种剧毒，就像捕兽器；我们有好几个人因此而受伤。最严重的是抹毒的尖端会折断插入伤口。如果没毒，那一点小伤口实在不算什么，但毒药会使人产生剧烈疼痛、发烧，甚至致命。除非一受伤就立刻治疗，悉心的治疗可以痊愈，少数几个丧命的，是因为轻忽而没立刻采取行动，是他们自己的错。——出自《伍特·舒顿航海日志》

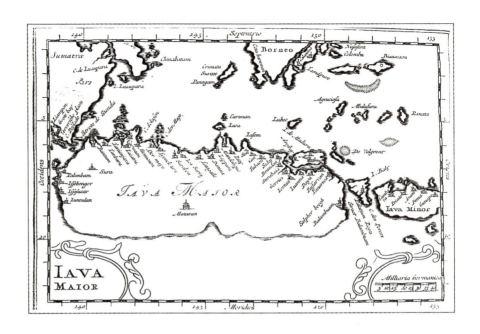

是想把他们赶远一点。他们要求自己来铲平一切，并希望领回阵亡者遗体，以为还有全尸，但是现场只找到骨灰，他们都大吃一惊。依然很高兴我们准许他们自己拆毁城墙，我们为的是不用再听到他们的喧哗和嬉戏，因为那样的舞蹈太粗俗了。堡垒完工后，我们举行了受洗仪式 *N，称之为"巴达维亚"并祷告。尚皮耶总督 *O 从驻锦石①长官那里派遣卡彭铁尔②乘着小艇，来看看我们是否还在堡内。当他看到旗子在风中飘扬，看到堡垒的状况还很好，很是欣慰。*Q

　　五月十八日，我们审判了两名士兵。他们在轮班站哨的时候打瞌睡，判决枪毙，但是总督知道他们在被围困时曾尽力作战，便决定特赦，作为他抵达此地的祝贺。因为七个月来，我们六个人没有一天是吃饱的。这就是为什么碰到休假日，他们就很高兴地爬到树上，喝椰

---

①　锦石（Gressic），爪哇岛东侧的一个王国。

②　卡彭铁尔（Pierre de Carpentier），来自阿姆斯特丹，驻锦石长官。一六二四年继昆恩之后被任命为东印度总督。*P

子花酿的酒。

攻占雅加达

　　五月二十日，总督昆恩带着共十八艘船只的舰队，从摩鹿加群岛前来，抵达巴达维亚湾。他利用夜间派遣了一千名士兵上陆，以避开爪哇人的耳目，同时派我指挥调度，准备梯子，预备闯过城墙进攻。*R 一切就绪，他让所有队长站上第一线指挥位置。爪哇 *S 国王完全不知道情况，以为我们顶多只是记仇，记得他们如何欺骗我们，却没想到我们会发兵攻击，而且向他们追讨我们损失的银子。

　　昆恩总督下令备妥军火弹药，第二天就发动攻击，也就是六月一日。大家都很高兴，尤其是我的连队。他们在堡垒里面守了太长一段时间，很高兴可以来报仇。

　　我们从两处发动攻击。我的连队为先锋，很快就获得胜利，而且人员损伤不多，因为我们发动突袭，对方并无防备，很多人被杀，都是那些逃得不够快的。其他敌军则撤退到离雅加达城外半小时路程之处。那里，他们在河边有一座炮台和一条战壕。

一次暴戾而轻率的行动

　　我们掠夺了那个城市，又把它烧毁，但是没有找到什么战利品，只在王宫前找到火炮，有二十到二十五门，都装上了炮弹。如果敌人能够很巧妙地操作这些武器，我们早就被打败、变成碎片了。*T 我们把这座城市所有的墙全部铲平。完成任务之后，就回到城堡去。四日，深入河流上游，探查一个大村落。据说，敌军就是退守到那里的壕沟和炮台，他们在那里准备比先前更加充分，抵抗我方英勇的战士，约有两个小时之久，敌方死了很多人。战斗结束后，我们把尸体丢到河里去，还把他们的炮台都烧了，因为全是木作。我们把附近的村落也烧了。在村里一些隐蔽之处，发现大堆尚未去壳的米，共有五十多车，而存谷仓里的米则已经碾过。这些米也被我们付之一炬，因为我们既无闲暇、也不方便带走。这火一烧烧了八天，看到那些米被烧掉，真觉得心疼，我们可能也有需要。这一来，敌人便撤退到森林里架设陷阱，因为他们预料我们会继续攻击。我们和各连队果然进入森林追击，敌人非常勇猛地顽抗。爪哇敌人到森林里加强了军事措施，让自己更为灵活机动，因为他们知道如何运用地理优势。葛勒泽（Greusel）**U** 上尉和海菲德（Heydfeld）**V** 上尉的连队不习惯对付这样的陷阱，四处逃散。他们的人逃到河左岸，我和我的连队逃往右岸。爪哇人看见他们一团乱，紧随在后，以长枪和长矛对付。而我们继续冲锋陷阵，敌军死伤惨重，其余人便撤退了，撤退时还俘虏了海菲德的鼓手，以长矛、长枪和短刀在他身上刺了五十处，为他们死去的众多士兵报仇。

提尔曼（Tilman）**W** 上士被派去侦察敌营，但是他在半路就逃跑了，跳到河里逃走。这就是引起骚乱的原因，因为他边逃边大叫，其他人就以为他们已经战败了。之后，我们回到营地去。那位上士立即被绞死，原先他答应看守监狱犯人。回到营地，我们把八个连队安顿好，其余人就送回船上，下令每个人都要配带武器子弹，因为我们要保持机警，敌人在不远处，随时都会集结起来。把弹药配给士兵之后，海菲德连队一名训练不足的士兵点燃了火绳，本来应该丢出去的，却拿在手上。火花点燃火药，把那名士兵炸飞了出去，其余还有八个人被炸伤，其中两个过一阵子就死了，其他人苟延残喘了一段日子，又死了三人。如果不是上帝保佑这个营地，所有连队的人都会葬身此处。我在另一个回廊，和其他的连长在一起，距离爆炸点相当远，然而火舌把我的衣服都烧焦了，其他人也一样。幸好我们离河道不远，赶紧跳进去灭火，不然恐怕都会被烧着。

马来人的短刀

他们的武器是短刀，称之为 cris。刀面呈波浪形，非常危险，手柄刻魔鬼或是其他长相极丑的脸。刀套以木雕成，一体成形。这些刀都有金饰、大小各种宝石，必须随身携带；没带是一种羞耻。上战场的时候，他们还有剑、圆盾和数量非常多的箭，徒手射发。——出自《法兰斯瓦·皮哈尔东印度之旅与航程》

这一年在大战当中度过，海上和陆上皆然；我们每天出击，到森林里去搜寻那位所谓的雅加达国王和他剩余的人马；每天狭路相逢，双方各有伤亡。我受伤数次，伤痕累累。

总督为了奖励士兵，宣布取得一个爪哇人头可得到十里尔（réal）*X。这就是为什么我们常常出击，也常赢得奖赏，但有时候我们想要敌人的命，却丢了自己的⋯⋯

海上的舰队也拿下三艘英国船。这是我们对那艘要诈船的报复 *Y；这也是为什么英国国王得知消息，派出"胖子号"（Le Gros Gent）*Z 来制止这些争端，并命令英国人和荷兰人协议和平，维持共同友好。大家就这么做了。

他们也掠夺了一艘法国七百拉斯特（last）①的船。船上有五十门大炮，以及多名士兵和法国军官。他们有法国国王发的许可证，但未经许可不得航行到荷兰人设堡垒的地点。于是，这些人被带到巴达维亚，卸了货之后，大部分士兵和水手都加入我们，其他人则随着我们的船只或小艇回去。*AB

我们开始建城来让人居住，这些人从各方前来寻求我们的保护；人数越来越多，大到像一个城市。我们筑起城墙，挖护城河，设了岗哨看守。

七月五日，总督派我带领一百五十人和六门炮到驻扎营地去。我每天都派士兵到森林里去巡视通道，也经常要与敌人交手，因为他们跟我们一样会发动突袭，只是他们经常被逮，就不再像以前一样主动突袭了。国王明白他既无法战胜，又不能继续在森林里受苦，也没有希望重新见到他的王国，便退到万丹，维持一个小国，也颇富饶。

---

① 荷兰的重量单位，相当于海运上的两吨（deux tonneaux de mer）*AA。

巴达维亚城

这个城，爪哇人称之为雅加达，离万丹东方十二〔荷〕哩，是一个很美的海湾，在宽阔的那一面有几个小岛阻挡了大浪的侵袭。船只停靠在离堡垒不到一炮的距离。堡垒就在海岸上，有四个棱堡：最主要的称为钻石，其他三个分别是红宝石、珍珠、蓝宝石，外墙都用石材砌成。城市便依着堡垒向陆地伸展，中有河流穿越。东面的城墙也是用石材砌成，西面有几个棱堡保护。城市里有几条水道，沿岸种了椰子树。——出自《雷希特伦航海日志》

"重大意外：虎噬事件"

十四日，我们建了一个小碉堡，维护路径的安全，并派出巡逻队，因为有人说那个国王会来对付我们。我派了十名士兵去巡逻，其中有一人是新来的，坐在墙上，两只脚悬着摇晃，一边抽烟，一边和同伴聊天。来了一只老虎，一跳跳了三块砖高，咬到那名士兵的脚和脚趾。那人大叫："搞什么鬼？"好像要被扯下来。他紧抓廊道的柱子。其他士兵没看到墙下的老虎，只看到他的样子，都笑他，以为他发疯了。那名士兵咒骂他们，这样嘲笑会被魔鬼惩罚，会遭到报应。其实他们并不知道他的脚悬在下方，被老虎的爪子抓住了。但是老虎听到那么大的叫声和笑声，便松了爪子跑掉，放了那名士兵，但他的脚还是被抓破了一大块。大家把那个士兵带到城里，三天后就死了。那恐怖的畜生和我们缠斗了半年，直到有一天，我们出动大队人马才抓到一只，那真是我见过最恐怖的畜生。这一年我们出了很多意外，有老虎、有鳄鱼，还有凯门鳄，共损失了一百六十人，有奴隶也有荷兰人。他们在我们出入的路径上守着，像猫在等老鼠一样。我们到树林里去的时候，人数较众，他们静静地让我们过去，稍不留神，最后一个就会被叼走，如猫叼老鼠一般。我有时也会带连队到树林里，几次下来，我的人也被抓了八个。有一次，连我自己也差点被抓，幸好有一名士兵在附近。因为这只老虎通常有习惯的路径，常在某些地方出没。这名士兵在距离非常近的地方射中它，把嘴颈部的毛都烧了，这只畜生当场毙命，我们派奴隶去拖回来，带到总督面前。他非常高兴，赏给那个射死老虎的士兵一套衣服。

八月二十六日，我们出发到树林里设陷阱，发现了敌人，就开战了。我开了枪，但火枪的枪管炸裂，把左手拇指末端给打断。幸好上帝保佑，撑了过去。我们打了胜仗，取了十二个首级，回到堡垒。城里所有的人都来祝贺，虽然受了伤，还是幸运获胜。因为这样，城里的人希望我住下来，就算一辈子不走也可以。

如何找回失窃的牛群

过了十五天，我又带了五十人回去，碰上很多敌人，他们把公司的所有牛都偷走了。我不知道那是我们的牛，很高兴地以为可以大捞一笔，就在树林中的一个角落、他们的必经之路等着。他们毫无戒心，我们则是严阵以待。等他们一到，我就下令突袭，二十五名火枪手一人一枪同时击发，其他人则等待下一波攻击。敌人一听到枪声就倒了二十五人，其他人连战利品、武器都不要了，各自逃命。我一直追，打到他们过河；他们死了很多人。我开始寻找尸体和完整的武器等物品。我破坏了那些武器，让敌人不能再使用。然后，再去割他们的右耳，因为头颅太重，全数搬回城里太费力，而且我们还要带那些牛回去，已经够辛苦了。到了城门口，我们的人根本不知道发生了什么事。因为看牛的人已遭灭口，他们不知道牛被偷了。以为是敌人紧追着我们回来；听到真实的经过，高兴得不得了，连总督都来看我们，询问过程，并且根据我们带回来的人头数，犒赏士兵，每一个头值十里尔。*AC

校注

A 一利邦（荷文写成 Elias Rippon）原籍瑞士洛桑。首航当时的军阶是上士，并担任"代夫特号"船上的武器官（Cappiteijn des armes）。参见：
Jan Pietersz. Coen : bescheiden omtrent zijn bedrijf in Indie, Herman Theodoor

Colenbrander（uitg.），7 Deelen，（'s-Gravenhage: N hoff, 1919），Deel III, p. 847. Resolutie van Batavia, 31 Mar. 1622。武器官为船舰上的士官之一，主要看守武器室，位阶与武器工匠类似。参见Pieter van Dam, *Beschrijvinge van de oostindische Compagnie,*（'s-Gravenhage : Rijks Geschiedkundige Publicatiën, 1939），Boek II, Deel II, p.257. note3。代夫特号，载重八百吨，成员二五〇名，于一六一八年四月一日由胡雷岛（Goeree）出港，一六一八年十月十三日抵达万丹。*Dutch-Asiatic shipping in the 17th and 18th centuries,*（The Hague: Nijhoff, 1987）Vol. II, p. 40. Voyage, 0219.3. 由此可知，利邦不可能经由南美抵达爪哇，而是横跨印度洋。

B 一全名为杨·彼得逊·昆恩（Jan Pieterszoon Coen），唯Pieterszoon于一般行文均缩写为 Pietersz.。昆恩的职衔利邦写为"Vice-Prince ou （或） Général"与"Vice-Prince, soit （即）Général"。利邦在此强调其为摄政（Vice-Prince）的原因可能与东印度公司内部组织变化有关。虽然一六〇九年已经设立东印度总督（gouverneur-generaal）一职，其工作内容仍以居中协调为多。待一六一七年东印度公司内部组织重整后，乃使东印度总督成为总管分散各处的殖民地与商馆之最高决策者。

C 一在巴达维亚城西南角即"钻石"棱堡的原址，原先是一块三角形的炮阵地，亦称为"卡"，荷兰文写作"Kat"，正对着台力翁（Tijliwong）河对岸的英军炮阵地。

D 一逢登布鲁克（Pieter van den Broecke，法文写作 Pierre van den Broeck；利邦误为 Jean Fondembrouc）曾于一六〇五年间到一六一二年间在西非活动。后来，一六一三年起在快船"拿骚号"（Nassau）上担任商务员。他是阿拉伯地区商馆的奠基者，并且数度前往印度苏拉特。他于一六一九年在雅加达担任守城指挥官，随后被任命为一六二〇至一六二九年间苏拉特海岸商馆长，并担任归国舰队指挥官。一六四〇年死于马六甲围城战。*Generale Missiven van gouverneur-generaal en raden aan Heren XVII der Verenigde Oostindische Compagnie*, 11 deelen., Willem

Philippus Coolhaas; J. van Goor ; J. E. Schooneveld-Oosterling（uitg.），（'s-Gravenhage: Rijks Geschiedkundige Publicatiën, 1960-2004），Deel I:1610-1638, p. 46. 注1。雅加达荷兰城守军决定在一六一九年一月二十二日派出逢登布鲁克率七人使团前去雅加达王宫谈判，随后即遭到逮捕。*Jan Pietersz. Coen*, Deel I, pp. 462-3. 5 Aug 1619, Jacatra。一六一八年十二月三十日任命Pieter van den Broecke为雅加达地方荷兰城指挥官（commandeur），率领二五〇人包括七十五名士兵防守。Jan Pieterz Coen , Deel I, p. 428.14 Jan 1619, 't Schip de Oude Sonne.

E 　一由于接到英国舰队迫近的消息，昆恩总督已于一六一八年十二月二十九日登舰出港防御。雅加达荷兰城的逢登布鲁克担任指挥官（Commander），霍尔昆（Jan Janz van Gorcum / Gorcom）担任上尉，史垂克（Abraham Strijcker）担任中尉，率领二五〇名人员守御。Jan Pietersz Coen, Deel V, p.154.由于雅加达军掌握人质，又有英军协助，荷兰城守军遂于一六一九年二月一日决定投降让出城堡。正当荷军准备交城，万丹王则以雅加达王之领主的身份要求复位降约，以分享荷军遗留的战利品，万丹与雅加达两方因此发生冲突，荷军则作壁上观。*Jan Pieterz Coen*, Deel I, pp. 464-9. 5 Aug 1619, Jacatra.

F 　一全名为Hendrick de Haen。有时被称为"药师"（Medicus），有时被称为"手术师"（Barbier），因此认定他应为医师（Chirurgijn）。他于一六一七年十二月抵达万丹，任下级商务员。一六一九年一月二十二日受到雅加达当局监禁，但在六月时被万丹当局释放。在征讨班达岛时他担任掌旗官，在一六二二年时被遴选为巴达维亚市政法庭参审官。同年出使马泰兰，并于十二月返回，又于一六二三年十二月再度出使。参见：Willem Philippus Coolhaas（uitg.），*Pieter van den Brocke in Azië*, De Linschoten-vereeningen LXIII,（'S-Gravenhage: Martinus Nijhoff, 1962），p. 203. 注4.

G 　一这数段摘录见于：*Pieter van den Brocke in Azië*, pp. 209-13.

H 　——荷兰呎约三十厘米。参见：Nicolaas de Graaf, *Oost-Indise spiegel*,

Marijke Barend-van haeften; Hetty Plekenpol（uitg.），（Leiden: KITLV Uitgeverij, 2010），p.51.

I —表示敌军全无警觉。由于万丹王最后罢黜了雅加达王，事态演变成万丹军与荷军对垒的情况。万丹军借口马泰兰（Mattaram）军即将来袭，于是在荷军驻守城外建筑炮台。荷兰守军推断此一系列炮台将阻断荷兰海军从海上来援的可能，遂决定出城偷袭，拔取炮台。*Jan Pieterz Coen*，Deel I, p. 469. 5 Aug 1619, Jacatra.

J —此一爵位为马来语Orangkay。当时有一对父子orangkay战死，万丹王为他们举办了隆重的丧礼。*Jan Pieterz Coen*，Deel I, p. 469. 5 Aug 1619, Jacatra.

K —马来语原文为 "Tuan mari kita punya di mana ditinggal karena tidak datang"。

L —应为荷文voetangels，即为蒺藜。*Jan Pieterz Coen*，Deel I, p. 469. 5 Aug 1619, Jacatra.

M —*Jan Pieterz Coen*，Deel I, p. 470. 5 Aug 1619, Jacatra.

N —以示竣工，并使其能受上帝的庇护。

O —Jean-Pierre，即昆恩。

P —校者在所知史料中无法确认利邦当时所止驻锦石长官为何人，也无法确认卡彭铁尔是否曾任锦石长官。但卡彭铁尔曾被昆恩总督由锦石指派前往雅加达则为确实之事。

Q —卡彭铁尔（Pieter de Carpendier）和苏利（Andries Soury）两位评议员，于四月九日领命乘快艇（fregat）"锡兰号"（Ceylon）来侦察雅加达荷兰城堡是否已经失守，因为逆风，五月十日左右才望见城堡。*Jan Pieterz Coen, Deel I*, p. 454. 5 Aug 1619, Jacatra.

R ——六一九年五月二十八、二十九日，大批荷军共十三个连队登岸。*Jan Pieterz Coen*，Deel I, p. 470. 5 Aug 1619, Jacatra.

S —此指雅加达。

T 一所掳获的有十八座大炮、十一座中型炮（falcoenen）、一些铜炮和六桶火药。只有三座炮已经上架，没有一座曾经施放过。Jan Pieterz Coen, Deel V, p. 168.

U 一可能是葛勒泽（Artus Gijssels）。*Jan Pieterz Coen*, deel IV, p. 227. Sententien, 25 Oct 1620, Jacatra.

V 一可能是海菲德（Guillamme van Heetvelde）。*Jan Pieterz Coen*, deel IV, p. 202. Sententien 31 Dec 1619, t' schip Dordrecht.

W 一可能是格罗宁根（Groningen）的雅各布森（Tijmon Jacobsen），于一六二〇年任雅加达城堡驻守军上士。VOC 1070, Monsterrolle van 873 personen tot Jacatra door de generale compagnie onderhouden, Jacatra, 22 Jan. 1620. fo. 347.

X 一此处的里尔为当时流通于东南亚，原产于墨西哥的西班牙Piastra Fuerte银币，又名匹索（Peso）。当时闽南商人记载"银钱：大者一钱七分，夷名黄币峙"；闽音"黄币峙"即西班牙语"Un Peso"（一匹索）。参见：*Kristof Glamann, Dutch-Asiatic Trade 1620-1740,*（The Hague: Martinus Nijhoff, 1958），P.50; 张燮，《东西洋考》，（上海：商务印书馆，1616/1937），页 61。

Y 一两艘英国船"熊号"（Beer）与"星辰号"（Sterre）在巽他海峡一带以诈术几乎俘获了荷兰船"橙树号"（Orangeboom）。此事汇报总督后，荷军即调派四艘战舰反制，并于一六一九年八月十二日俘获英船"星辰号"。*Jan Pieterz Coen*, Deel I, p. 497. 7 Oct 1619, Jacatra.

Z 一校者在所知史料中未能确认此船是否真实存在。

AA一约为一千两百五十公斤。*VOC.glossarium*, p. 67.

AB一"圣米歇尔号"（St. Michiel）。*Jan Pieterz Coen*, Deel I, p. 488. 5 Aug 1619, Jacatra.

AC一昆恩曾记载一六一九年九月二十五日派遣四十名火枪手前往河上游出击的行动，但强调是火枪手遭遇爪哇人奇袭而在中尉领导下反击，或许即为此段所描述。*Jan Pieterz Coen*, Deel I, p. 502. 7 Oct 1619, Jacatra.

第四章

班达群岛

AUX ÎLES DE BANDA

第四章　班达群岛 Aux Îles De Banda

　　九月二十一日 *A，昆恩总督从巴达维亚出发到班达群岛①去。所有驻防军跟着撤离，摩鹿加群岛和其他地方都一并撤走，只留下最基本的守卫，因为他想包围龙图岛（Lontor）。那是班达群岛中的一个岛，接近已经属于我们的奈拉岛（Neyro）。他在各处都布置妥当，以便发动攻击。到了三月十一日早上，军队上了小艇，船舰在另一方，我们从各方开火，然后上陆和敌人猛战三四个小时。获胜后，我们占领了那块地。*C 占领城堡之后，敌人退到山上去。此后，我们的士兵每天走出城堡都会被敌人攻击、报复；但是我们一侦察出他们的路线，他们就被迫更换藏身处。我从连队里选了五十名精英，假装从旧的路线出击；又派了六个人，拿五十支点燃的火箭去捉弄敌人，声东击西。实际上，我们从敌人疏于防守的岩石那一侧上去，他们却是在另一边等着伏击我们。那座山上，有一座石砌的炮台和一组守卫，他们从山上推下一块大石头，砸中我的头，然后我滚倒在地。我的随从跟在身边，立刻拿出了一瓶草药丸，放进我口里。我随即恢复了生气，鼓起勇气向前，有六个爪哇人陪伴我；他们手中拿着大刀，轻巧地跳来跳去，很快就把那一组卫兵摆平了。我冲上前去，鼓舞士气，很快就拆毁了一道墙，攻了进去。进到里面，就把他们的炮口调转轰

---

① 葡萄牙人自十六世纪初在这里驻扎。"这个群岛一共有六个岛屿，最大岛称为龙图岛，第二为奈拉岛（Néra），第三为 Pulo Wai 或 Poule Wai，第四为 Poule Ron，第五为 Rosageyn，第六个岛为 Goenongapi 或 Gunnapi。我们最主要的堡垒在奈拉岛，也有一个坚固的堡垒在龙图岛。"——出自《雷希特伦航海日志》*B

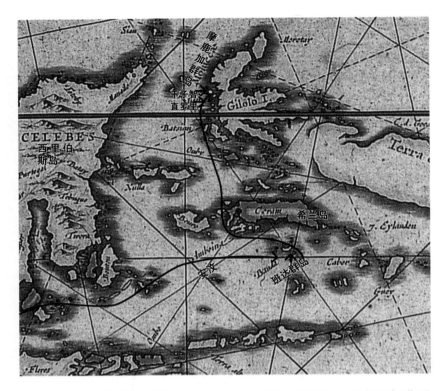

击他们。每座炮都上好了火药、火绳，可以立刻开火。敌方得知背后遭到突袭，立刻转向，回到设炮的阵地。他们人数众多，但我用他们的火炮攻击，让他们大败。其他人看到那么多人倒下，知道无法得胜，就开始溃散，逃向海边。许多人往岩石下逃去；八天后，我们才看到有人在岩块突出的地方上吊自杀。其他人看到这个情景，甘愿投降受俘。既然我们胜利了，就回到山下的城堡去。

"东窗事发"

　　岛屿的主人他们称为"Oronguai"①*D，是当地的贵族战士。他

_____

① Oronquai 这个称呼在大部分旅行家的航海记中都曾提及，乃至布干维尔（Bougainville）的著作里都有，指的是摩鹿加群岛的酋长。

们策划了一项阴谋，准备杀害总督和所有评议员，还想趁黑夜屠杀守卫队，再一举控制军队。本来他们可以轻松达到目的。

但是首领儿子看来有点疯颠，像个小丑，听到这些可怜人的计谋，便来到总督面前，笑着说，不久大家要与他玩一个大游戏。总督不懂这话的意思，到处打听，并将他单独找来盘问，答应会大大奖赏，于是首领的儿子泄漏了阴谋。总督一听到，便立刻下令，悄悄备好武器，以迅雷之势一举逮捕所有的首领，将之缴械，并将所有人关进监狱。审问时，我们好言相劝。他们当中有人以为我们会送礼嘉奖，免除他的皮肉之苦并原谅他，就供出了阴谋。于是我们严刑拷打其他人，他们便开始招供，除了为首的那二十或是二十四个头目。他们说如果招

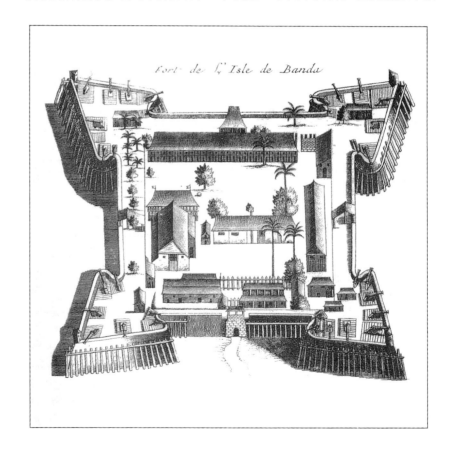

供，有人将会杀死他们，除非我们将他们带上船，送到巴达维亚。这二十几个头目被劝说回心转意并就近监禁。他们供出以下的事。

当地人的阴谋

首先，设想他们失去了土地，成为奴隶，最大的渴望便是解除这种苦境，重拾失去的自由。他们看到总督和所有评议员都住在他们的房舍和堡垒里，而他们连队上所有士兵都安顿在广场和居住区，完全没有设防，只有那位总督和评议员的住所之间有护卫队驻扎；而这些班达人相当熟悉环境，尤其要寻找总督相当容易。他们对他极为友善，他也以亲切的态度响应。这就是为什么他们计划先把总督门口的护卫割喉，拿下他的武器，再取得那名守卫附近仓库里的武器。之后，便冲向总督和评议员，其他人则去对付其他护卫，大概只有三四十个人。只要护卫死了，其他人就比较好对付了。接着，再收拾那些住在居住区外的人。他们一样可以轻易得逞，因为是夜晚，人人都在沉睡。事成之后，就丢进船里，再用大炮轰船，让它沉到海底去。

这是他们的计划，但是上帝另有安排。总督和评议员将他们分成四处监禁，只关二十个人，其他男人、女人和孩子就送到巴达维亚。*E 到了那里，我们让他们像主人 *F 一样自由活动，以为让他们像城里其他市民一样，他们就不会步上前人后尘。尽管已亲眼看到其他同胞是如何受到惩罚，他们还是试图在巴达维亚城里放火。幸好上帝让我们发现了他们的恶行。他们当中年纪大的立刻被捕，连同参与阴谋者共十九人。被审问后，不待拷打，立刻招供。以下就是他们的供词。

首先，他们想顺着从陆地（即群山）吹来的风，在这座城的两个角落放火，然后在其他角落也一并点火，好让这座城市迅速陷入火海。此外，还联合了爪哇人；爪哇人本来应该是和灭火的人同一阵线，届时却会趁机杀掠。这就是全部的阴谋。

城里的评议员顾问听到他们的供词，决定把他们分成四组，在四个城角分开监禁，绑在公共通行的道路上，让往来的爪哇人和其他路人观看，看看他们有多鲁莽。总督看到判决和量刑，皆签署同意，但还是觉得他们太不忠心，心眼太坏，命令我前往处决。我遵命处决了十九人，剩下的妇女和孩童便遣送到各地的城市、堡垒。这就是背叛所付出的代价。*G

一切平静下来之后，总督重新派遣大家回到驻扎地。接着，我们便离开，前往千子智（Ternate），也就是摩鹿加群岛。我们到达直罗里岛（Tidor）前，上岸参观了 Maquian、Bachian 和 Liecola *H 等要塞，接着到安汶（Ambona），然后是巴达维亚。

"班达群岛和罕见奇物"

班达群岛有很多岛屿，奈拉是最大的一个，堡垒也在这个岛上，像一个城市。韦岛（Pulleuey）*I 也很美，而且有一个堡垒，民众很多，都是我们的属民。龙图岛是最近才征服的，也很美；Rosequine 很小；古诺瓦丕火山（Goanoape）*J 意思是"燃烧的山"，平日就有火焰。这些岛屿都有丰富的肉豆蔻和肉豆蔻花，世界上其他地方都没有这些岛上多。有一种水果叫菠萝[1]；还有榴莲[2]，那是一种像瓜类的水

肉豆蔻花

肉豆蔻花色彩鲜艳。果子全熟时，外壳脱落，就呈现我们在这里看到的橙黄色。肉豆蔻花可作药用，治疗胃寒和神精衰弱，还可帮助消化，消除臭味、胀气。可以长久保存，药效可持续九年。人们拿肉豆蔻花或果实做成一种奇妙的膏药，磨成粉后，以玫瑰水化开，敷在胃部，有强胃功能。——出自《荷兰人第二次东印度之旅航海日志》

---

[1] "菠萝是很美的水果，是东印度最好的水果。它们就像松果一样绽开，因此西班牙人从巴西来的时候取名叫pinas。果肉黄色，非常香，浇上酒来吃，有水蜜桃的味道。吃太多会发烧，因为水分非常多，对胃来说太凉。水分酸烈，如果切完水果，刀子不洗，一个晚上就会生锈……菠萝远远地看以为是朝鲜蓟，但是它没有会刺人的一叶叶。菠萝树的样子很像西班牙的刺菜蓟，样子像纺纱杆头。水分像很淡的酒，所以一吃就停不下来。真是美味，超过其他水果。"——出自《荷兰人首航东印度》日志

[2] 马来人所谓的榴莲……大约像一颗瓜那么大。外表有一层厚硬的果皮，皮上还有尖刺。果子内分成四个凹槽，每一格有三四个果荚，就像小盒子一样，每个盒子有一个像牛奶一样白的水果，大小像鸡蛋，非常好吃，比米布丁的口味更鲜美。在西班牙加上白面包和玫瑰水作成manjar blanco。（出处同下）

果，长满刺，就像长着芒刺的麦粒一样，非常好吃，种子像小鸡蛋那么大，周边包着一层水油，滑润好吃。果树则像我们那边的梨树，叶子也很像。

另外有一种水果叫山竹[①]，有点像小苹果，但是呈褐色，果子的蒂头像颗手榴弹，有果毛，果实子的形状像榴莲子，非常甜美可口。树小，形似榅桲树，叶像樱桃叶。那里还生长另一种水果，叫波罗蜜[②]，像葫芦。这种果树所产的水果不像其他树；它是在叶丛中长出花，然后直接变成水果，四季都有；虽然如此，结果的时间轮流排序，一颗果子熟了、另一颗半熟、另一颗还在开花，有点像橙树。树可长到橡树一般大，但是底部没那么粗，树叶则像榴莲叶和梨子叶。其他种类的水果也都很可口。肉豆蔻长得像我们那边的核桃树，花像壳又像薄膜，树简直跟苹果树如出一辙，叶子也很像。榴莲和菠萝都属于燥性，会使伤口有灼烧感，也能激发男人的性欲。

"奇妙的蛇"

野猪的数量很多，但不像我们的猪那么大。蛇也非常多，有的一口就可以吞下野猪、野狗。有一次我们去打猎，带去的一条狗就是被蛇生吞。回到城里，居民告诉我们这样的事发生很多次，正是那些蛇吞噬了我的狗。我们又回去打猎，想看看这些蛇是否真是这样。在茂

---

① "山竹是爪哇岛上一种极美味的水果，很像在我们那里树丛里的黑枣李，非常好吃。"——出自《荷兰人首航东印度》日志，参看J.Ellis《山竹和面包果介绍：东印度最好吃，以及用途最广的水果》（Rouen, Machuel, 1779）

② "当地人称之为 jaca，荷兰人称之为 soorsac *K，在东印度各国都生长，但在爪哇数量特别多。树长得非常高，树枝很小，长满了叶子，没有形成大树荫。水果重量太重，就直接长在树干上。通常比荷兰瓜大一些，果皮坚硬得多、较厚，而且长满尖刺，所以必须以小斧头或工具敲开。里面有无数的小皮，好像是小荚果，包覆着黄色、黏糊的柔软果肉，有硬子仁，在火上烤来吃，很像栗子的味道。"——出自《伍特·舒顿航海日志》

鹤鸵（食火鸡）

这种鸟体型大约和天鹅一样，黑色，身体所有羽毛都是黑的，有点像鸵鸟。没有舌头，没有翅膀，也没有尾巴。脚很长，粗壮，用以自卫。像马一样，以后腿攻击、逃跑。能一口吞下想吃的东西，连拳头大的苹果都可以。吃下的东西都可经过消化排泄出来。最奇怪的是，可以吞下烧火的碳而没什么不适。也吞冰块，似乎是为了凉爽。——出自《荷兰人首航东印度》日志

应该来谈谈食火鸡。那是一种奇妙的鸟类。背部高耸突起，比东印度地区的公鸡体型稍大。在班达的小岛上可捕捉得到，和肉豆蔻的假种皮以及肉豆蔻属于同一个环境。羽毛有点黑，没有翅膀、舌头，也没有尾巴。胃在前端突出，非常坚硬，像是一个用来自卫的盾牌。头顶上是非常坚硬的肉冠。脚趾和爪和鸵鸟几乎一模一样。体型高壮，行动夸张，令人发笑：像是先坐下，再向前冲撞。东西只要在眼前都吞下肚，铅、铁、锡来者不拒，甚至是生

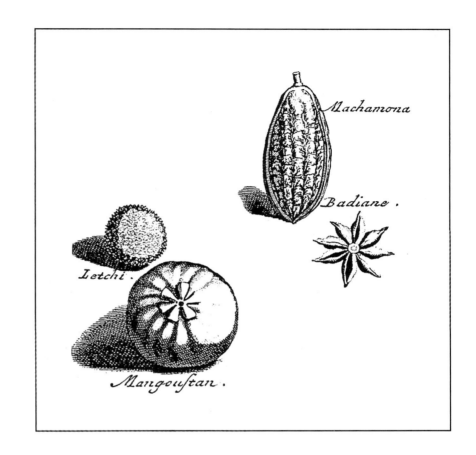

密的芦苇丛中遇见了一条。一位居民告诉我："要小心，因为我们离得不远。我知道它们的行踪和路径。"我们靠近了一点，看到一条蛇卷成圆圈，像船上的一卷绳索，大约有一呎的高度，头高高的，立在中间守望，侦察路径上的来来往往。我马上叫了四名火枪手，命他们同时开枪。这只庞然怪物身上多处受伤，卷成了一团，然后伸展开来，尾巴用力挣扎，奋力拍打，力道强劲，把周围的芦苇悉数扫断，如同闪电。尾巴奋力拍打之后，便死了。这条蛇没有毒性。我们前去查看，见它身上有八个弹孔；然后剖开它的肚子，看看里头有什么。肚子奇大，有一整只野猪，还有我那只狗的头和脚，是它前一天吞下

去的。那只野猪还很新鲜。我们把它放血，血流出来还是新鲜的。我们将这只野猪和那条大蛇带去给长官马丁·宋克[1]看。那只蛇的长度有四十五法尺[2]，可能还更长；整只野猪连同内脏有一百磅。我们切了一块，再加上一段蛇肉，烤来吃。长官和所有的军官都在场，也都吃了。有从但泽（Dontzig）来的谢灵（Christian Chelin）上尉 *L、布鲁塞（Brussel）上尉、瑞凡（Refin）上尉 *M、纪德（Guide）上尉和海菲德上尉 *N，以及我和我的中尉——汉堡人艾讷（Christian Ayner），以及守门掌旗官 *O——苏黎世人瑞勒（Hans Eoldric Reller）、巴赛人菲利普·吉斯勒（Philippe Gisler）中尉 *P 和很多商务员。大家都吃了。

有一种禽鸟，样子像东印度地区的公鸡，但是体型大得多，叫"鹤鸵"，一点羽毛也没有。如果有的话，也是像东印度地区的公鸡胸前那样的须毛，头也像东印度地区的公鸡，只是喙下没有垂着红皮；脚粗壮，三趾有爪，吃铁、铅、石头和各种食物都没关系。有些被驯养在城堡里。士兵跟它们玩，就拿火枪的铅弹来喂它们，它们可以一个接着一个吃上三四十颗，而且用喙来接，就像狗用嘴来衔面包一样。之后，这些禽鸟在要塞的广场上跑一两圈，所有枪弹经过消化，呈块状排出。

"班达岛民"

这些岛上的人皮肤黝黑，身材相当好，和摩鹿加人一样，裤子外面再罩一件麻布上衣。妇女的上衣长至腹部，腰以下穿一条彩色的花纹布，他们称之为"更纱"（sarasse）*Q，大概三四臂长。头发盘在后脑，相当整齐，插上很美的白花，带着香气。她们长得很美、迷人，

---

[1] 马丁·宋克（Jean-Martin Song，即Martinus Sonck），一六一九年抵达巴达维亚，一六二一年抵班达，任当地长官至一六二二年底。一六二四年率领舰队前往中国，后来担任澎湖长官。一六二五年九月意外身亡。

[2] 四十五法尺大约为十四米。

碳，但是吃下去就从后面排出来了。——出自《伍特·舒顿航海日志》

西谷米，或称"树林中的面包"

有一种树，砍下来之后剖开，拿一枝用粗芦苇作成的槌，槌打木心，打成大约像木屑的质地，再从这个材质做成面包，当地的语言称作 Sago（西谷米）。这种面包非常白，作成像手掌大、正方形的样子。——出自《荷兰人第二次东印度之旅》航海日志

有一整个树林都是西谷椰子树，木心可做成面包。这种树木非常粗，几乎要一个人才圈得住，长得也相当高。树皮约有一个拇指厚，木心像髓、木屑，全白。有需要时可以从树干直接挖出来吃……木髓晒干后就变得像面粉。——出自《马特里夫（Corneille Matelief）*T 东印度航海日志》

西谷椰子酒
(sagouar/sagauweer)

西谷椰子树还未长成之时，就在较高处砍断最粗的一支树干，在刀砍处插一支空心的细竹竿，是从最粗的甘蔗锯下的一节。没多久，西谷椰子树就从这些小竹竿流下大量的汁液……是这些东方国家的饮料，尤其在安汶。岛上荷兰人的酒店不乏这种饮料。适度饮用有益健康，可开胃；但是喝过多会醉，感到不适并且面目苍白，甚至肿胀。只要喝醉了，会完全苍白，面目全非，没有人看不出来。——出自《伍特·舒顿航海日志》

树林里有一种树称为西谷椰子树。从树干中抽取一种美妙的汁液，像泉水一样，喝起来像酒，会让人酒醉。抽取时，切断一根树干，在切断处挂上一段空心芦苇，大约可装五罐汁液。第二天早上和晚上再去摇树，就会在芦苇中分泌汁液，非常甜美，像初乳的颜色。——出自《雷希特伦航海日志》

很干净。男人是好战士，配带的武器是直刀，有铅制手把。盾牌约两臂 *R 长、一呎半宽，用海贝装饰，使用起来非常灵巧。此外，还有长箭和短箭。个性非常奸诈、好妒。

他们赖以为生的是"树林中的面包"（西谷米）和稻米。还吃各种肉，除了猪肉，因为他们是穆罕默德的信徒。司法制度是不欢迎窃贼；饮料是椰子棕榈酒，那是种很好喝的饮料，有酒精，但后劲不强。

窃贼若是当场被逮，无法赔偿受害者两倍，受害者可以杀了他。男人若是发现有人和他们的妻子在一起，可以杀了那人，并将妻子扫地出门，妻子从此被视为妓女。有人杀了人，被害人的父母如果坚持，便可处死。妻子，只要养得起，可以娶好几个，跟穆罕默德的信徒和这地方其他的异教徒一样。如果娶了过多的妻子，却养不起，会被长辈处罚。他们的房子和村庄搭建得相当好，在木梁上用树叶装饰，上面有各种动物的形象，再用椰子叶覆盖。大约有两三间房，都和地面齐平，贵族除外。这就是班达岛的人。

这些岛上的男人如果想和女人寻欢作乐，就会吃一种叫鸦片的东西，可以让维纳斯的喜乐持续更久。他们的妇女会说："Touan poconira ada macan amphion tidada macan marequita brey macan" *S 意思是："先生，您吃了鸦片吗？如果您还没吃，来这里，我给您，让您享受更久的愉悦。"

荷兰人拥有班达所有岛屿的主权，只有他们可以在这里贸易，其他人都不可以。希兰岛（Céram）的海岸离班达大约十至十二哩；那里的人和班达的人差不多高，肤色也一样，只是更凶猛。所产的水果也和班达一样，除了肉豆蔻。有多种各样的飞禽走兽，还有丰富的椰油和西谷米，也就是所谓"树林里的面包"，还有米。这些都很便宜。他们和我们交换在苏拉特（Sorate）和科罗曼得尔（Cormondelle）生产的印度服装：更纱和"唐古"（tingan tancoulaz）。那里有很多种鸟，有三四种鹦鹉，可以教它们说话。

天堂鸟

　　有一种鸟，居民称之为"Bouron Sorga"*U，是远从十五六哩外的一个岛上飞来的。那是个无人岛，因为无人能够登上。岛的四周都是岩壁，像高耸的城墙。这些鸟像鹅或是山鹑，每年飞来一次，一次有二三十只，会飞到地上吃某些种类的草。居民用弓射，清除内脏后，埋在海边的沙滩中。沙滩被太阳晒到烫热，就像在火中烧烤一样。放两三天，一直放到全干，就好像是封沙防腐一般。之后把它们

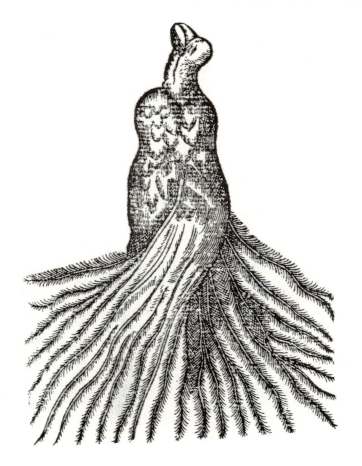

至死才上陆或坠海的无脚鸟神奇故事》，一五六〇年

有人说这些都不是真的，它们和其他鸟一样有两只脚。传说中之所以没脚，是因为抓到的人把脚切了，只留下头、身体和最美的羽毛。在太阳下晒干后，就看不见脚的痕迹，因此有人以为它们没有脚。——出自《荷兰人第二次东印度之旅航海日志》

排成一排，放在海边，再和我们以物易物或是卖给我们。我们称这些鸟为"天堂鸟"。先前的作家在书本中描绘、描述说它们没有脚，不吃任何东西，靠空气存活，公鸟永远不停息地在空中飞翔。公鸟的背脊上有一个洞，母鸟在洞里下蛋，也在公鸟背上的洞中孵育小鸟。但这是编造的神话，因为写这些的人对他们所写的动物，一点都不懂，只是听人说，并未真正见过。而我亲眼看过，看过这样的鸟停在地上吃、喝，还带过几只回到这里。这个地方有好几位酋长和贵族都亲眼看到他们肢体完好的模样，除了内脏。这就是我在这个岛上看到的奇珍异宝。至于房舍，就跟班达岛一样。社会规范和生活方式，我没有注意到什么特别的；居民就像班达岛人一样，也是穆罕默德的信徒。我想社会规范也很相似。

校注

A —此处九月似为二月之误。昆恩所率舰队于一六二一年一月十三日由雅加达（巴达维亚）出发，二月二十三日由安汶转向班达。*Jan Pieterz Coen*, Deel I, p. 625. 6 Mei 1621, Banda.

B —《雷希特伦航海日志》原为荷兰文写成，其法译本将奈拉岛译为 Néra，而荷兰文写作 Nero，均指今日英文地名 Banda Neira，故统一译为奈拉岛。

C —此处描述的是一六二一年三月十一日荷军登陆攻击龙图岛的细节。当时荷军派出六个连队三百三十人，由龙图岛北面沙滩登陆诱敌，但主力十个连队五百五十人却由南面岩岸登陆包抄。*Jan Pieterz Coen*, Deel I, p. 628. 6 Mei 1621, Banda. 根据雅加达决议录的记载，当时利邦的军阶是上

士（Sergeant），因守卫雅加达城两座棱堡（bolwercken），受奖赏五十里尔。*Jan Pieterz Coen*, Deel III, p. 681. Resolutie, 12 Jan. 1621, Jacatra.

D ——即马来语"Orangkaya"。

E ——昆恩总督于一六二一年五月十六日指派驻防建制后，率四艘战舰离开班达。*Jan Pieterz Coen*, Deel I, p. 642. 6 Mei 1621, Banda.

F ——这里是说赋予他们自由人的地位，而不是战俘或奴隶。

G ——此一判决，见*Jan Pieterz Coen*, Deel IV, p. 271-3. Sententie, 11 Feb 1622, Batavia. 利邦身为市政法庭承审官，也在此份判决书上签名。

H ——Maquian 今日英语作 Makian；Bachian 今日英语作Bacan；Liecola 为何处则尚待考证。

I ——马来语"Pulau Weh"。即岛之意。

J ——Rosequine 岛今日英语作 Rosegain。Goanoape应为马来语"Gunung Api"之对音，"Gunung"为火，"Api"为山。

K ——今日荷文拼法为 zuurzak。

L ——荷文拼法为 Christiaen Schelling（h），利邦写作 Christian Chelin。他在一六二二年二月二十七日，新加入巴达维亚教会举办的圣餐仪式，当时官阶已是上尉。Jakob Mooij（uitg.），*Bouwstoffen voor de geschiedenis der Protestantsche kerk in Nederlandsch-Indie, 3 deelen*，（Weltevreden：Landsdrukkerij, 1927-1931），Deel I, p. 177. Copya Gesonden aen Adriaen Jacobs Hulsebos van Batavia, 3 Maert ao 1622. 在一六二二年三月三十一日，他被任命为上尉，随雷尔松（Cornelis Reijersen）率领的舰队出征澳门。*Jan Pieterz Coen*, Deel III, P.847. Resolutie van Batavia, 31 Mar, 1622. 后来又被任命为澎湖城驻军上尉。Willem Pieter Groeneveldt *De Nederlanders in China: eerste stuk: de eerste bemoeiingen om den handel in China en de vestiging in de Pescadores*（1601-1624），（'s-Gravenhage：N hoff, 1898），p. 412.

M ——荷文拼法为 Hans Ruffijn。Ibid, pp. 346-7。死于一六二二年六月荷军攻

打澳门之役。

N —Guillamme van Heetvelde，见第三章校注。

O —法文为"porte-enseigne"，porte即门之意。因为当时守城门的军官均居住于城门正上方之营房，故可能是指被派驻于城门上方，负责守城之队伍的掌旗官。

P —Phillips Gijselaer，来自巴赛（Basel），本来在 't Wapen van Amsterdam 船舰上任职。VOC 1070, Rolle van alle degene tot Jacatra van den dienst der compagnie ontslagen zijn 't sedert 30 September 1616 tot 18 Januarij 1620, fos. 315v-316r.

Q —马来语为"Serasah"，为产于印度的印绘棉布，颜色以红、蓝、黑、紫、绿、黄为主。十七世纪时流行于日本而以汉字写作"更纱"。Pieter van Dam, *Beschrijvinge van de oostindische Compagnie*, （'s-Gravenhage : Rijks Geschiedkundige Publicatiën, 1939）, Boek II, Deel III, 616; 任莉莉，"大航海时代的更纱之恋—荷兰'东印度公司'成立四百年遥想"，《故宫文物月刊》，20卷：10期，2003，页12-21于15, 17。

R —两臂合围之量或长度，或译为"一抱"。

S —马来语原文应是"Tuan bukanir ada makan amfiun tidak ada makan, mari kita beri makan"。

T —马特里夫（Cornelis Matelief de Jong，1659-1632），是联合东印度公司中代表鹿特丹分公司的董事（bewindhebber），一六〇五至一六〇八年间率舰队前往东南亚与中国。一六〇五年试图拔取葡属马六甲失败，一六〇七年于千子智建立奥良耶城。一六〇八年九月一日返抵荷兰。Michael Breet（uitg.）, *De Oost-Indische voyagie van Wouter Schouten*, （Zutphen: Walburg Pers, 2003）, p. 522, noot 32.

U —马来语即"Burung Surga"。

第五章

关于摩鹿加群岛
和巽他群岛的描述

DESCRIPTION DES MOLUQUES
ET DES ÎLES DE LA SONDE

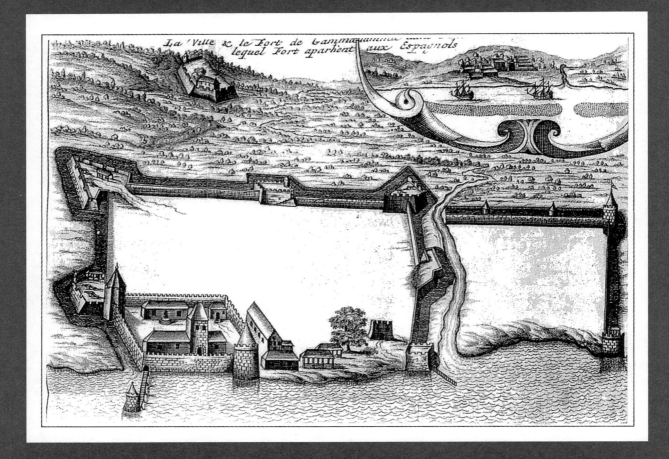

摩鹿加群岛

人们从好望角经过这些岛屿前往中国，一路上都在做买卖，海上有商船无数。现在英国人、荷兰人也来了，买卖那些美味的水果、香药、芬芳的花卉。因为当地的各式花卉在树上争奇斗艳地绽放，散发出一种馥郁的妙香，弥漫在空气中，随风飘散六七〔古法〕里远。其中丁香花蕾最为昂贵，时常是用生命换取而来，又必须在海上漂流许久才能取得。——出自《法兰斯瓦·皮哈尔东印度之旅与航程》

第五章　关于摩鹿加群岛和巽他群岛的描述

Description des Moluques et des îles de
la Sonde

　　千子智群岛和摩鹿加群岛盛产丁香花蕾。那里的丁香树就像我们这边的树木一样粗壮，树形类似我们称作"粪梨"（poires de crotte）的梨树，但是比较大，果实也像梨子一样长在树枝末端。树是常青树，一年四季都结果，因此有熟果、半熟果，还有未结果的花。有一种树非常令人赞叹，当地人称之为"Bonge quinche radia"**A**，意为"丁香花蕾之王"，因为它有另一种形状的花蕾，非常小、很短、形状像钩，只有在摩鹿加群岛和千子智群岛上有。经岛上居民证实，以及我方目睹过它的人说，这种树长到差不多八十岁便开始枯干，会在树根部长出新枝干。枝干渐渐长大，当枝干开始结果时，就应把枯干的老树砍掉。有人看过这种树的果实。这里还有各种水果，和班达群岛一样。

　　荷兰人拥有千子智和摩鹿加群岛中大部分的岛屿。千子智岛的国王对我们非常友善，西班牙人也拥有一些岛，如加马拉马（Gamelain）①，那是一个堡垒；他们在附近还有几个小堡垒，距离加马拉马约一小时。荷兰人则占有 Maquian、Bachian、Motir、Liecola 和直罗里。

---

① 即 Gammalamma **B**。"加马拉马城是国王的都城，位于海边。海岸线上只有一条街，和旧阿姆斯特丹的街一样长。大部分的房舍都是以芦苇盖成，一些是木造，连教会也是木造的。城市前没有港湾可以停靠。"——出自《荷兰人第二次东印度之旅》航海日志

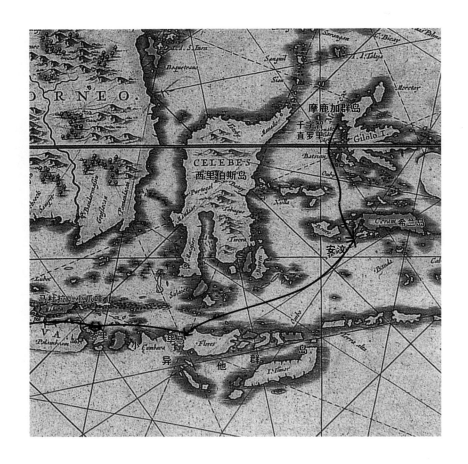

鏖战西班牙人

我们和西班牙人的战争持续不断。在摩鹿加堡垒内，每天都有小战事、突袭和埋伏，差不多每天双方都有人伤亡。其中有一位西班牙上尉，带了白人和黑人共一百五十人，试图突袭我们派到森林去采丁香花蕾的奴隶。他们开枪攻击那些奴隶，奴隶就逃回城堡，只死了一个，于是他们完全无法侦察我们的情况。一听到这个消息，我便悄然且迅速地发出警报，带着六十名士兵，大声击鼓朝敌军前进。他们也朝我们过来。西班牙上尉狄哥·德逢德（Diego de Fonte）全身披

丁香花蕾

产这种花蕾的树很像我们那边的月桂树，大小和形貌都类似。这些树有很多小枝干和数量惊人的花朵，每朵都有花蕾，绝对不会缺。花朵先是白，变绿，再变红，而且很硬，真的就像钉子一样。花和花蕾还是绿色的时候，会散发出一种香气，是全世界最迷人的香气……这种树连种都不必种，花蕾会自己掉下来。在此四处生长，又有充沛的雨水浇灌，长到第八年就开始结果，可以延续一百年。——出自《荷兰人第二次东印度之旅》航海日志

甲，奋身向我冲来，我毫无武装。我们搏斗许久，直到他长矛的戟断了，掉到我这一边，刺进我的肚子，我的肠子便挂到大腿上了。我奋力一跳，用剑从他头盔下方刺进去，刺穿他的咽喉，他应声倒下。我便挥剑砍下他的头颅，让手下送给长官马丁·宋克。士兵们以火枪奋力射击，我的副手奋力开枪，他的枪往旁边一折，打断我左手握住的长矛，又打我的左手；我忍住痛楚，继续鼓励士兵。他们已经大有斩获，因为对方一百六十人只剩三分之一，其他倒地不起，血流成河，漫过了鞋缘。之后，我们追亡逐北，一直追到他们堡垒的炮筒下才撤退。我伤得很重，又损失了十二名士兵，还有大约十五六人受伤。上帝降福，除了两个人之外，他们后来都好了。

摩鹿加群岛的原住民

这里的居民生活条件和班达群岛一样，但比较强壮，是素质更好的士兵。武器和班达群岛居民也一样，穿着相同，头上戴着头巾；女人更美更迷人，一样信仰穆罕默德，如前述；社会制度也一样。他们以服装和银子交易；那里产金、银，还有很多西谷椰子树，也就是"面包树"。

还有非常多的蛇，比班达群岛的更粗壮，去打猎的时候，一不小心，会被绞死，只能靠猎人相助脱困。如果蛇抓住猎狗和野猪，就整只吞下去，跟班达群岛上的一样。这些东西令人难以置信，但就是这样。我呢，我自己到森林里去等候那些西班牙敌人，带着一名奴隶作向导，通过河谷的树丛，结果他在路上被一条长五十呎的蛇捆住。我在不远处，立刻拿起军刀去杀蛇，但是那名奴隶还是死了。

还有蝙蝠，大得像老鹰，落到地上就不能飞，得像青蛙一样又跑又跳，跳到树边，再攀回树上两三吋 *C 高的地方，然后再度飞起。这些蝙蝠和其他鸟飞得一样久，会停在椰子树上，因为蝙蝠吃椰子；

这种水果很好吃。此外，也有好几种鹦鹉，很漂亮也很会学舌。

小猴和大猴

还有很多猴子，共四五种，很灵巧，可以训练当帮手。它们就像土狗那么大，尾巴很短，差不多只有小指头那么大。居民称它们为"hangintaouer" *D，意思是"容易教导的猴子，人模人样的"。还有其他种，更大、像大狼狗，褐色，当地人称之为"oran saïtan ana" *E，意思是"魔鬼的化身"。因为它们很爱人类的妇女。妇女到乡间，或是到森林里去采草、采菠菜或其他东西的时候，这些动物就尾随她们，而且成群结队，等机会下手。它们抓住妇女，就像男人一样强暴、取乐。我们曾经遇过一个千子智贵族女奴，到乡间去采草，这些动物，有好几只，其中几只抓住她的手，其他则抓住她的脚，一只就像男人一样强暴她，然后四只轮暴。要不是四名士兵正好经过，她可是无法脱身。士兵到那里勘察地形、路径，听到她的叫声前去。其他几只听到声音都逃走了，只有那只还在动作中的不肯停止。士兵走近拿起刀打它，才离开，还一路勃起不断。士兵把女奴带回去给主人，她说有三只猿猴强暴了她。后来，听说那个女奴生了两只怪物，半人半猴①。这是真实的故事，西亚拉（Hialam）长官 *F 和汉莫（Hammel），以及包括我在内的其他军官都看到了。我自己还当过中间人，因为没有人比我更懂得马来文和千子智文。我并不想张扬这些事，因为会对这些女人造成影响。这事很容易取信于人，因为我们见过这边正处于发情期的猴子，像长尾猴那样，它们的生殖器就跟男人的生殖器一样。还有其他小猴子，尾巴很长，东印度地区的人称之为

---

① 《自然通史》作者布丰伯爵（Georges-Louis Leclerc de Buffon）提到"这些被迫，或许也有出于自愿的人猴交配，所产下的种，属哪一种？假设他们属于不同种类，之间的差距就很难掌握了"。——出自《自然通史》，一七七〇，卷十一，四十三页

巨蛇

找到一条惊人的巨蛇，刚刚自己爆开来。剖开后，抓出一只刚被吞掉的山猪，还不算大。但是他们太饿，还是吃了。这可能是他们来到这野蛮之地以来吃过最好的食物，而且对身体无害。不要以为我形容的巨蛇是天方夜谭。在这里，蛇常常庞大到难以想象，所以在树林里，它们敢攻击人、羊、山羊、狗、野猪：它们把猎物勒死，再整只吞食，但是如果吞食的动物太大，身体就会爆开。——出自《伍特·舒顿航海日志》

Le Fort d'Amboine tel qu'il étoit l'an 1607

"Coutien Outan Radiaroma" ***G**，意思是"宫庭的长尾猴"。这种猴子很温驯，一点也不凶暴，只是用来耍弄，就像玩松鼠一样。

安汶岛

安汶岛和摩鹿加群岛一样，产各种水果和动物，人种肤色较深，个子较小。有很丰沛的椰子酒，产自一种树，可以提供两百年的酒，之后就砍掉。东印度地区的人将它剖开，以铁器刮肉，一直刮到皮，然后放在石灰槽中泡水，再放到三四个凹槽中。在第一个槽中搅拌、揉捏。水流过各个槽，带出沉淀在底下的物质，看起来像溶化的石灰。汲取完之后，存放在很大的陶瓮中密封，马上运到交易场所，因为刚煮熟的价钱比放久的好。这酒是以陶瓮煮，再像荚果一样密封。因为是新鲜煮熟，如果有新鲜奶油掺着吃，美味无比。还有很多米可以送到邻近岛屿。荷兰政府掌控一切，利用武力强大的堡垒控制一切。居民完全臣服，这就是我在这个岛所看到的。至于社会制度，和前述相同，因为他们都信仰穆罕默德，没有司法制度。荷兰政府就是主人。

毕马岛和峇里岛

毕马（Bima）是一个贸易小岛，可以去那里休息，买几个奴隶和米。那里的人都很坏，如果他们占了上风，更不值得信任。他们都是穆罕默德的信徒，彼此很亲切问安、欢迎，好像认识很久。新月和月初时都有敬拜，和其他伊斯兰教徒一样。

峇里岛盛产米和各种动物，以及奴隶，有很多水果，居民很喜欢荷兰人。我们抵达的时候，必须先去见他们称为"Radia" ***H** 的国王，告诉他我们需要什么。他知道以后，就很快答应我们代订所需的

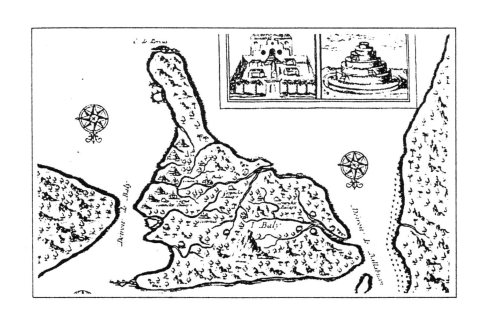

一切，甚至比向当地居民买还更便宜。例如一个银钱就可以买五十只母鸡，也可以和我们交换名为"更纱"和"唐古"的衣物，那都是极细的棉布或棉线织成的衣服，有各种颜色。他们拿牛、水牛跟我们交换这些印度织品，也换不少猪，因为他们不是伊斯兰教徒，是多神教徒，跟我们一样吃猪肉。他们没有信仰，说是太阳和月亮给了他们一切。他们相信国王承担了他们所有的罪。死后，国王让他们住在王宫里，那就是他们死后该去的地方。

峇里岛妇女的风俗

在这个岛上，男人和爪哇人身材差不多，但是比较忠厚老实。女人身材很美，肤色也美，温柔有礼貌，很吸引人，她们以自己的语言这样叫我们："Oran holanda, pouté pouté qui tà pougnia ati souca bagnia per dia pougniali carna quita souca porounira sanca danquita"*l，意思是"荷

峇里岛

峇里岛位于大爪哇东部，绕岛一圈大约有十二〔荷〕里，北部海岸有山，首都也叫峇里。国王有一座大王宫，美仑美奂，岛上其他地方也有王宫。这个岛屿居民非常多，皮肤黝黑，卷发。国王拥有绝对的王权，非常严厉。他

兰人先生，看见您如此洁白，我内心渴望与您交谈；我们想您也是如此看待我们。"可是如果你真的和她们有更深的认识和情谊，那就必须忠实，不可变心。如果她们发现你变心，会想尽办法毒害你，给你下毒。不论是对付丈夫还是其他人，她们的手段都很可怕。

至于男人，国王允许他们娶很多妻子，只要有能力抚养即可。一旦经人举发做不到，妻子便会被带走，降为国王的奴仆，他们本人也是如此。

一六一九年，由于贵族在两年内死亡大半，国王找不出原因，于是制定一则法令，昭告全国：所有拥有多位妻子的男人，死后若要进行火葬，最受宠爱、与死者最亲近的那位最主要的妻子，应自愿、不受逼迫地与丈夫一同火葬。妇女听到国王颁布的法令，得知如此对待丈夫的妇女要受到的惩罚，由于害怕受罚，于是贵族男士的死亡人数确实不再上升。看到成果，国王知道他的办法奏效，便向咨询大臣宣布，这项法令必须持续执行，于是延续至今。但如果自然死亡，则不以火葬。

至于男人，勇敢善战。他们的武器是长矛，和爪哇人一样使用矛和盾。木盾以虎皮和犀牛皮包覆。出兵以击鼓为信。鼓的制作是取六塞提尔大小的容器，两边绷上水牛皮，用一支以皮包覆的大木棍击打，共鸣很响，像一座大钟，听起来很吵。此外，还有一些金属和黄铜制的小锣，也作练兵之用。他们赖以维生的是米、西谷米和各种肉类，烹调技术相当好。

峇里岛原住民的饰品

男人腰部以下围一块布，布长三个两臂（brassée），宽一个两臂。这块布围住臀部，长至小腿肚，有三种颜色，他们称作"唐古"。腰部以上裸身，和爪哇人一样，发色黑，长至颈部，涂抹香油和椰子油。

妇女穿着细白布上衣，长至大腿，上面罩一件长更纱，长有两三

们是异教徒，敬拜每天早上醒来第一个遇到的人或物。穿着和爪哇人及其他岛民相同；也只剩下这个相同点。男人已经不留胡子，只要长出几根，就有专属的工具拔除。据说是因为妇女的关系而形成这项习俗，因为她们一看到长胡子的男人就嘲笑他，叫他"山羊！"——出自《荷兰人首航东印度》日志

下毒

如果荷兰人对女伴不忠，不遵守婚姻约定，应该到她那里却去了其他地方，又被她发现，就免不了被下毒。她会找机会下手，在食物里下毒，或用其他方法。她们知道用量，让男人毫无知觉，出门之后死在路上，或是回家后很快死去。——出自《伍特·舒顿航海日志》

遗孀殉焚

他们有一种不良风俗，丈夫死去的时候，要在同一个柴堆上，一起焚烧几个妻子。被选上受焚的

妇女，视此为贞洁、爱丈夫的证据。他们坚信妻子会陪伴他们一起到另一个世界。妻子怀着这样的信念，在音乐伴奏中跳舞进入刑场，戴着最珍贵的珠宝，以便在她们将去的地方使用。有人说这个习俗是从前某一个国王制定的，因为有些妇女对丈夫不满或喜欢别的男人，有时甚至为了鸡毛蒜皮的事，毫不犹豫下手毒害丈夫。——出自《荷兰人首航东印度》日志

个两臂，宽一古尺，五颜六色，画满了树叶，将臀部围住，裙长至脚踝。另一条约一臂长，包覆胸部，头发扎在背后，抹上香油，插上美丽的花朵。耳垂在年纪很小的时候便穿孔，并维持到成年，穿孔变大，大到可以穿进一个圆锥金耳环，镶有宝石或钻石，因身份而异。

峇里城地理位置相当好，也有砖造城墙围绕。街道宽敞整齐，房舍大多为木造，且雕有图像。其他房舍的墙则用砖砌成，一部分覆上类似中国的瓦，一边弯曲，一边平整；其他部分则覆以棕榈叶或椰子叶。屋内并不豪华，几乎与屋外的地面齐平，只有国王的王宫是三层楼。房屋很便宜：二三里尔就能换一间像爪哇和摩鹿加岛的房子。

岛上有凶猛的野兽，如老虎、凯门鳄、鳄鱼，也有蛇，长达十八至二十呎，但无毒。也有一些小一点的蛇，像只有一臂长的奎蛇，会跳起来攻击人，人在乡下奔走时，它会从路边草丛中跳出来。一被咬到，若不立刻割开伤口放血，就会失去意识而死。岛上也产黄金，只是颜色较浅 **J**，妇女用来做戒指和珠宝。

小爪哇

位于大爪哇附近的岛称为小爪哇①，也信仰穆罕默德，社会规范、建筑物和生活模式都和大爪哇一样，也产一样的水果、酒。人倨傲无礼，我们只有在非不得已或是风向不对无处可去时，才会前去。

九月九日，总督派我带一百五十名士兵到城里的主干道驻防，以便主持巴达维亚城的评议会，并管理城里事务，但是受到马泰兰（Matran）**K**——也就是大爪哇皇帝的威胁。他也有意前来参加会议，还准备带着一支大部队。其实他的本意可能并非如此，因为他知道再也要不回马杜拉（Madura）和锦石，以及其他被他毁坏的美丽城

① 小爪哇指的是毕马岛。**L**

市。我们也不太相信他会来，因为上回我们在锦石相遇后，他应该很了解我们才对。

我们判决了两个人，一个是水手，一个是士兵；刑罚是从平台丢入海中，因为他们殴打了"苏里号"（Suri）船长。***M**

总督召开了教会评议会，我以审判员的身份参与。***N** 在那里，总感觉心神不宁，因为我还必须主持军事评议会。此外，我常参加在总督所在的城堡内举行的评议会，主持一些一般性的谈判和事务。除了仓促举办的婚礼，也有告发妇女通奸或一些行为不检点的案件。我们都很和善地提醒，引导他们善尽应尽的义务，因为这是个新建的城市，人民也都是新进居民。每天都有从各地各国来的人，前来寻求我们的保护与保卫。我们很欢迎这些人，于是这个城市人口日增。这一年很平安地度过，只有零星几次出城埋伏和攻击爪哇人。

马泰兰

从前这里有很多小王国，每一个海港城市和商埠都有自己的国王，即便是最小的城也都如此。但是马泰兰逐渐降服了大部分王国，便自称是整个大岛的统治者，就如同欧洲的皇帝。它的管辖范围主要在东部，因为万丹国王在西部也拥有一大片领土。这两位君主是爪哇岛最有权势的人，其他国王则臣服其下。——出自《伍特·舒顿航海日志》

校注

A ——即马来语"Burga tjenkeh raja"。

B ——千子智西岸的大城，先后被葡萄牙人与西班牙人占领，一六六三年后由荷兰东印度公司取得。现名为 Castela。*De Oost-Indische voyagie van Wouter Schouten*, p. 110, noot 26.又可能由于此城堡之西班牙名称 Gamlamo 较加马拉马为短，所以荷兰人也将加马拉马略缩为 Gamelain 来指称堡垒，以便跟加马拉马市镇区分开来。

C ——时约合一点九米。

D ——马来语为"Ingin tahu"。

E ——马来语为"Orang setan anak"。

F ——可能指当时任职于千子智的长官 Jan Dirckszoon Lam。

G ——马来语为"kucing hutan raja rumah"。

H ——应为马来语"Raja"，意为国王。

I ——马来语为"Orang holanda putih-putih kita punya hati suka banyak par dia punya hati karena kita suka Bukanir sanka dengan kita."

J ——指成色。

K ——十六世纪中期，爪哇岛上伊斯兰教诸邦逐渐取代过去印度教诸邦。爪哇岛东部伊斯兰教邦马泰兰在领主 Senapati 领导下势力逐渐扩张，他并在一五七五年被奉为共主，其孙 Soenan Agoeng 在一六一三到一六二〇年间率领数万人发动数次向东征讨的战役，夺取数个大城，成立一控制爪哇大部分地区的封建帝国，并为麦加当局尊为苏丹。之后他回到首都，上尊号为 Sousouhounang Ingalaga Mattaram，即"马泰兰至高至强圣君"之意。参见：Pieter van Dam, *Beschrijvinge van de oostindische Compagnie*,（'s-Gravenhage：Rijks Geschiedkundige Publicatiën, 1939），Boek II, Deel III, pp.381-3

L ——此处编注或有误，小爪哇应是指马杜拉。

M ——或许是殴打了商务员苏利（Andries Soury）（见第三章校注），当时并无称"苏里号"（Suri）的船只。

N 一利邦在一六二一年八月二十一日当天被遴选为市政法庭
（scheppenen）承审法官，并于十六日起正式上任。参见*Jan Pieterz Coen*,
Deel III, p. 751. 利邦于一六二一年十二月十二日经过推举，由总督遴选为
巴达维亚城教会评议会（或小会）之长老。当时教会评议会主要在处理
信众的结婚之申请与公告，以及重振社会风气。参见*Bouwstoffen*, Deel I,
p. 131. Resolutie van Jacatra, 11 Aug. 1621, Jacatra.

第六章

从巴达维亚
到澳门
De Batavia à Macao

Ternate, Par son aspect Oriental.

第六章　从巴达维亚到澳门
De Batavia à Macao

　　四月十日，我们十二艘船从巴达维亚出发，往澳门方向前去，穿越巴琳邦海峡（Détroit de Balimban）①。这个海峡隔开了苏门答腊和巴琳邦 *A，我们乘风破浪直向占婆（Jampa）②，穿越大浪，来到金兰湾（Comorin）③内的港前，决定在这里下锚。听说在金兰河上游地带，有西班牙人或葡萄牙人在造船。我带着一百名士兵沿河溯流而上，在那里发现一个小村庄，那是他们为了建造那艘船而设的藏身之所。船已经竣工，可以下水。他们抛下行囊逃走。我们挑取最好的，其余都放火烧掉。那艘在陆地上造好的船对我们没用，也就一把火烧了。我们四周张望，没看到什么特别的景色，只有一个湖，位在两座高山之间，大约有一两段火枪的射程 *B 那么宽，不知道有多长，因为我没走到尽头。一路上没看到果树，只有大树，适合造船。之后，我们就回到船上，顺流而下返航。那些西班牙人，我们待在那里时一个影子也不见，现在却从树林中朝我们开枪，还有原住民对我们射箭。我一边和手下备战，一边警醒以待，然后下令开枪反击，每次十二发向树林里射回去。我们看得到敌人火炮的硝烟，却不见人影，只听见葡萄牙人大喊："耶稣！圣母玛丽亚！"我们据此估计有几个人倒地毙命。就这样，他们倏然停火，再也没听到有人开枪。我们于是顺流而下，来到舰队旁。

---

① 巴琳邦是位于苏门答腊东南的海湾和岛屿名，是爪哇、苏门答腊和马六甲分界的海峡。
② 亦作 Champa。
③ 交趾支那王国（Cochinchine）的一城。

占婆王国

占婆王国的住民肤色很深，个子小，已经开始留胡子，不像其他的印度人，丝毫没有这种习惯。他们身高大约和索洛（Solor）岛上的居民一样，衣着是一件紧身裤，披上宽松的外套，跟暹罗人一样。妇女个子娇小，穿一件小衬衫，长度至腰间，着花裙，头发盘到头上，帽子的样式和交趾支那（介于广东和占婆中间的一个王国）一样，手上戴着金手环，手指上也戴了很多戒指，那是当地人的流行装饰。男人相当懦弱，不勇敢，人数倒是很多。他们的武器是大刀、火枪、圆盾和矛。他们的交易物品是奴隶和黄金，还有一种木材叫伽楠木（calebac）[①]：这种木材非常香，只要放一小块——像别针那么大的一块，在火或炭上烧，便能满室生香；还具止血功能，用汤匙刮一点调上酒，就能立刻止血。因此，价格非常昂贵，是同样重量金子的两倍。这种木材在金兰湾中有，居民从水中捞出。我们也去试捞。我自己就带了回来，给好多人闻过。这种木材呈深褐色，和胡桃木一样。

当地居民的主食是米和一种块根植物。这种块根植物约和男人的大腿一样粗，长约一古尺，煮熟后拌肉吃。就我们所知，他们和暹罗人一样是异教徒。这就是我所知道关于占婆王国的事。稍事休息，我们就重新张帆往澳门去。

海南岛

这个月二十五日，我们越过了交趾支那王国，抵达海南岛，是一个采珍珠的地方。这个岛离陆地大约有两发炮弹射程之遥，所有居民都是采珠人。他们带着一种网子潜到海里，在深海中采集蕴藏珍珠的

---

① 一种香木。

蚌。我们也下去采蚌。我采到四五个，挖出九颗漂亮的珍珠。但泽的谢灵上尉和上士菲利普·吉斯勒，以及洛桑的克莱蒙·维奈（Clément Vuagnière）*C 中尉也都下海去采。蚌和珍珠均产于此，其开合像牡蛎，肉质之鲜美也如同牡蛎。

六月二十二日，我们抵达澳门港，勘察了可登陆的地点，没找到最合适的靠岸点，因为那里有西班牙人和葡萄牙人防守的壕沟和炮台。夜晚，我们开始备战，命令所有船长、士兵、船舰、救生艇待命，准备在日出前一小时发动拂晓攻击。

澳门之战

这个月二十四日，我们发号进攻，成功夺得壕沟和炮台，但是死伤惨重。炮台就在海边，刚一抵达，指挥官雷尔松（Corneille Reyer）*D 的额头就被炮弹碎片击穿，说不出话，被带回船上。瑞凡上尉以为胜利夺取壕沟，就会取得全胜。他看到士兵开了无数枪之后，松懈下来，却没有让他们稍事休息、重新振作，并补充弹药，只想立刻追击。但敌人撤退，其实是要引诱我们进攻。其他人看到这个情景，都退到船上去。而我，看到这个悲剧，想起瑞凡的话——他曾经在自己连队士兵面前说："我将你们领向敌人，但魔鬼将带你们回来！"我于是命令中士回去找火药和军需品 *E。我预见即将发生的事，质问瑞凡，是不是有人帮我们备好弹药，他的进攻太仓促。我呢，则往左手边山上去，来到一栋大修道院旁。就在我们等待补给弹药的同时，敌人全力反扑。因为在陆上作战，他们炮火猛烈，持续攻击了三四个小时。敌人发现他们没有占上风，便带领两三百个已喝酒壮胆的奴隶，发给他们刀、矛和各种武器。首领骑在马上，手中握着大刀，在队伍后面驱赶奴隶，把他们赶向我们，跟我们作战。战况非常惨烈，一片混乱，地面为之震动。我完全没看到火枪或其他武器，只见他们没命似的朝我们蜂拥而来，如野兽一般：死伤无数。弹药补给终于到了，士兵想去取用。来了一个爪哇人，慌慌张张想拿，却点燃了火药，被炸飞出去。敌人见状，认定我们的士兵已无弹药，更加勇气百倍，冲向瑞凡的连队，杀得片甲不留，只剩八九个人，和来自梅克伦堡（Mecklembourg）**F** 的掌旗官德瑞克·史塔兰德（Derrick Statlander）**G**，还有我。我在山上一座修道院附近，敌人以为已经切断我们的后路。看到这种情势，我想："死定了，弹尽粮绝。"但我们还是奋力杀敌，面前死伤枕借。他们从修道院的一条小路过来，我们已经没有火药，其他连队都已撤退，也不可能从其他连队处获得。我呢，看到这种情形，为了不让所有人丧命，我告诉上尉："想办法撤退！"并告诉士兵："各自保命，已经没希望了——你们也看到，其他人都撤退了。"我们下山时，与敌人短兵相接、彼此厮杀，我方士兵持剑杀出一条血路。我们冲到海边并攻占战壕，想寻找小艇时，敌人已非常

接近；我方士兵想躲进战壕，敌人却像杀鸡一样杀害他们。到了岸边，看到船已远离，我想大概死定了。但是我看到一个大个子传教士，或是耶稣会士，在岸边煽动他们的士兵杀我方的人。我奋力跑到那位传教士身后，一把将我的戟（pertuisane）刺进他的背后，立刻跳进海中，泅泳了大约一火枪射程的距离，追上一艘小艇。各种旧式、新式火枪如冰雹般不断朝我射击，我却安然无恙，因为汹涌的海水挡住了枪弹，保护了我，也使我因水流冲激而挫伤。人们把我连人带武器拉进船里。船上我方士兵人数不多，原有八百人，现在只剩两百五十人 *H，包括六名上尉、三名中尉、九名掌旗官和七位士官。这一切都是因为缺乏弹药，还有那个瑞凡下的错误命令而肇祸。之前，他说了前面所记的那些话。当我告诉他必须向上帝祈祷时，他回答，我们不缺乏祈祷，一切都很充足。他说完，我笑着说："别自满，关键是每个人都要恪尽职守！"他的自满让他身中至少十二刀，因为他打先锋，也是第一个丧命的人。其他上尉都是商务员、船长和下级商务员。*I 他们在尝试，还以为自己在做买卖；还在学习作战阶段，便命丧黄泉，因为临阵磨枪，酿成大错。但事情已经发生，只能接受。——救治伤员后，我们决定起锚，继续航行。

澳门的特色

我简单说说澳门这些岛屿。澳门有三四个岛屿，最好的由葡萄牙人居住，但那是不毛之地，只能种点花草和橘子。其他岛屿都不能住人，有灌木覆盖群山，其间有山羊、母牛等牲畜，从港口就能望见。这些岛屿离广东①非常近，广东是中国第一省。两地（澳门与广东）相隔仅一小段狭窄的海湾，只需短短两个小时航程。葡萄牙人整天都在进行非法买卖，又和中国女人通婚，这些葡萄牙人和中国人一样，鼻子短，面孔扁平。他们所有的生活用品都来自广东，那里物产非常丰富，不仅我们感觉如此，船上两名澳门俘虏也这么说。他们还告诉我们，岛上什么都不长，只有一些水果。那里有一间耶稣会修院，里面有两百多人。我们在其中认出很多拿武器攻击我们的人。根据那次损失重大的经验，他们都是善战的士兵，其中有很多是从果阿邦（Goa）带回来的黑奴。耶稣会士中曾有两人学中国人留长发，说中国人的语言，写中国字，还去过北京，到过皇帝居住的皇宫。他们想观察中国人，让中国人以为自己是先知，诱使他们改信自己的宗教；但是被发现后，就被直接打入大牢，处以酷刑而死——这是漳州府（Chinchau）*J 府尹（gouverneur）对我说的。澳门的其他人也冒着很大的危险，中国人指控他们是勾引女人的骗子，禁止他们上陆，否则中国人就会像对待那些耶稣会士一样对待他们。

_____

① 葡萄牙人从一五一八年就在这里交易。

校注

A 一此处应非巴琳邦，而是邦加（Banka）岛，因为巴琳邦位于苏门答腊岛上。

B ——火枪射程通常是一百二十吋（fathom，共二百一十六米），但特别改制加强可射到一百四十至一百五十吋（二百五十二至二百七十米）远。但此距离折半后（约一百米），才是较稳定的接战距离。参见：Lowis de Gaya, *A Treatise of the Arms and Engines*,（London:Robert harford, 1678），p.16.

C 一荷兰文拼法为Clement Weijnart。于一六二〇年担任防守雅加达城堡的上士。VOC 1070, Monsterrolle van 873 personen tot Jacatra door de generale compagnie onderhouden, 22 Jan. 1620, fo. 347r. 据前述，则利邦记载他此时（一六二二年）已升任中尉，可信度颇高。

D 一Cornelis Reijersen，一六一一年任 Ter Goes 号船长，一六一四年底航行返荷，受到昆恩总督的赏识与推荐。一六二一年时已重回巴达维亚，曾一度被任命为攻击果阿邦之舰队的副指挥官，但在行前被留用为总务官（equipagemeester）。*Groeneveldt, De Nederlanders in China*, pp. 62-3. noot 1.

E 一利邦在一六二二年三月三十一日，已经由士官升任中尉，同时也被划归谢灵（Christiaan Schellinger）上尉麾下，准备随雷尔松的舰队出征澳门。*Jan Pieterz Coen*, Deel III, p. 847. Resolutie van Batavia, 31 Mar. 1622.

F 一德文 Mecklendburg，泛指北德低地与波罗的海沿岸区。

G 一原文作Dircq Stadtlander，欧登布赫（Oldenburch）人，首航时在 't Wapen van Amsterdam号上担任士兵，月薪九荷盾。在一六二〇年时为昆恩总督指派为亲卫兵（lijfschutten），月薪十五荷盾。*Jan Pieterz Coen*, Deel III, blaz. 673. Resolutie van Jacatra, 15 Dec 1620. 他在一六二一年四月征服龙图岛后被升任为掌旗官。*Jan Pieterz Coen*, Deel III, p. 712, Resolutie van Fort Nassau, Banda, 19 Apr. 1621. 一六二二年随雷尔松率领的舰队前往中国海域，因伤在一六二四年一月归国。*Generale Missiven*, I: 1610-1638, p. 348.noot 1.根据昆恩于一六二七年十二月十一日下达的指令，一六二

年十二月，他以中尉官阶驻守Pouloaij岛。*Jan Pieterz Coen*, Deel V, p. 217. Instructie naar Amboina and Banda, 11 Dec. 1627, Batavia. 一六三一年三月他被调到班达岛，晋升上尉，五月调回巴达维亚。一六三四年七月经苏拉特返荷。*Generale Missiven*, I: 1610-1638, p. 348.noot 1.

H 一当时登陆澳门作战的人员约有六百人，负责操作船只的人员则约两百多人，因此利邦概略称有八百人出征尚且合理。唯登陆作战人员中，原先本职为士兵者仅约两百人，其余亦是由海员充任。荷军本次战役一百二十六人受伤，一百三十六人死亡，死伤总和二百六十二人，撤退人员应约三百人。Groeneveldt, *De Nederlanders in China*, pp. 90-1. noot 1; pp. 347-9.

I 一东印度公司雇用、派遣到亚洲的人员大致分为公司职员（亦兼任官员）、海事人员、军事人员、各行业技工四类。另神职人员虽由公司支薪，但组织上不完全属于公司机构内。其中海事人员中职级最高者为船长，军事人员则为上尉，行业技工未有区分。公司职员职级为上级商务员、商务员、下级商务员，在签约任用时分别要担保三千、两千、一千荷盾，以确保其护卫公司利益。由于荷兰共和国联邦议会授权东印度公司在亚洲行使国家职能，因此公司职员也会被任命担任殖民地行政官员，大多不另行支薪。海事人员与军事人员等则无法置喙公司行政业务。攻打澳门时，因军人数量不足，只有三个连队是由军官带领士兵组成，其他六个连队是由商务员或船长，接受临时任命为军官，带领海事人员所组成。因此这有数名商务员与船长临时被任命为上尉（也是广义的官职）来带领这六个连队，但他们本来就没有作战经验。参见：Pieter van Dam, *Beschrijvinge van de oostindische Compagnie*, （'s-Gravenhage : Rijks Geschiedkundige Publicatiën, 1927）, Boek I, Deel I, 554-619; *Groeneveldt, De Nederlanders in China*, pp. 346-7.

J 一由于当时漳州人普遍于澳门行商，一般葡萄牙文（乃至于其他欧文也袭用）文献中之Chinchau均指漳州。但此处 gouverneur 究竟指福建巡抚、福建总兵、抑或为漳州府府尹等其他官吏，则无法由文中推敲。

第七章

澎湖

AUX PESCADORES

第七章 澎湖 Aux Pescadores

　　六月二十七日，找到合适的人选替代那些战死的军官，就扬帆出发，驶往澎湖（Péou），就是 Piscadore[①]，准备在那里建造一座堡垒作为栖身之所——我们的确这样做了。

　　七月五日晚上抵达澎湖，便上岸勘察岛屿，寻找合适的地点建造堡垒。在庙宇 *A 对面找到最合适的地点，把地界画出来之后，便开始动工。建材以土为主，一层土、一层草，如同建造城墙那样。如果不下暴雨的话，这座堡垒是很坚固耐久的；此外还建四座棱堡 *B，每座棱堡上均用六门炮把守。为了建造住房、守卫室、军火库和庶务库，我们拆毁从代夫特来的"魔鬼号"（Diable）*C。这样一直工作到十二月，才把堡垒建好，派兵驻守。一切安顿好之后，我们再出发到漳州[②]去，那是中国第二省，靠海，去看看他们要不要和我们贸易。但他们不把我们当回事，只当我们是母鸡和稚子，跟我们说，不久他们就要把我们赶走，送回荷兰——我们的出发地。但是我让他们好好尝了母鸡硬喙的滋味。把堡垒安顿好之后，指挥官雷尔松[③]、谢灵上尉和我又随舰队回到中国沿海，将我们在沿岸所见一切全部烧光。从广东省到漳州省，甚至位于福州府（Ochau）*E 的舟山岛（Chesan），

---

① 　"中国人称之为澎湖（Pekou或Pehou）。"〔雷希特伦〕
② 　"漳州河（La rivière de Chincheo）*D是全帝国最重要的一条河，因商业最繁荣，也是最大的一条河。我们的船就是要到那里贸易。"〔雷希特伦〕
③ 　此人姓氏为Reyer，亦作Reyersz，中国沿海舰队指挥官（一六二二至一六二四），建造了澎湖堡垒，在一六二四年被杀害。

海上陆地无一幸免。这样历时两年半，毁了他们很多村庄、堡垒和大量的船，包括他们口中的"帆船"（jonque）。

中国人的诡诈

他们发现无法战胜我们，就提议和谈，但却是一场诡诈的阴谋。他们送来一份和平协议，倘若他们真心诚意，我们也不会拒绝。他们派人来说，如果我们愿意接受，就去他们那里签字。我们指派了三位商务员、一艘船和一艘快艇前去，进入漳州河。中国人看到我们前来，作好所有准备，企图歼灭船舰和随行人员。他们随着大摆排场的大人（manderin）和士绅上了船。为了与我们会面，穿上锦衣华服，领了四个人，一样穿戴华丽，打扮成地方官的样子。其实他们是牢里的死囚，来作为人质。他们头上有一顶像帽子一样的头盔，佩戴一条粗腰带，差不多半呎宽，亮晶晶，其实是铜制的。我们的人一上岸就受到隆重的欢迎，却一直被留到半夜，不知道为何如此拖延。我看到中国人在四周奔忙，觉得是不祥之兆。我们保持警戒，所有火炮进入备战状态，也准备起锚。到了午夜，六七艘帆船从河上迎面而来，载满了火药。船上都仅有一人驾船，直朝我们驶来，一挨近我们的船，就将船点燃，自己跳入一个陶缸内。那几个人质想快点逃脱，却被我们剁成肉块。这些已经引燃的帆船，越来越多，我们以为会被烧死，因为"熊号"已经起火，可能被烧毁。但靠着上帝的恩典，火熄灭了，而且没有大碍。我们派去签约的代表毫无下落。我们派人进行侦查，也毫无音讯。有人说，他们被带到北京去见皇帝；也有人说，他们一到漳州就被立即处决。*F

我们再度发动攻势，所到之处无一幸免，一整年在中国沿海和附近的岛屿，尽情烧杀、掠夺，看谁先受不了，是他们，还是我们。

一六二三年，我们回到澎湖，中国人也试图过来，而且真的这么做了。我们很小心，侦查他们的一举一动，查看他从哪里来。我们派了两艘船到马尼拉去，侦察那些每年固定载运货品给西班牙人的帆船。

四月六日，"泽塞斯号"（Xercès）*G 和"熊号"启航执行三个月的任务，逮到三艘满载货物的中国帆船，载满了丝和各种物品。*H

五月一日，"汉妮号"（Hane），（也就是"公鸡号"〔Coq〕），出发前往台湾岛，去看看有没有什么货物可交易。

六日，"奥兰治号"（Orange）和一艘帆船抵达澎湖湾。一艘中国船载满了各种物品，有丝和各种织品，要到马尼拉去。

五月十二日刮起一阵狂风，风力之猛，我从未见过。人如果没有趴在地上，就会被刮走。甚至有两名奴隶绑在一起，抬了一篓筐土，却连人带土从棱堡上被吹下来，其中一个跌断了脚。停在港口的所有船只都被吹走，它们都下了三个锚。有两艘被吹到岸上很远的地方，我们费了很大的劲，才把它们推回水中 *I——没有压舱石的话，这种情况难免发生。其他船只则连同锚一起被卷到海上。我们呢，人在堡垒中，以为再也见不到那些船，因为附近有很多小岛，而且碰到这种突发灾害，船舵也无法掌控。但一小时后，从西边刮来的风停了，接着风从东边刮回来，把那些船都吹回港口。港口正好背山，挡住了风。所有船都回到港口，只有两艘被吹上陆地。一些帆船（中国人的船）被冲到岸上，七零八落散得一地。我们也没闲着，这些木材刚好可以作为堡垒的柴烧，中国人也不能怪罪我们，因为都是意外造成的。我们的船舰没受什么伤害，只丢了两三个锚。城墙和棱堡都被那场风吹走。谢灵上尉和菲利普中士则被掉下来的屋顶砸伤。风一停，士兵和奴隶就奔向海边，拾到很多大鱼，多到拿不动。中国人也取走很多，用盐腌了带回船上。中国人想带一支三百艘战船的舰队回来，他们接近澎湖北岸，打算在那里登陆，也这么做了。结果损失了约一百艘帆船，据他们说，船上约有五万人罹难。

六月八日"奥兰治号"，以及"伊拉斯穆斯号"（Erasmus）、

"鹰号"（Faucon）***J**、"特托勒号"（Tertole）***K** 及 "西卡佩号"（Wescappel）等快艇都从巴达维亚前来，抵达澎湖，船上载满了人，以继续作战。

这个月十四日，从菲律宾马尼拉返航的"泽塞斯号"和"熊号"到了港口，掳掠了三艘中国帆船，船上载满各种物品，有丝，也有黄金、陶瓷及各种丝织品。我们追赶敌人，也总是能逮住不少人，有时远超过我们想要的人数，那就送他们去喂鱼。

校注

A 一指妈祖庙。

B 一此处法文原文 "Boulevard" 现为大道之意。但此一词汇为法文借自荷兰语 "bolwerk"，意指炮台，又根据当代对风柜尾红毛城之考证，其城四角各建棱堡一座，故此处译为 "棱堡" 以符合其语意与实况。参见：曹永和，"澎湖之红毛城与天启明城"，《台湾早期历史研究续集》，（台北市：联经，二〇〇〇），页149-184；翁佳音，"再看风柜尾红毛城——'1623年澎湖岛地图'新解"，《硓石：澎湖县立文化季刊》，十二月号，二〇〇一，页36-52。

C 一拆解的是Galiasse号，但利邦写作Le Diable。江树生译注，"雷尔松致总督顾恩函，一六二二年九月十日"，《荷兰台湾长官致巴达维亚总督书信集（Ⅰ）1622-1626》，（台北：南天书局，2007），页6。

D 一今九龙江。

E 一按照利邦叙述应为浙江省，但 "Ochau" 显非浙江。但其究竟系杭州、温州、福州实无法考据。因此亦无法知道原文之 "省" 究竟系 "府" 或 "省"。既然与荷兰东印度公司谈判之对口官员福建巡抚驻于福州，故此处径译为 "福州府"。

利邦提过的几艘船舰

奥兰治号：属热兰省（Zélande），七百吨，配有二百一十六人、十门生铁铸炮、二十二门铁炮。

代夫特号（Delft）：八百吨，配有二百四十二人、二十门生铁炮、二十门铁炮。

伊拉斯穆斯号：属法国默斯省（Meuse）***L**，五百吨，配有一百四十八人。

密德堡号（Middelbourg）：一千吨，二百二十人、二十六门炮、一些白炮。

希望号（Espérance/Hoop）：属鹿特丹，二百六十吨，配有八十人、十四门铁炮。

荷兰迪亚号（Holandia）：属鹿特丹，六百吨，配有一百八十二人、十门生铁铸炮、二十门铁炮。

茅里斯王子号（Maurice）：属阿姆斯特丹，七百吨，有一百四十四人。

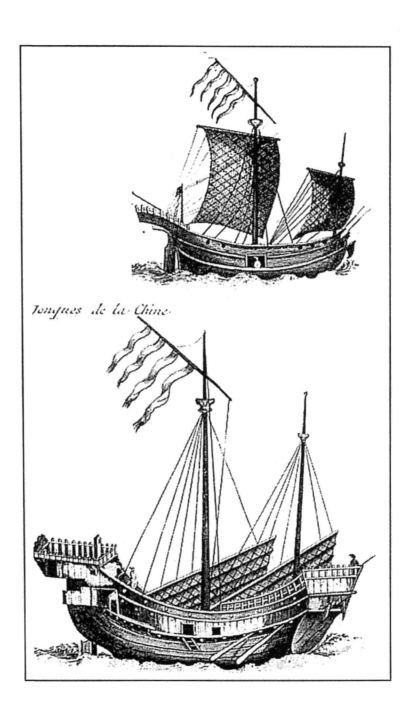

Jonques de la Chine

F 一此处利邦混淆了两次不同的事件。一六二二年九月二十九日，福建巡抚商周祚拒绝荷方的要求后，十月起荷方舰队便展开对华南沿海的封锁与骚扰。由于明方损失惨重，厦门守军便于十一月底主动联络荷方重启谈判，此遂促成雷尔松等人于一六二三年二月二十二日与商周祚在福州的会面与双方长达约一年的停火。在停火期间，一六二三年十月五日，荷方派遣商务员克里斯提安·福朗克（Christiaan Francx）率领四艘船只前往厦门寻求进一步的协商，却为福建官方设计抓获，"木登号"（Muyden）被烧毁，而伊拉斯穆斯号逃脱。利邦指称中方主动和谈乃是指前一个事件，而利用假人质抓获荷方使臣的情节则是后一个事件。在后一个事件中险遭烧毁的是伊拉斯穆斯号而非利邦所写的熊号，但在前一个事件里，熊号确实有参与。Groeneveldt, *De Nederlanders in China*, pp. 134; 157-8; 226-30.

G 一应为Zierickzee号。江树生译注，"雷尔松寄总督顾恩函，一六二三年九月二十六日"，《荷兰台湾长官致巴达维亚总督书信集（I）1622-1626》，页50。

H 一按照官方记载，是由格罗宁根号（Groeninge）捕得一艘中式帆船。Groeneveldt, *De Nederlanders in China*, p. 394.

I 一这两艘船是"好望号"（Goed Hoope）与"老代夫特号"（Oudt Delft）。Groeneveldt, De Nederlanders in China, p. 394.

J 一应为 Valk 号。

K 一荷文拼法为 Cleen Thoolen 正式名称应为 Ter Tholeno，利邦写作Tertole。江树生译注，"雷尔松寄顾恩总督函，一六二三年九月二十六日"，《荷兰台湾长官致巴达维亚总督书信集（I）1622-1626》，页51。

L 一此处应为法文版编者之误。查一六〇二年确有一艘五百四十吨之伊拉斯穆斯号由马士河（Maas）出发。法文版编者将马士河误为默斯省，后者身处内陆，极不可能。另外利邦所指之伊拉斯穆斯号可能是一六二二年所出港之同名船，较不可能是一六〇二年出港那艘。参见：*Dutch-Asiatic shipping in the 17th and 18th centuries*, 0080.1条，0288.1条。

第八章

日本

AU JAPON

第八章　日本 Au Japon

七月二十七日，"希望号"——被风吹到陆地上的那艘船，从澎湖出发前往日本，满载生丝，抵达时大受欢迎。生丝是如此供不应求，日本人用来织成华丽的绸缎，再裁成衣服。

优良士兵

这些人的国家国力中等，他们和我们一样，是骁勇善战的好士兵。武器使用纯熟，忠心耿耿。他们使用大口径火枪和厚重的矛，矛的铁质部分有一呎长，锋利如刀。刀的长度如瑞士的剑一般，刀刃厚且重。这种刀一下就能把人斜斩成两半，就好像削一根手指粗的细木棒一样，武士身上穿有护甲，不轻易杀人。战争时，他们通常配带三支刀或剑，两长一短：两支二呎长的刀，一支短刀一呎长，像匕首。在平原空旷处作战时，他们就两手拿两支长刀，奋力作战，跟瑞士人一样。短刀则用于狭窄之处，因为刀太长不便施展。短刀也用在失去优势后——为了避免战败成为俘虏，就用短刀切腹自杀。他们有一种木盾，用毛皮包裹，做得很好。我在连队同袍那里看过，是他们宁可自杀也不投降，才留下的。他们也有一种戟，可配大刀，或是他们使用的各种武器。我也听长崎（Languesagui）奉行 *A 说过，他们出战前宣誓如果战败就自决，不然也会被幕府将军 *B 处死。

他们穿着短衬裤，跟荷兰人一样，袜子和鞋子都开叉，像牛蹄。身上穿丝质外衣，内衬棉布，里外都有四五种花色，非常美丽，长至

切腹

他们如此切腹：请父母、亲人一起到神社，在庭院铺上席子或地毯，坐在席子上吃离别宴。吃得很丰盛，好像没事一样，也喝很多酒。宴会结束后，便在众人面前切腹，呈十字形，肠、排泄物都流了出来。更勇敢的人还在颈上再划一刀，如此断气。我认为不同的切腹法应该超过五十种。执行得最好、最优美的人，得到最大的荣耀，受到最大的敬仰。——出自《亨德利克·哈格纳（Henri Hagenaar）东印度航海日志》

腿肚，以一条丝腰带系住。头不戴帽，头发束起。上战场的时候，全身戴黑护甲，这种护甲是用上黑漆的黑木做成，镶有黄铜；头上像戴帽子一样，戴上护具，如同古代西班牙战士。

他们也有巧匠，从事各种工艺，从木工到银匠、铁匠等，手艺甚至比欧洲人更精纯。妇女穿着方式都一样，外貌妆扮看起来也都一样，花一里尔，便可以服侍男人两到三个月。这里物产肥美，价格便宜，生活必需品非常丰富。

大名 *C 生活奢华，身边总有三四名武士，没有士兵随侍。但他们随时待命，伴随主人狩猎或到他处巡视。日本人很重视贵族身份，婚期接近时，为了得知女人是否适合生育，会下令把她们引入一室，让她们裸臀坐在一张大纸上，在她们面前带来一匹牝马，与一匹血气方刚的小马配种。她们看到眼前景象心荡神摇，刺激爱液分泌，便淌到那张纸上。随后，让她们带着那张纸，一个个接受检查。没有分泌足够爱液的妇女，便被认定无法受孕，遣回后只能当妓女。*D 我亲耳听到甚至长崎奉行和三四个贵族都确认此事，还有两位住在当地三年的荷兰商务员，在比较欧洲和其他国家的女人时，都表示确实如此。他们以日文来区分这些妇女：有尊贵的 Caïche *E jongezay varuar，指的是尊贵纯洁的女人；有钱的女孩称为 jongezar；妓女是 Caïche vargouzar；称为 Kosmous Jongozar 的男人，意思是尊贵的人、贵族；低贱、不敢说话的人是 Kosmous nour nour；讨价还价是 Kous noro jingo，意指"这是多少，那是多少？"这些就是我学到的当地语言。

繁荣的国家

我到过两个城市：长崎和 Corsac *F，都是很美的城市。建得很好，道路宽敞优美，房舍和中国几乎一样。有些石造，有些木造。做工精美，价格昂贵，因为人口众多。幕府将军的王宫美极了，以铜、

迫害基督徒

罗马天主教非常轻易就在日本立足，而且以很短的时间传扬开来，但是也在很短的时间内消失。沙勿略（François Xavier）于一五四九年八月十五日抵达日本，是首位在当地传教的基督徒。他的收获颇丰，继之而来的耶稣会教士也很多，各自在不同地方传教。在很短的时间内，很多日本人接受了罗马天主教，甚至有一些大名公开他们的宗教信仰。

但是耶稣会教士暗地密谋，将葡萄牙人引入他们未进入的日本各地，并帮助他们掌控这个帝国，结果阴谋被揭发，连他们原来享有的权利也失去了。

阴谋被揭发后，基督徒没有别的路，只好逃。资深的基督徒被抓，受到残酷折磨。之后更展开全面迫害，不论年轻、年老，富裕、贫穷，只要怀疑加入基督宗教者，就会被关、被杀、被烧、被锯、被砍、被烤、被闷死、被钉十字架、被倒挂吊死。甚至把正在哺乳的幼儿抢走，当着父母的面杀害。家中只要发现一个基督徒，全家都被杀。

铅覆盖。在进入王宫之前有前檐，约有两时长，宽一时，以银覆盖。楼高两层，全部粉刷精美。通常将军都和贵族去打猎，那里有各种鹿、野猪和野味。

日本有三四个岛屿，幕府将军居住的是最重要的岛，岛上有丰富的银和各种金属，有制作精美的大炮，而且数量很多，还有各种生活必需品，除了葡萄酒。但是他们有很好的啤酒，酿得比红酒好，只是没有一种酒能醉人，只能喝饱。还有各种水果，像我们那里一样，有梨子、苹果、柳橙，还有四种栗子和核桃。和中国一样，有很多山鹑、禽类和鹌鹑，比我们那边的肥美。

至于民俗和信仰，我不知道他们的信仰是什么，在我看来几乎和中国一样。因为从前日本是中国的藩属，中国皇帝派驻日本的官员发现日本很大、很富饶，而且比中国人更勇猛，于是自立为王。从此中国视他们为仇敌，直到现在，只要抓到日本人，就以能想到的最残酷的方式处决，把他们撕成碎片。日本人的法规也很严厉，杀人者必处死。偷窃者杀头并投入水中，除非有父母介入求情才开恩。女人若怀了丈夫以外男人的孩子，将连同孩子一起用绳子捆绑丢到水中处死。我认为这种对待孩子的方法很怪异，男人可以留下他们想要的孩子，如果他们不想要，也可以在孩子刚生下时立刻丢入水中，即便是合法子女亦然。

一六二三年，离长崎两小时远之处，有很多西班牙人聚居，因为幕府将军允许所有外国人在境内通商。有些西班牙传教士和日本僧侣交流、讨论，因而改变了僧侣的信仰，也让民众改宗，人数多达六七千人。幕府将军得知之后，把他们都处以火刑，所有能抓到的西班牙人，也以同样方式处置。从此西班牙人被驱逐出境，不敢再回来。

日本这些岛屿离中国陆地有五六十哩，约在东北方。这就是我这次到日本列岛所看、所学的。

八月十五日，"参孙号"（Samson）和快艇"海鸥号"（Méou）**G**

127

抵达澎湖。他们从中国沿海来。我们在那里烧毁许多村庄，也遇到很多勇敢的士兵。他们强烈抵抗，有了重大伤亡后，便逃到另一个村里去，最后还是死了很多人——有人被火烧死，有人被枪弹射死。我们还掠夺了一个方形的城堡，里面有很多物品，然后就回到船上。这个月十八日，"熊号"便满载出发了（……）① *|

校注

A —长崎奉行（Bugy），为德川幕府在统一日本后，为避免沿海诸侯与外国人勾结而直接派驻于长崎管理贸易与外国居民的行政官员，在英荷文献中多称为长官（governor/governour），因此推断文中所称法文之长官（Gouverneur）应即同时代文献所称的长崎奉行。

B —Charles Boxer教授指出，在十七与十八世纪欧语作者写到日本"皇帝"（Emperor/ Keijser）时，所指称的其实是幕府将军（Shgun）。而有必要指称天皇时，则称为"大内里（Dairi，平安京皇城）"或教皇（Pope）。例如葡萄牙史家耶稣会士Diogo do Couto，英东印度公司驻日商馆长Richard Cocks以及荷兰东印度公司驻日商馆长François Caron均同。此处法文原文虽是"王（Roi）"，但参照文脉应指日本统治者，故径译为"幕府将军"。参见：François Caron, Charles Boxer（ed.），*A true description of the mighty kingdoms of Japan & Siam, by François Caron & Joost Schouten*,（London: The Argonaut Press, 1935），p. 119. Note 12.

C —大名（Daimy），指称在德川幕府统领下各地诸侯的君主。在一七世纪英荷文文献中，多径称为"王"（king /koning），因此推断本文使用法文"王"（roi）时，应系指称"大名"。又，虽然无法确认文口所指

① 以下两页手稿佚失。

防范基督宗教

进入港口之前，船必须先发三响炮，然后日本小船立刻来到，载满士兵和一群人上船检查船舱。货物清单列好后，便呈送天皇。至于船上的宗教物品，如诗歌本、《圣经》、十字架、圣像或罗马天主教的饰品、念珠等，都放进一个大桶，密封、捆绑交到日本人手中，带上陆地藏好，不让基督徒知道藏匿处，等到船只要离开时才奉还。——出自《伍特·舒顿航海日志》

若不是把十字架丢在地上，吐一口痰、再用脚践踏，证明自己并非信徒，才得以登上这个美丽的岛屿。就是如此亵渎基督宗教，荷兰人才成为唯一允许进入日本的欧洲人，他们在日本最繁荣的港口长崎设有商行，经商买卖。当有人问他们信仰什么宗教时，他们回答自己是荷兰人。我不知道是否该原谅这个国家，显然他们把商业视为最高的神。——出自罗伯·沙勒（Robert Challes）《东印度旅行日志》

围绕大名的官职为何，但在幕府体制下均为不同阶级的武士，故在此译为"武士"。

D ——因为生育不是妓女的主要任务。

E ——可能为keisei。

F ——应为"仓崎"（Kurasaki）。

G ——利邦写作Méou，据现有数据最可能是"木登号"（Muiden），但也有可能是"海鸥号"（Meeuw），见十三章校注。

H ——本段取自：*De Oost-Indische voyagie van Wouter Schouten*, p. 341.

I ——本段旅程的真实性存疑。

第九章

台湾岛

À TAÏWAN

第九章　台湾岛 À Taïwan

这是一个长形岛，周长约一百四十〔荷〕哩，位于北回归线上……有很多高山，很多还没有命名。平原盛产甘蔗、椰子，还有生活所需的各种物品。有好几个大村社，人口相当多，有各种各样的好东西，在我们看来简直是地上天堂。本岛大部分都在公司的控制之下。——出自《伍特·舒顿航海日志》

公司在岛上设立商站，建立和中国人贸易的转运处……我们建立堡垒的地方叫"大员"（Taïovang），目前称为"热兰遮城"（fort de Zélande）*A，是与中国贸易最恰当的地点。——出自《雷希特伦航海日志》

（昆恩离开）……伤痛沉重，因为对士兵来说他就像父亲，而且爪哇人在巴达维亚造成的伤害甚重。

九月十日，我们从漳州抵达澎湖。十七日，暴风雨将两艘木帆船推上陆地，搁浅在岸边。船全毁，除了一小部分货品之外，其他货品几乎全部抛了出去。中国人都安全登上了岸，但是我们没有太难过，因为我们正缺少可用来烧火的薪柴，重建堡垒也需要木材。

二十日"泽塞斯号"满载商品从澎湖出发，航向巴达维亚。有丝，也有金、纯银、布料。我们还带了记载每天发生事件的日志。我急需他们尽快派士兵、水手来，因为那些日子，我们每天都有行动，总会损伤一些人。

十月十八日，有一名士兵在掩埋另一名士兵时，被火枪击毙。他们知道是谁干的，我到处调查，却查不出结果。

十五日，我和指挥官雷尔松到大员（Taüan）去，准备在那里盖一座堡垒。同一天，福朗克（Christian François）*B 的船队出发到漳州去，想再试试谈和，但除了说一些损人不利己的话，没有任何进展。

二十七日，到了大员，第二天就上岸寻找合适地点，标出堡垒的位置。我们的确找到了，也划定位置。隔天，就到目加溜湾（Bacalevan）①和当地居民商谈。他们看来很友善，透过翻译告诉我们一切都会顺利，而且承诺供应我们一切所需，包括建堡所需的木材。

---

① 台湾岛村名，也称为 Bakaluan。

翻译还答应亲自带我们去森林砍伐所需的芦苇。我们决定和他们合作，送了他们几件衣服作为礼物。

突袭

十一月十一日，我领八十名奴隶和水手进森林伐木，待了六天。水手将木材做成木筏，运木材到海上去。快完成的时候，麻豆人来了。我们做工的时候，他们几乎天天来，笑着问我们砍那么多芦苇做什么？我回答他们，是为了盖房子。他们得知我们和目加溜湾人和好，便起了嫉妒之心。翻译告诉他们，我们送目加溜湾人礼物，更惹他们恼怒。第二天破晓，来了一大堆人，可能有三四百左右，甚至更多，全副武装，带着大刀、方盾、长标枪、小标枪、弓箭等（这些就是他们的武器）。我本以为是先前那些人——他们手中没有武器，只有砍柴的刀，顶多还有五支火枪。后来发现是不同的人，立刻召集部队幸好在上帝的旨意下，小艇连夜赶到，在河边等候。我们一直往河边撤退，抵挡敌人。他们不断对我们射出标枪和箭，如冰雹般下不停。但到了岸边上船的地方，却有一大片平原，敌人就等在那里，为数众多，一直逼近我们，几乎到了小石头的掷程内。我身边那五名火枪手不断射击，每次都有三四个敌人在我们面前倒下。他们见我们上了船，更是群情激愤，丝毫不愿善罢甘休。其他人还在上船的时候加速射击。敌人紧跟在后，毫不惧怕我们的火枪和剑，在我面前杀了我们三个人，包括两个士兵和一个书记，又伤了四人。我的后腰部受伤，差点命丧河边，幸好有士兵一枪击毙那个拿大刀正要砍我头的人。他们无视于我方攻击，不顾生命危险，把三具尸体拉上岸，斩成肉块。我们不断射击，他们死伤众多，应该有九十人，还不包括他们带走的伤员，和被我们俘虏的一个人。过了三四天，我们才得到正确的数字。之后我们回到船上，到指挥官雷尔松那里去，他目瞪口呆，很诧异我如何死里逃生。他自己可不愿意亲身经历。

麻豆居民

这些人真奇怪，身材很高，肥胖，像个胖巨人。但女人个子很小，像八到十岁的小女孩，裸身，或只裹一条一呎长、半呎宽的布。你遇见她们，和她们说话时，她们就把像窗帘的布移到前面遮羞。她们要离开的时候，看身体转向哪一边，就一面转身一面拉遮羞布，像拉窗帘一样拉到臀部。如果你叫住她们，她们就把布转到前面。如果前后有两个人，她们就把布拉到说话对象的那一面，另一面就不遮了。结过婚的，能看得出来，因为她们拔去上下两颗犬齿。有丈夫的女人，白天不和丈夫住一起，只有晚上才在一起。男人晚上则到墓地的公廨里去，跳三四下，再到妻子那里去，天亮以前回到自己的家。丈夫出草期间，女人不受孕。据我们了解，男人四十岁以前，出草是他们生活的重心。男人也是从一生下来就裸体，像驴子一样竖着阴茎。他们拿着小标枪猎鹿，标枪的矛头可拆解，有倒钩及粗重、锐利的杖柄，包着兽皮。鹿被刺中之后，会往树林里逃，钩上吊着铃，会钩住树梢，鹿就跑不远了。猎人听到铃声，便可以循着找到猎物捕杀，剥皮，取下鹿皮，肉切块，在太阳下晒干，卖掉或吃掉。皮也可被晒干，成打出售，这可是这地方最大宗的买卖。因为我算算一年下来我们交换的数量，是九百一十件，还不包括卖给中国人的，数量更大。日本人也有大量需求，如烫金鹿皮在日本能卖到高价。

从收成之后到播种期间，村落和村落之间彼此争战。只要一开始播种，大家又恢复和平。他们的战争就是抓两三个人，然后退去，第二天便召集两三百人，甚至四百人，依村落大小而定。双方你来我往，直到双方都猎到人头，才各自退回自己的部落，欢庆胜利。他们没有管理的领袖，把最勇敢的人推为头目、统帅，跟随他，尊之为神。

铃声打猎

他们在这种场合使用的工具以竹子做成，几乎和人一样高。尖端用一条长长的绳子绑一个铃铛，上有三四个铁制的弯曲尖钩，好让钩子钩进动物肉里而不会掉

台湾的住屋

这里没有城市，只有村落，位于竹林中，每个人有自己的住屋。这些住屋就像是从地上高高架起的船，地基大约一时高，没有窗，只有门上有个窗，照亮我看到的那家四个房间。这个家的房间两个在左边、两个在右边，屋子由芦苇编织而成，宽一呎半，以枝叶装饰。屋内家具没什么价值。有一些陶器，还有一些扁的箱子，长半古尺，可以夹在手臂下携带。家里有很多衣服，像印度人的服装，是用鹿皮和晒干的鹿肉换来的。床就直接放在地上，底下铺了鹿皮，睡觉时也盖上鹿皮。

有一次，我寄宿在公认最勇敢的人家里。我问他，我和随从要睡在哪？他把自己的床让给我睡，认为那是至高的待客之道。但那张床上下都是鹿皮，我跟他说平日我不习惯睡没有床垫和床单的床，只有打仗和行军时才如此。他表示我应该去找个女人当床垫，我回答说我也不习惯那样的床垫。

这里的房屋盖满了枝叶。街道非常短窄，两个人相遇必须侧身，背对背才过得去，不像我们是正面对着人擦身而过。街道两旁有芦苇树篱，因为这些树篱，我们看不见房屋，必须靠得很近，进入部落才看得见。公廨倒不相同，通常位于大广场中央。圆形的公廨里堆着敌人的头颅，头之间只有头发相隔，串起来像一支苍蝇拂，此外还堆了鹿头、山猪头和颚骨。公廨前日夜都点一盏灯。战争结束后，他们来这里敬拜，像疯子一样大吼大叫并咆哮。

他们有某种法律规范，痛恨窃盗，如果抓到偷东西的贼，必须给被偷的人价值加倍的衣服，否则受害者有权将他杀死。若妻子与人通奸，丈夫可杀死对方，并休掉妻子，妇人从此被视为淫妇。如果杀人，却没人提出抗议，也没有人控诉，就不算事件。这就是我所知道他们的法律规范。

下。铁钩不能过度紧扣竹杆，因为若是鹿被射中，在草丛中乱窜，可能甩掉竹枪，也可能被草丛卡住。猎物可能因受伤倒下，逃到人们找不到的地方死去。使用这种武器，竹杆掉落，铁钩、绳子和铃都钩在猎物身上，让人知道那头受伤的猎物逃往何方，再根据地上的血迹和挣扎的迹象找到猎物。——出自乔治·甘治士（Georges Candidius）《台湾岛景况报告》，一六二八年

（南岛）独木舟（Tynang）

他们有另一种船，称为"tynang"，是一种独木舟，类似荷兰双桅快艇，有各种不同材质，但是头尾都很尖，平底让它面积很大却非常轻盈，架帆或划桨都很容易。有些船首和船尾都很美，有甲板、桅桁，装饰很美。这些船和我们的游艇一样，是有钱人及权贵人士到水上兜风和消遣之用。渔夫用的"tynang"和一样材质的船，速度非常快，我们称之为"飞捷"、"Vlieger"或"飞船"。因为前进轻盈快速，看起来像飞的一样，而且四角受风的面积维持一样。最小的船只需一人掌舵，在船尾掌控一支直桨，其他人在船的前面和中间掌控帆。他们的帆是草编成的，掌舵的人如果掉下水或是船翻了，不会浸太多水，他们都谙水性。——出自《伍特·舒顿航海日志》

至于他们的语言，称呼妇女为"inac"*D，大女孩小女孩是"inic"*E，妓女为"boäbic"*F，男人为"joroc"，要讨价还价的时候说："Chorque baboué *G chorque rouca *H？"意思是："你要买猪肉还是鹿肉？"鸡没有名称，提到的时候就用鸡叫的声音来表示。他们的主食是米，煮成像糨糊一样的粥，相当好吃；还有伦巴第麦①是一种像腿一样粗的根类，煮来吃也很好吃，有点像面包树。有很好吃的蔬菜，如包心菜，还有像中国的油菜；有水果，像橙、柠檬、椰子、椰枣。他们也很爱干净，家里不脏乱，时常拿扫把扫地。饮料有两三种，像啤酒，相当好喝，而且待客总会拿出三种：第一种是白色，像浓稠的牛奶，另一种比较清淡，第三种像啤酒一样很好喝。听说这些饮料是老妇人将米嚼碎放在罐子里酿的。他们吃各类的肉，价格很便宜。

这个岛上有高山，三座山重重相叠，最高的那座，听说是另一个国度，一年有三个月在下雪，比方说，一月、二月、三月。有各种动物，数量很多：鹿、麞鹿、一种肥大得像小山羊的野兔。这种野兔肉很好吃，但是前脚比后脚长，耳朵非常短。有很多野鸡、山鹑和鹌鹑，但比我们那边的更肥，羽毛为褐色，粗黑发亮。人的肤色和爪哇人相同，还有人说过去爪哇国王带着很多克拉克拉舟（corcor）*I 和独木舟（tinang）航向菲律宾，想征服几个岛屿。结果暴风雨把他们吹向台湾岛某地，他们上了岸，抢夺了所有的东西，还夺走妇女。这是上一辈的传说，不过我不相信，因为他们体型壮多了，虽然语言没有太大差异。

"台湾岛"的独角兽

这里有一种独角兽②，栖息在高山，抓不到，我只有远远看过一

---

① 无疑是玉米。
② 犀牛。

只。当地居民告诉我们，看到这种动物不是好预兆，表示要有大风暴或地震了。之后，我们确实印证了这种说法。这是我在岛上学到的。

十一月二十八日，发生了好大的地震，大到我们以为大家都活不了，也以为那些置锚的船会沉下去。城堡有三处倒塌。居民早上跑来告诉我们，是那只动物给了预兆，地时常这样震动。这个岛和中国大陆的陆地距离很远，在东方海岸之外约六十哩处。

我们在大员的时候，澎湖发生了大灾难。大火从堡垒附近一名守卫的住房燃起。数名守卫兼卖啤酒，而一部分士兵喝得烂醉，睡着了。火从里面一下子就烧起来，火势非常强，困住了五个人——三个士兵、两个妇女，据说他们都醉了。我们不知道火势是怎么起的，有人说是中国人放的火。

同一天，消息传来，说快艇"海鸥号"*J被烧，所有人都被中国人俘房。中国人背信，把他们都杀了。*K

这个月没做什么事就过去了，只有几次警报。堡垒完工了，因为挡住了远眺探敌的视野，我们还铲平几片树林和几座小丘。

十二月三日，雷尔松指挥官到澎湖去了。

地震

这样的意外发生在这些岛上或邻近岛屿时，第一个发现的人立刻大叫，或是敲打手边任何器具：锅子、罐子等等，好提醒其他人注意。但他们看来并不惊慌。即便是最恐怖的事，如果时常看见或常常想到，应该就习惯了。——出自《雷希特伦航海日志》

校注

A 　此处的记载为雷希特伦于一六三二年五月二日在巴达维亚近海听取一位在中国大陆沿海与台湾处工作四年半的荷兰官员口述，汇报而成。故其所谓的"目前"，指称的是一六三二年。热兰遮城于一六二七年定名，利邦登陆时还没有这个名称。Izaäk Commelin（uitg.）, *Begin ende voortgangh van de Vereenighde Nederlantsche Geoctroyeerde Oost-Indische Compagnie: vervatende de voornaemste reysen by de inwoonderen der selver provincien derwaerts gedaen*，Deel II，No. 20, 41.

B 　一荷兰文写作 Christiaen Francx。江树生译注，"雷尔松寄总督卡本提
　　　耳函，1624年1月25日"，《荷兰台湾长官致巴达维亚总督书信集（Ⅰ）
　　　1622-1626》，页75。*Groenevelt, De Nederlanders in China*, p. 226-9.

C 　一本段取自：*De Oost-Indische voyagie van Wouter Schouten*, p. 165.

D 　一inak与马来语同。

E 　一anak与马来语同。

F 　一bo'abik。

G 　一Babe与马来语同。

H 　一rusa 与马来语同。

I 　一荷兰文为"kora-kora"利邦写作"cocor"或"cocore"，是一种大型
　　　的单体舟，主要以船员划桨为动力前进。

J 　一按照官方史料记载船名应为 Muyden。江树生译注，"雷尔松寄总督卡
　　　本提耳函，一六二四年一月二十五日"，《荷兰台湾长官致巴达维亚总
　　　督书信集（Ⅰ）1622-1626》，页76。

K 　一此指商务员克里斯提安·福朗克（Christiaan Francx）于一六二三年十一
　　　月底在厦门被诱捕的事件，见第七章校注。

第十章

台湾岛（续）

À TAÏWAN（SUITE）

Fort de Zeelande ou de Taiovang

第十章　台湾岛（续）　À Taïwan（suite）

一六二四年一月四日，麻豆人和曾在树林与我交手的目加溜湾人，共三百人夜里偷袭堡垒。但他们对我们不熟悉，以为我们夜间不设岗哨，他们能像在自己家那样为所欲为。有个人想在堡垒内纵火，一名哨兵朝他开枪，算是帮他点火，他倒地立毙。炮兵将两门大炮对准山谷，认为山谷里会有其他敌人。满山谷确实都是敌人，他们原本计划等包围堡垒之后，冲进来屠杀里面的人，再趁有火光照明时返回。但是，他们并未全体安然退返，有相当多的人魂断堡垒。早上，我们发现遍地是血，甚至有残肢断臂，以及他们的武器。我们追出去，但他们已经跑远，没有再回来，因为这些火柴和火把对他们来说都不是美好的经验。他们称火枪为"火柴"，因为在树林里，他们偷窥到我拿火枪的打火轮来点火 [1]；他们也是在树林里见到火炮击发时射出灼灼亮光，于是便称之为"火把"。

一月十二日，平底船"特拖勒号"（Tole）*A 从澎湖开抵堡垒，带来的消息是中国人带了一支大军来到北面的岛上，开始建堡。我们不太担心中国人，因为我很了解他们，他们不会留下来。我不需要跟他们消耗时间，便能将他们赶出去 [2]。

二十日，"奥兰治号"和"伊拉斯穆斯号"出发往中国的海岸去。预计掠取一些战利品，摧毁几个村庄，报复他们之前烧毁那艘船。我

---

[1]　钢制轮转配上弹簧，再抵上打火石，击发时就会打出火星来。

[2]　这则事件是一六二三年十二月至一六二四年四月间，中国人攻打澎湖、荷兰人拆毁城堡之事。

们的船比敌人的更坚固又灵巧，中国人不是对手。他们老早就逃得远远的，只能在远处观望。但是我们也掠夺不到什么战利品，只抢了几条帆船，烧了两个村子，就没别的了。

二十九日，"希望号"从日本来到澎湖，给堡垒带来补给品，还有日本的消息。在日本，有两三千男女被处死，其中包括西班牙人、葡萄牙人和日本人，因为西班牙人、葡萄牙人想煽动日本人，变更他们的法律，如前述。

二月六日"特拖勒号"抵达大员，和帆船进行交易，然后返回澎湖，替两边带信息。就是如此进行。

八日，有一艘帆船来到大员，载满各种商品，是海盗所有。他们将丝和各种食品、商品很便宜地卖给我们，因为那是他们不花一分钱抢来的，而且在我们这里很容易转卖。不久之后，就陆陆续续来了二十多艘这样的船。我们为了便宜的商品，也让他们停靠。

"海盗船长"

三月四日，"海盗船长"①抵达。这样称呼他，是因为他脱离了明朝，在中国富甲一方。他有亏职守，在海上拥有五十多艘船，和中国船队一样多，在海上尽其所能到处掠夺，能到手的都不放过。他敬拜所有神祇，却与所有人为敌。自称来维护我们的安全，同时也寻求我们的保护。不久之后，我们和中国人之间的和平便部分达成。他在一艘中国式大船上载满各式商品，和岛上的人交易。最常见的是鹿皮和鹿脯，带到日本去出售。他和我们交易频繁，也证明西班牙人对中国人说的不是事实——西班牙人说荷兰人从不靠岸，只在海上漂泊，肆行抢掠。他是个有信用的人，于是成了我们和中国往来的第一座桥梁

---

① 雷希特伦航海日志也提到这个人物，负责和中国人谈判。

144

和中间人，而他从双方得到丰厚的回报和礼物。合约中也规定他要坦诚、主动向明朝投诚，以恢复原来在明朝的职位。

这个月八日，地震再次发生，震动如此猛烈，我以为堡垒都要塌了。还好没什么要紧，只有一名哨兵从岗哨掉了下去。他当时在里面，掉下来后开始大叫："是哪个魔鬼把我扔下来的？"然后站起身来，回去执勤。

这个月十四日，来了一些中国船。由于不知道他们是敌是友，我建议他们离开锚地，因为那里已经没有任何空间。他们听了都离开，只有一艘留下。我猜是想侦察一些事。我发了一炮越过这艘船，做见面礼，打死了两个人，还有几个人受伤。其他人便张满帆循原路退回，大叫："Boya lou louom ho pochaya ho."意思是说："我们来的目的不是为了这样的荣耀。你们不是勇士！"然后他们就走了，再也没见过他们。

拆毁大员堡垒

这个月十九日，快艇"胜利号"（Victoire）抵达，带来讯息和命令，下令将大员堡垒夷为平地。因为来到澎湖群岛的中国人愈来愈多，看起来很强大。我们没有能力固守两个堡垒，最好是尽全力保住一个。中国人已经决定在自己的土地上开战，我们却没有意愿。因为他们人数众多，一百个打我们一个。更糟的是，我们有很多人生病，因此不愿意开战，宁可在堡垒按兵不动。拆毁大员堡垒之后，我们就从大员前往澎湖，二十六人全员安全抵达。

二十八日，我们离开堡垒，想去攻打中国人。那些人耀武扬威、声势浩大。我们派出两艘快艇、三艘帆船，看看能不能找到中国人航向澎湖北方岛屿的船队。假如我们能进入他们的船队，我考虑要漂亮地打一仗。假如能成事，他们的军队将被击溃。

这个月三十日，我们非常接近中国人的堡垒，涨潮时大约只有一炮的距离。退潮后，快艇搁浅，停在沙洲上约六小时。我以为全完了，人和船都没救了，但海潮又涨上来，我们终于脱困。敌人看到这情景大叫："Louom ho!" *B 意思是："你们胆小鬼，别再靠近了！"

我们不喜欢"louom ho layno"这种商人，就是那种来买东西却不付钱的人。我们对他们一筹莫展，因为不知道他们从哪条路进来。

四月十二日，我们逮到了一艘中国人的船，载满各种补给品，准备前往明军的堡垒。对我们很有用，所以也不必劳烦他们卸货了。

这个月二十三日，谢灵上尉的孩子死了，因为母亲没有母乳可喂。同一天，"伊拉斯穆斯号"抵达澎湖港的下锚处。五月七日，"特拖勒号"到大员去寻找补给品，载回了柳橙、柠檬、鹿脯、母鸡、小山羊和其他军需品。

这个月十日，"海盗船长"到了澎湖。他从中国来，带了两名使者来和谈，也想近距离接触这些给他们带来诸多困扰的人。他们认出我，便和我说话，开口就笑了，透过翻译告诉我，我看起来像个好战士，却是个坏男人，他们把妇女藏起来是对的，因为我显然没有女人。我们对他们很友善，还请他们喝西班牙红酒，他们觉得比他们的啤酒好喝，而且质量很好。我开始责问他们，我们派去的使者下场如何？他们自认理亏，说不要再谈那些，那是一场误会，当时他们不像现在对我这么熟悉，都是西班牙人让他们误解。现在他们很高兴能加倍偿还我们，我们也一样。

于是我给他们看我想用来买货的钱币。那是纯银打造的钱币，他们一看，表示这和他们的钱不一样，开始拍起两人的肚子，说："Louho bey orspaniar omho." *C，意思是"荷兰人是汉子，西班牙人是骗子"。

我们和他们开始谈判，并起草合约，双方往来花了一个月。我因为被骗了很多次，总觉得不够谨慎。所以不让他们进堡垒，只让他们的上尉进来看看，和我们混时间。因为停战，他们也没事做。

这个月六日，"海盗船长"回大员去了，"特拖勒号"也去大员交易生丝。因为没战事，中国人拿了很多丝去那里卖。

这个月十二日，商务员尚德逢（Jean de Font）过世。我们以军礼为他下葬，因为他是一名好军人。

这个月十五日，从巴达维亚来的"财运号"（Fortune）抵达，为船队和堡垒带来补给品。

逃兵

这个月十九日，有一名中士逃向敌营，因为他和另一名中士私下决斗，把他打死了。这个杀了人的中士不情愿站岗，没有命令即擅离岗位。

这个月二十一日，我派人去敌方中国人那里跟他们要人，不论死活。如不从，就要开战。他们为了维持停战，便把他交出来，条件是不得处死他。这人叫波莫（Bommel），对方似乎也不怎么相信他，认为他来当间谍，也很乐意交人。他们要求我们以两个中国人作为交换条件，我们就这么做了。我没把他处死，而是送到巴达维亚给总督审判。

七月十六日，谢灵上尉过世，第二天和其他人一起下葬。

这个月二十二日，"胜利号"到大员察看交易是否顺利。

这个月二十三日，"北荷兰号"（Northolland）抵达停泊区。它从中国来，带来堡垒所需的各种生活用品。

这个月最后一天，"特拖勒号"由大员抵达，和中国人交易了一些生丝。其他都是些很平常的事，没有新消息。

八月一日，贝萨（Bernard Pescher）*D 和谢灵上尉热情如火的遗媾订了婚。他应该要戴铁盔，才不会"长出角来"*E，因为她不只属于他一个人。

这个月二日，"特拖勒号"照常从大员回来，带回一般的消息。

这个月三日，"热兰省纹章号"（Wapen de Zelanden）抵达停泊区。长官马丁·宋克也随船抵达，预备担任此地长官①；雷尔松指挥官不想留在这里。我也不想在这里当士官，因为这里已经无战事，而我比较喜欢打仗，不爱和平。

这个月四日，在澎湖堡垒内正式交接。同一天夜里，"波墨仁号"（Pormoren）从巴达维亚抵达，有一艘帆船护航。

这个月八日，"支那船长"从大员来，带给我们这样的回复：双方军队首领达成共识与否，关键在我；并告诉我，因为我的士兵给他们制造很多麻烦。

这个月九日，马丁·宋克长官任命我为在他之下的第一副手，担任上尉*G，以及大员堡垒的指挥官。可是我不习惯受人指挥。我答应服从，直到抵达巴达维亚。目前我在澎湖堡垒，但我总是跟着舰队，在中国海岸和大员之间航行。

这个月二十二日，"热兰纹章号"载满了丝，开往日本交易。

与中国人的合约

这个月二十四日，我们开会讨论是否拆毁澎湖的堡垒。看过我们和对方订立的合约后，大部分人都认为应该拆毁，因为中国人不希望我们继续留在那里。合约是这么订的：首先，我们应离开澎湖，前往台湾岛的大员。我们应离开中国海岸，我们的船只除因风浪飘抵，不

① "八月一日，'热兰遮号'（Zélande）指挥官皮耶·毛萨（Pierre Maisaart）带来马丁·宋克博士，替代雷尔松指挥官，作为堡垒长官抵达澎湖。"（雷希特伦）*F

得再前往。还有，他们每年将派遣三四艘船到巴达维亚，载满各种常见商品带到大员。堡垒建好之后，那里有挂荷兰旗号的商船，会收下我们带去的商品，也会收下他们的商品，包括生丝、天鹅绒、缎、锦缎等，还有各种丝料和布。至于我们荷兰人，则不让他们的帆船到马尼拉。如果依然前往，将被荷兰人逮捕，中国的皇帝或各省大吏不可申饬。他们载来的商品，不可有假。若是他们自己弄错，便将商品置于广场，堆成一堆，在载运货品的中国人面前烧毁，他们的生死则由我们决定。至于我方出售的金、银、檀香木、胡椒、丁香花蕾、肉豆蔻，或其他他们想要的东西，如果有假，也当着我们的面丢入海里，并依他们的意愿，处以与商品等值的罚款。如此我们将不再受海盗之苦。若我方逮捕海盗，将押解至"支那船长"处。所有犯人都应维持活口，中方和我方皆然。交换之后，将其释放，自由回国。至于"支那船长"，可以自由回国，一如从前。而费用和赔偿，双方彼此对消补偿。这就是和平协约的内容。

这项协约必须等到澎湖的堡垒完全拆毁、人员撤退，始能生效。而且依据和平协约第一条，如果他们有能力，会逼我们执行。因为停战期间，他们进驻大批人马，也带进大量火炮，安置在堡垒四周，等于以千人攻我们一人。为了保有荷兰政府与公司 *H 的财产，我们只好服从协约。

这个月二十六日，我们开始动工拆除堡垒，把所有补给品和军火都搬到船上，运到大员。同一天，"奥兰治号"载满生丝，航向爪哇。

这个月二十八日，两艘载满军火的船出发前往大员。

二十九日，宋克长官出发去大员，另外建造一座堡垒。他已经集合人马开始动工。

这个月三十日，又有两艘船出发，载满补给品，供应新堡垒的需求。

九月八日，雷尔松指挥官从大员来，表示这座堡垒比第一座容易

和中国人的协商

他们重回第一次协商。如果我们放弃澎湖，退到台湾去，即东方约十〔荷〕里远的台湾岛，他们将继续和我们交易。否则，他们执意打仗。谈判结果，我们同意从这个岛撤退，拆毁堡垒，中国人还帮忙拆。我们把大部分材料和日常用品运到台湾，预定在那里安顿，作为货物运输的转运站。我们只能在岛上活动，中国王权不许我们进入它的管辖范围。——出自《雷希特伦航海日志》

建造。

这个月十日，中国人主动来找我们，要帮我们拆毁、夷平堡垒；我们也接受了。他们来了两三百人，都是技术纯熟的工人，帮我们做了所有该做的事，他们的上尉也在场督促工事。

我一直维持两百名带枪兵力，集中在堡垒中间的广场。因为我不信任对方，命令士兵随时待命，枪上膛，备好火绳及鼓手。八门炮都有炮兵、号兵，手中备着引信，只要有状况，随时准备击发。

拆毁澎湖堡垒

这个月十三日，我们拆毁这座堡垒的大门和其余工事。这一夜，我下了战时的口令 *I "奉上帝之名"①，之前是巡逻岗哨的口令。第二天则下了另一个口令"伯尔尼"，这是在夷平的堡垒中下的最后一次口令。我倒不是难过才这么做，而士兵们也不会舍不得，因为他们已经忍耐很久。

十六日，我们击鼓，手中拿着火绳，走出拆毁的堡垒，国旗在前，穿越那帮中国敌人，登上快艇"波墨仁号"，航向大员。新的堡垒已经开始建造。这个月十九日，我们抵达大员。

二十一日，我带着连队登陆，把士兵暂时安置在临时住所，等堡垒建好。我们到森林里砍伐木材，顺便辨识地形。"汉妮号"到澎湖找雷尔松指挥官。同一天，我们把"代夫特号"拉到沙滩上，放在房舍前，作仓库用。

十月一日，指挥官从澎湖抵达，带来的讯息是：中国人在堡垒大肆放炮，还把他们的船队，包含船只和帆船，都带到停泊区。并夷平所有堡垒，在庙宇 *J 附近另建了一座堡垒，作为据点。

---

① 参阅十一章相同的口令，"因为这个地方非常危险"。

二日，"胜利号"出发通知其他船只前来大员，因为停泊区非常好。

被迫洗澡

同一天，我们五十个人带着武器出去打猎。跑了很远的路，看到数目不少、种类繁多的猎物，从中获得极大乐趣。我们几乎没打到什么。士兵只在草地里抓了几只野兔和野鸡，到河边去大吃一番。士兵们把这条河称为"利邦上尉溪"，因为我想低下身去细细端详一种全身满是黄白小点的小鱼，却不小心踩到一团泥，倒栽葱一头栽进水里。

八日，因士兵和水手抗议，我们召开了一次大会。其实是我们错待他们，因为长官要他们每天工作，却只给他们喝很稀的粥，其他什么也没有。士兵说他们站岗已经够辛苦，如果夜里还要轮值守卫，就会累到打盹；被巡逻队发现，应该获得原谅。这件事说清楚了，我也反对他们每天工作。同一天，船只从澎湖抵达。也是同一天，我放走了一个在我身边服侍三年的仆役。

十三日，大会开会决定派哪艘船去巴达维亚。我们决定以"特拖勒号"领航，"伊拉斯穆斯号"随行，尽可能派最多军力到马尼拉，支持荷兰派来的舰队经过麦哲伦海峡。也决定兴建最坚固的堡垒，才能抵御敌人各种攻击，因为我们饱受威胁。

二十二日，来了六艘船和帆船，载了丝和其他物品，价钱很便宜。

二十七日，有一名士兵被杀。他在卖啤酒的日本人屋里，跟人起了争执。据说争执的原因是一个女人。另一个士兵捅了他一刀。凶手被抓并监禁，上帝保佑他！

二十八日，我们审问出事情的来龙去脉。凶手却不愿承认，只说不是他杀的。但我们知道是他，有人看见他把刀丢在路上。队上禁止士兵去河边一带，也不准他们喝啤酒，因为常常发生意外。如果发现就施以重罚。

这个月二十九日，掌旗官离开了他的旗帜，转任法庭执行官（grand sautier）*K 或 métrail *L，但我们只让他当行会主席（prévôt）*M。

十一月二日召开大会，决定"特拖勒号"于十四日前往巴达维亚。出发前，指挥官为此举办一场宴会，邀请所有军官。

这个月六日，扬帆启航。大家都非常满意，因为过程很顺利，天气很好。

这个月七日，我们决定将"参孙号"解体。大部分材料可以给堡垒和其他船只使用，因为这艘船已经无法安全航行，我们就这样做。

这个月十日，我卖掉那些不穿的旧衣服。

这个月十四日，开始用土筑城墙，因为原来只是木造，遇到火很危险，只要一受炮击，就着火。

同一天，"海盗船长"从漳州来。他去那里签署和平协约，也完成任务。

这个月十九日，我们审判了十个人，有士兵也有水手，判决四个人从"奥兰治号"下面穿过[1]，其他人被判两个月劳役。

不受欢迎的长官

这个月二十四日，我的中尉丹尼尔·伍夫（Daniel Le Loup）[2]*N，是从斯特拉斯堡（Strasbourg）来的糕饼师傅，假装想调去巴达维亚，目的是要长官给他加薪。结果他被捉弄了，因为长官不想这么做。长官看我不想留下来，便强迫他留下来。

---

[1]　水手处罚方式，也称为"大舱底"（la grande cale）。是把受罚的人以双层绳索绑住，强行将他（从这边船舷丢下水，从另外一边拉上来）穿过（并撞上）舱底龙骨。

[2]　这个人在下文以 Daniel Wolf 之名出现。

这个月二十六日，从中国来了一艘帆船，前来探查我们需要什么商品，以确认"海盗船长"的话是否属实。他们来到这里之后，我们以礼相待，而且他们看到一切都是真的，便很高兴地离去，搜罗商品，很快就回来了。

这个月二十八日，早上又发生地震，没酿成什么灾害。

十二月一日，我上船去巴达维亚，因为实在受不了宋克长官虐待士兵和水手，我不想看他们受苦。他总是胡乱判决，急就章。

这个月二日，他提高了士兵和干部的配给，好让我们在巴达维亚宣传。但那不过是敷衍而已。同一天，木匠暴动，杀了工头，因为他想制止他们，他们却一刀杀了他，动刀的人被捕入狱。

同一天，我正忙于为我连队上的士兵签发通行证，并加封缄。他们每个人都哭了，说道："做父亲的要走了，叫我们怎么办？"所有船上的人都向我大喊："唉！与我们并肩作战的好首领要把我们丢在这里了？他对我们是真的以诚相待啊！愿上帝保佑他平安抵达港口，也赐予我们恩惠，让我们很快再相见！"

岛上的居民说："怎么会这样？我们不要跟那个恶棍往来，他虐待勇士。"我让他们相信我很快就回来，让他们以为我只是出去一趟，招募新兵。

四日，船出了港湾，向"北荷兰号"取些大炮。出港时，船撞上港湾前的沙滩，没有受损。

五日，我们审判一名杀人的士兵，最后，我们砍了那名士兵的头。并赦免先前杀了工头的木匠，罚他在穷乡僻壤服五年无偿劳役。

这个月十二日，宋克长官派人来找丹尼尔·伍夫中尉，请他回陆地，因为我离开了。他很高兴，很后悔离开堡垒。士兵们却很希望他不要回来，因为他是虚伪的人，对士兵很残酷，当地的居民也很痛恨他。我再度向他说明目前已经停战，建议他对士兵和当地居民采取柔和手段，他答应会照我的话做。

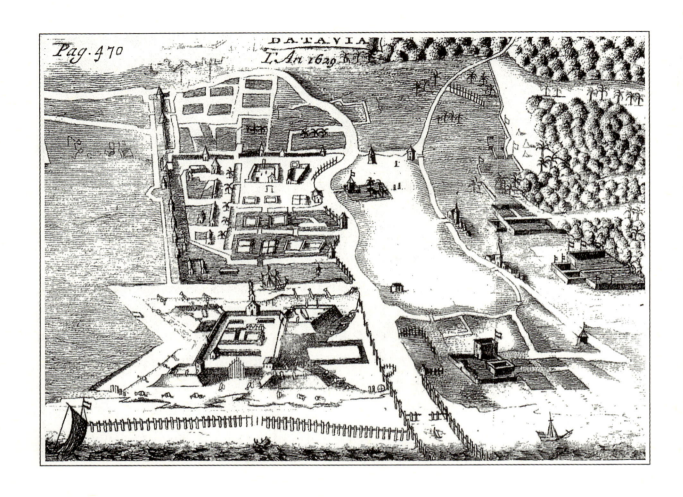

十三日中午，我们出发到巴达维亚、新荷兰 *O 去。我发了一炮作为告别，其他船只则以十响炮回礼，所有人都脱帽辞行。同一天，我们发现船漏水。发现时，已经进了很多水。我们用所有的泵来抽水还不够，拿了所有桶子来装水。我们找遍全船才找到漏水的洞，以为我们会沉入大海。花了两个小时抽水后，赶快补起来漏洞。因为丝货浸水，损失不少。

十八日，越过澳门，沿着占婆海岸前进。一路上没看见什么，除了一阵强风，让我们见到一些飞鱼，和四五只鲸鱼。

二十四日，我们越过马尼拉和一个大暗礁。那是一块浅滩，船只时常在那里遇难，跟菲律宾群岛同纬度。越过群岛约需航行一整天。

二十八日晚上，我们到达巴琳邦海峡，一整天没遇见什么。

三十日，遇见一艘船，但是没有互打招呼，因为我们认出对方是葡萄牙敌人。因为缺乏风的助力，我们无法追上。他们倒是顺风，便逃走了。

校注

A 一荷兰文之拼法为 Thoolen，应即第七章注之 Cleen Thoolen。

B 一可能是闽南语"汝不好"。

C 一可能是闽南语"汝好，彼西班牙不好"。

D 一荷兰文写法为 Baerent Pessaert，一六二二年由商务助理升任下级商务员，并开始于澎湖服务。一六二三年十月底曾被派往台湾本岛向原住民表达亲善之意。回到巴达维亚之后与公司解约而为利伯维尔民。一六二八年后被任用为掌旗官并担任市政法庭承审官，一六三三年九月被派往苏拉特。一六三四年归国并于一六三六年任职于丹麦东印度公司，于印度 Trankebar 任职。一六四四年前往日本但被荷兰东印度公司船只截获，送交巴达维亚。一六四五年他替公司前往马尼拉担任间谍而获释。参见：*Generale Missiven*, Deel I, p.625, noot.1. Groeneveldt, W. P., De *Nederlanders in China*,（'s-Gravenhage : N hoff, 1898）, pp.233-4。此桩婚事亦于一六二五年一月十日的巴达维亚城教会决议中追认。参见 *Bouwstoffen*, Deel I, p. 201. Kerk resolutie van Batavia, 10 Jan. 1625.

E 一戴绿帽子之意。

F 一经查编注所引法文译本之荷文原文，Pierre Maisaart 应作 Pieter Muysaert，职衔为上级商务员；La Zélande 为船名，荷兰原文写作

Zeelandia。参照：Izaäk Commelin（ed.），*Begin ende voortgangh van de Vereenighde Nederlantsche geoctroyeerde Oost-Indische compagnie*, 4 vols,（Amsterdam: Jan Jansz, 1645-6），Vol.4, p. 52.

G 　一根据官方记载一六二四年八月十一日，利邦由中尉升任上尉，递补谢灵上尉过世所开的缺。与利邦自述仅差三日，之后月薪调升为七十二荷盾。VOC 1083, Resolutie van Pehou, 11 Aug 1624, fo. 75r.

H 　一荷兰东印度公司于一六〇二年成立时，获荷兰联邦会议（States-General）颁发特许状来授权其代表国家建立城池、任命长官、调度士兵，并与亚洲的外国主权者签订条约。这表示荷兰东印度公司本身即是荷兰政府行政机构的一部分，因此利邦文中才将公司与政府并称。参见：*Femme S. Gaastra, The Dutch East India Company: Expansion and Decline*,（Zutphen: Walburg Pers, 2003）, p. 23.

I 　一口令是在一个连队中执行卫哨任务前由军官事先发布的暗号，以便于识别敌我。在遭遇不明人士时卫哨兵应喊出"站住、口令、谁"，而对方则需立即表明身份与响应以当日暗号来确认为己方人员。

J 　一妈宫。

K 　一此为西瑞士 Neuenburg 城指称法庭或议会执行官的用语，此一职位是由法庭或议会指派，在审判中具备投票权，并以执行收取罚款充作收入来源。有时也负责保存财物、提取证人等。对民事或轻微犯罪可即行裁决。根据不同城市的制度此一官员所负责的一般治安事务范围也不同。参见：Historisches Lexikon der Schweiz（瑞士历史辞典），Grossweibel 条，http://www.hls-dhs-dss.ch/d/D26434.php

L 　一不明，可能是 Maître，与后文 Prévôt 意义相同。

M 　一此为瑞士城市中，同业行会每年推选的主席，与其他代表一起组成委员会，裁断业内争议，惩处行为不合行规的会员。在当时某些以手工业为主城镇当中，行会主席在市镇议会或法庭中也有很大的发言权。参见：Historisches Lexikon der Schweiz（瑞士历史辞典），Zunftmeister 条，

http://www.hls-dhs-dss.ch/textes/d/D26433.php。

N 一荷兰文写法为 Daniel Wolff。他在一六二四年八月十一日抵达澎湖后，便编入利邦上尉辖下，担任中尉。VOC 1083, Resolutie van Pehou, 11 Aug 1624, fo. 75r. 后于一六二八年一月二十八日，遵从昆恩总督的指令，在维特（Gerrit Fredericksz de Witt）领导的船"维亚南号"（Vijanen）上担任中尉，返航荷兰。*Jan Pieterz Coen*, Deel V, p. 231. Order aan den Commandeur Gerrit Fredericksz de Witt, 6 Jan. 1628.

O 一目前所知"新荷兰"为一六四四年荷兰人发现澳洲大陆时所赋予的称号。此处的"新荷兰"是利邦于一六二四年写下的，应不可能指澳洲大陆。依照文脉，此处仍指巴达维亚。或许是因为昆恩总督一度想将巴达维亚更名为"新霍恩"（Nieuw Hoorn）来纪念他出生的霍恩市，而利邦误记为"新荷兰"（Nieuw Holland）。

第十一章

爪哇探险

AVENTURES À JAVA

第十一章　爪哇探险 Aventures à Java

一六二五年一月二日，我们越过万丹。同一天，在东顿爪哇岛（Donton Java）附近遇见了"武德号"（Wourde）*A 快艇。东顿是个荒岛，无人居住，但可以补给船舰用水。此处面对万丹，可以封锁这个城。封锁持续很久，他们终于试着与我们谈和。但是谈判不成，因为我们无法接受他们提出的条件。

这个月三日 *B，我们到巴达维亚，登陆去见总督。他看到我很高兴，听我谈台湾岛和大员发生的事，得知我们居于优势，并问我马丁·宋克长官是否善待在大员的人。我照实说了他的行为，他却回答，马丁·宋克一向虐待士兵和其他人，在哪里都一样，在班达和摩鹿加群岛也都如此，这不是长久之计。

这个月九日，我从总督那里得到二十里尔作为薪饷，接下来每个月都会有，以便等待对付爪哇人的好时机——他们还是定期骚扰我们。

这个月十日，两个擅自逃到马六甲①的荷兰人，被我们追到，抓回巴达维亚。我们审判他们的下场是：上绞架，被吊死，罪有应得。因为他们在马六甲的行为是背叛。他们说，他们在马六甲企图用一艘帆船或小战船，载奴隶到沿岸每个城市的四个角落放火。幸好上帝阻止了。

---

① 马六甲，葡萄牙人重要的通商口，位于马六甲半岛，面对苏门答腊。在一六四一年被荷兰人夺占。

阿勒贡德岛
色贝西岛
思维（Envier）
巴达维亚

这个月十二日，我用一里尔买乐透，换到一支银汤匙。这些乐透奖品总值二十万埃古（écu），奖品全是金、银做的餐具。我从没见过像这样的乐透，因为这简直是抢穷人的钱——这些穷人拿钱下注，但大奖永远不会兑现，兑出的只有价值最小的东西。乐透的负责人没有按评议会的建议执行，在彩票上动了手脚。为此错误行为，他只得到一小笔薪水。

这个月二十三日，魏泽（Wezel）来的史垂克（Stricker）上尉 *C 要去受训，他的太太也一起去。但返回荷兰的船启航时，他却独自上船，因为他厌倦了他的妻子，想找机会甩掉她，况且她也对他不忠。

这个月二十七日，指挥官雷尔松上船，准备航向荷兰。愿上帝领

安端

是公司里好勇斗狠的典型角色。他在一六一一年抵达印度，位阶为中士；一六二一年成为中尉，在千子智被西班牙人俘虏。一六二三年一月在巴达维亚晋升上尉，一六二七年担任法庭庭长，两度参加巴达维亚攻城战。一六二九年七月二日晋升战地指挥官。一六三一年一月、十一月和一六三二年十一月带领探险队至安汶岛。一六三五年讨伐台湾岛，一六三六年到交趾支那，于一六三七年返回荷兰。一六三八年再前往锡兰，一六四〇年十一月八日于马六甲逝世。

航！这趟航程有三艘船一起启航，包括"荷兰迪亚号"、"密德堡号"和"豪达号"（Gaudal）。*D

这个月二十八日，我们审判了两个人，一个是日本人，一个是马来人 *E。那个日本人最后被砍了头，因为他和人决斗杀了人。那个马来人则右手被剁并砍头，因为他杀了一个不顺从的妇人。他们罪有应得。

这个月最后一天，安端（Adrian Anthoine）*F 被任命为巴达维亚城堡上尉。所有士兵都很失望，因为他很骄傲，大家都不喜欢他。

一六二五年二月一日，我收到一个月的所得十三里尔，和八瓶西班牙酒。

同一天，安端上尉的妻子来到"钻石"棱堡 *G，和她丈夫同住。我和她丈夫一起花钱，花掉我在公司的薪水，只留下六里尔。

七日，大家选我选为市政法庭和教会小会成员。我听到觉得很烦，大感不幸。因为总督说找不到别人，又说我去中国前也是担任这个职位。我想了想只好接受。*H

九日，巴达维亚的新教堂第一次举办布道大会，传教士讲道很长，告诉巴达维亚城里的市民和其他所有居民，要有勇气恒久追随真正的宗教信仰。

十日，我们前往市政法庭，审理一些市民之间的纠纷，因为市民不愿缴某些税。我们终于取得协议。十一日，我收到一个中国人缴交的两百里尔租税①。

十二日，为了"摩洛"（Morlot）事件和其他三件事又开了庭。他们计划逃到万丹城敌方那里，本来准备搭小船，但被抓到，于是关进监牢等候审判。

二十五日，我们审判了前面提到的人，判他们抽签。两张签写

---

① 商人取得通商权所缴的税。

了"死刑"，两张签空白。但巴达维亚城中国人的"甲必丹"***I** 极力向总督求情，让他们获得赦免。只是之前提到的那位摩洛和克莱（Craye）①，被判永不得出现在东印度地区，并剥夺其人权。

二十三日，来了一艘来自中国的帆船，载满各种物品，有丝和很多其他织品。***J**

一六二五年三月二日，巴达维亚城中尉逝世，第二天就和所有人一起下葬。

这个月五日，霍尔昆（Gorcon）***K** 指挥官出发到安汶去，和史帕克（Spec）***L** 长官交换岗位。他搭乘的是"希望号"。***M**

八日，我们审判了一名士兵和三名水手。他们被罚从船上丢进海中，因为他们不但没有好好守城，还为非作歹。

十一日，我带着五十人到森林里，侦察爪哇人在红溪河（Rivière d'Anquay）***N** 边的一组炮。我探好路径，在破晓时分出动，攻击那组炮。他们只有十个人和武器，实在不多，我放把火烧了，就回到城里去。总督刚好出来散步，看见我非常高兴，对他的评议员说："我们在巴达维亚三年来的开发进展，大有成果！"然后邀我吃晚饭。席间我们进行会谈，内容涉及我外出或离开期间堡垒和城里秩序维持的事务。这些我均保密。

这个月十二日，从苏拉特来的"鹿特丹号"（Rotterdam）抵达巴达维亚港，载满印度精美的细布和衣服，要卖到其他岛上。***O**

这个月十五日，我买了一些棉布给我的随从和手下。

这个月十六日，我和史帕克先生从巴达维亚出发。他是总督的首席顾问，我们去视察万丹的船舰。***P**

第二天，我们登上位于城市门户的船舰。巡视完之后，晚上睡在"吉祥号"（Bonne Fortune）***Q** 上。同一天，暴风雨打翻了一艘船，船

———————————

① 第十二章有关残忍亚齐国王的描述可再见到这两位。

上有四名水手溺毙。我们不认为救得了其中任何一人，因为这场暴风雨实在太大。尽管历经危难，损失惨重，我们还是尽力救起其他人。

二十日，离开"泽塞斯号"，登上平底船"艾琳号"（Airin）***R**，去勘察色贝西（Sebicé）[1]岛上的堡垒。我们保留这个堡垒，不让英国人在那里建堡，是为了守住巽他海峡（Détroit de Sonda），方便我们的船只进出。

二十八日，我们抵达恩维（Envier）***T**，已经入夜。爪哇人带着胡椒来。

二十九日，船上载满各种新鲜食品，和一头恩维国王送给史帕克先生的牛。史帕克先生收下，还回赠一件他们的布，国王收到感到无比光荣。

同一天，张了帆准备继续航程。

三十日，早上抵达色贝西岛，看看一切是否顺利。可是大家都不舒服，很多人生病。

同一天，回到船上，张帆回巴达维亚。半夜出发，早晨到万丹，但没在那里停留，很快继续前往巴达维亚。

这个月三十一日，我们遇见从巴达维亚来的平底船"汉妮号"，带来一封信给史帕克先生。从台湾岛大员来的"安恒号"（Arnem）***U**平底船到港，有一艘载满丝和各种精美物品的中国帆船随行。晚上抵达巴达维亚。

四月二日，召开教会会议 ***V**，审判犯重婚罪的女人，还有另外两个犯奸淫罪的女人。犯奸淫罪的女人被判监禁，与丈夫分离。重婚的女人被处归还前夫，第二任丈夫则被赶走。

同一天，传教士塞洛延（Siroye）***W** 将女儿嫁给堡垒的上士。

这个月四日，总督命我去色贝西岛换防。

---

① 巽他海峡之岛。***S**

第二天，命令士兵、水手和奴隶重新修建堡垒。

四月六日，我带着手下上船，共有五十人。另外十人则驾驶停在万丹前的船队，扬帆启程。

八日，我们到达万丹。我接受总督的任命，执行本舰队任务，负责防守，并尽力拦截爪哇的独木舟，还有一些想来贸易的外国人。之后我便离开，继续航程。

十一日，到达色贝西岛。

十二日，到前述的堡垒驻守，并从亨伯（Humbert）上士那里拿到军火、补给品，还有清单上其他东西。他不是一个好管家，分给爪哇人很多东西，让我的清单减少很多。

十三日，"艾琳号"平底船出发回巴达维亚，驻军撤离。这一夜，我下的口令是"奉上帝之名"，因为这是个很危险的地方。

十四日，我到岛上勘察，想找一些地方开辟成园圃，种一些植物或草药来提神。

十五日，我们找到一块地，准备播种。花了四五天寻找新鲜蔬菜，却什么也没找到。

十八日，我下的口令是"奥兰治"，再来是"摩里斯"，第三"洛桑"，第四"巴黎"；接下来是"伦敦"、"康士坦丁堡"、"埃及"、"波斯"、"希腊"、"亚洲"，都是我在色贝西岛上神清气爽时所下的口令。

大洞穴

这个月二十八日，我在岛上转了一圈，看看有没有清洁的水源或其他可以吃的东西，结果没找到。但我找到值得注意的东西，那就是海边的大洞穴。它入口的高和宽都有一个两臂的长度，里面可以住两三千人，加上所有的武器，而且不会被发现。洞穴上方的岩石有很多鸟巢，像燕子巢，我们想采多少便有多少，像煮内脏一样煮来吃，相当好吃。洞穴里还找到魔鬼图案和印度地区的文字，洞穴入口的岩石上画了两个人，像是站岗的样子。其他就没发现什么了，只有一些不相干的椰枣树。这让我相信，这个岛没有什么价值，之后被证明果然如此。

厄运鸽子

二十九日，我开始在园子里播种。早上，一只白鸽停在我脚边。我喂它吃东西，也给它喝水。我赞赏这只鸽子。它对人很友善，白得像雪，可能带着某种预兆。当天晚上，我的手下就有六七人生病发高烧。这让我想起那只鸽子，它可能是个预兆。

三十日，我用手抓起那只鸽子，它动都没动。它的嘴是扁平的，像鸭子，但有点尖；脚像炭一般黑；跟其他白鸽一样，全身覆盖白色的羽毛；眼睛又大又黑，比别的鸽子小一点。

五月一日，平底船"帕雷卡德号"（Palécatte）抵达，商务员尚·亨利·萨尔（Jean Henri Sale）*X 在船上，他是从英国人占领的阿勒贡德岛（Alegonde）*Y 来的。我写了一封信给总督和长官，因为我队里的士兵都生病了。同一天，尚·亨利·萨尔张起帆继续航行。

六日，一名士兵死了。接着是布将特（Bougentré）上士过世，同一天还有一个木匠死去。

九日，我收到他们留下的衣服，分给有需要的士兵，同时觉得自己好像也生病了。更糟的是，从那天晚上到十一日，我得值勤巡守，因为生病的人得卧床休息。虽然我也不太舒服，还是一整夜都到城墙上巡逻，看看敌人的动静。我隐藏自己的病情，一方面不想让奴隶看到，另一方面必须鼓舞士气。要是敌人真的打来，我们都难逃剑下。俗话说得不错，知己知彼，百战百胜。这一夜很平静，我们安然度过。

驻防地不保

这个月十一日，我觉得好一点，复原了，感谢上帝恩典！但堡垒里的人都病了，我得替他们准备吃的，不然他们就会像牲口一样死去。我尽力像帮我的孩子一样帮他们，他们也把我当作父亲。他们说，要不是我这样照顾他们，他们都死定了。

十九日，"特拖勒号"和"帕雷卡德号"两艘船从巴达维亚来，晚上抵达色贝西岛前，给我带来一封信，命我撤守这个堡垒，将人员带上"帕雷卡德号"。二十一日，我们都上了船。二十三日，"吉祥号"抵达，指挥官费何（Feraut）指示我们拆毁堡垒，带驻军回巴达维亚；而他则去帮英国人拆毁他们的城堡，再照他们的指示回巴达维亚。

同一天，我们把军火和可用的东西都搬离，放火烧之后上船。但是我没有自己走，因为我又病了，得靠人抬上船。然后，出发去巴达维亚。

给航行者的忠告

同一天，代夫特的一名水手在游泳时被凯门鳄吃掉，只剩内脏。所有航行者都应小心，不要到不熟悉的水域游泳。——出自《舰队司令范霍文（Verhoeven）航海日志》

Crocodille ou Caiman.

二十四日，我们启航，第二天就到巴达维亚。大家都病了，幸好已经抵达，大家把我们抬下船。

总督看到我和我的手下非常震惊。他跟我说，看到我这个样子，他吓呆了，但为了鼓励我，不能表现出来。他让人带我到房间，派医生、厨师来好好照顾我。

六月十日，英国人和所有来自阿勒贡德岛的船都回来了。"吉祥号"帮了他们很大的忙——船上的人驾驶得很好，把他们都带回来。

这一整个月，我大大病了一场，病到认不出人，他们随时准备埋葬我。

七月六日，我开始觉得好一点，出去活动活动。七日，我收到一个中国人欠我的一百枚荷兰银币（ristaler）。

"鳄鱼事件"

这个月十日，晚上总督带了二十五匹战马和五十名火枪兵外出打猎，来到巴达维亚城前。一如往常，他让马匹到河中喝水，轻骑兵随侍在他前方和两侧。突然，来了一只平日在河中的鳄鱼或凯门鳄，朝一匹马的颈子咬下，然后往水里拖。马就在总督身旁。他们朝它开了很多枪，马上的骑兵猛烈开枪，但是都枉然，因为鳄鱼一旦潜入水中，除了气泡，就什么也看不见了。天知道那个骑在那匹马上的人，看到自己骑的马这样被拖走，心里吓成什么样！总督也大受惊吓——他就在那名骑兵旁边，刚巧躲过。第二天早上，我们在海边找到那匹马，尸首分离，还有马鞍和枪。

那只恐怖的畜牲真是强壮、惊人，大概二十到二十五呎长，有些可以长到三十至三十五呎。它们水陆两栖，攻击人也攻击动物。四只脚像蜥蜴，全身都有鳞片，腹部下方的鳞片是黄灰色，上方呈黄褐色，非常坚硬，射击它们也没用，只能从身体两侧攻击。嘴长一古

凯门鳄

与埃及通称"鳄鱼"的动物是同一种两栖动物，尼罗河中很多，在东印度则称为"凯门鳄"，极为常见。这动物可不轻，有人坚持它们非常笨重懒散，但这显然有误。因为如果你跑在它们前面，而且沿直线跑，它们追赶的速度可是相当快，人很难逃得掉；但需要转向时，它们就得先以侧面前进，这是由于它们的脊椎无法轻巧地做这样的动作，速度自然慢下来。它们外表像蜥蜴。令人吃惊的是，它们呼出的气味清香。力大无比，可以咬走人、动物，用牙齿折断骨头，吃到什么也不剩：它们用爪子将猎物撕成小块，完全不费力，好像在玩耍。冬天很冷的时候，它们躲在洞穴里冬眠，什么也不吃。有的体型非常大，可到二十至二十五呎。有的只有三四呎，尾部和身体一样长。我们抓了几只观察。它们上颚有三十八颗牙齿，下颚有三十颗，牙齿洁白、坚硬、尖锐。爪子也非常尖硬，皮肤坚韧，表面覆满鳞片，上有尖硬刺，背脊几

乎呈黑色，腹部灰白。埃及的鳄鱼和（东）印度的凯门鳄有些不同——凯门鳄不如埃及鳄凶恶。据说这种鳄鱼可活到六十岁，有够长的时间长成庞然怪物。勃固（Pegu）城护城河中的鳄鱼就有这么大。它们被放到护城河中，让人不敢下水过河。这些鳄鱼之所以长到那么大，不仅是活得够久，而且食物够多。那些在河边喝水被吃掉的动物，还有在河边汲水被吞掉的人，数量之多，难以想象。——出自《伍特·舒顿航海日志》

尺，上下两排牙像鹅的牙，下颚不动，只动上颚。脚趾有长爪。平日藏身于河中。我们若划小船去，人数不多的话，它就会游到我们的船下，随便咬走一个人，拖到水中吃掉。在陆上，它们则会抓马或牛。我们抓过两只，是用吊勾串着肉，才引来它们。*Z

七月二十六日，我们审判两个人。一人被剁了右手又砍头，另一人在头上烙印，因为他们在城里放火，我们靠着上帝的恩典才逮着。

八月三十日，一名士兵在站岗的时候被暗枪打死，不知道是谁做的。我们推测这一枪原本是冲着上尉来，因为大家恨死他，巴不得他死掉。他待人真差，简直是无赖，完全不顾大家的权利。

十五日，三艘船去波斯对抗西班牙人，他们已经和西班牙人打过三四次仗，都获胜。

二十八日，舰队司令洛米特（Ermitte）①的舰队抵达巴达维亚港。这八艘船从荷兰经麦哲伦海峡前来，但洛米特已经过世，由盖努（Gueynug）继续指挥，行程却无进展。*AB

九月一日，那段名为"红宝石"（Rubis）之棱堡的城墙因为过重，滑进护城河里。人们认为这是因为它盖在沼泽地上，我则认为是护城河的位置所致，所以滑进去了。这下我们损失惨重，砂浆、石块等建材损失一半。

二十六日，有一艘英国船来到港口，带来"荷兰一切平安"的讯息。这艘船叫"伦敦号"（Londres）。我们发了八响炮表示欢迎，表示堡垒很荣幸接待，并收到"钻石"棱堡传回来一响炮回礼。

十月四日，史帕克长官随两艘船抵达巴达维亚港。他们从安汶来，准备回荷兰去，因为安汶情势很平静。

五日，船上所有士兵约一百二十人，与四名上尉一起登陆。但最

① 即Jacque L'Hermite，荷兰海员，一六二四年六月二日逝世于卡亚俄（Callao，今位于秘鲁）。*AA

后他们被送回荷兰，因为总督没有任务让他们执行——总督受够了，
而这些人也不想留下。

校注

A 一荷文拼法为 Woerden。当日由巴达维亚出航，载运补给前往万丹。
*Daghregister gehouden int Casteel Batavia vant passerende daer ter plaetse als
over geheel Nederlands Indi*, 31 deelen，J.A. van der Chijs, H. T.Colenbrander,
J. de Hullu, F. de Haan and W. Fruin-Mees（uitg.），（Batavia and The Hague:
Ministerie van Koloniën, 1888-1931），1624-29, p. 121. 2 Jan, 1625.

B 一平底船"伊拉斯穆斯号"（Erasmus）于一六二五年一月三日由台湾抵
达巴达维亚港。除了载回六十一担（1 picul=100 catty）七十七点五斤（1
catty=625g）的丝货外，也将与福建巡抚间交涉，开放台湾贸易的文书带
回。*Daghregister van Batavia*, 1624-29, p. 121. 3 Jan, 1625.

C 一荷兰文为 Abraham Strijcker（van Wesel）。一六一八年随Oudt Delft号
出航，军阶中尉。一六二二年二月三日升任上尉，驻守巴达维亚城。
一六二三年一月十六日与公司再续三年约，月薪一百荷盾。*Jan Pieterz
Coen*, Deel III, p. 938. Resolutie van Batavia, 16 Jan 1623. 一六二四年十二月
十九日，他曾经向巴达维亚教会申请归国所需的一些证件。*Bouwstoff*,
Deel I, p. 199. Particuliere Acten dewelcke duerende de voors vergaderinge
ende daernae in de Kercken-raedt te Batavia gepasseert sijn, 19 Dec. 1624.

D 一荷兰迪亚号之荷文拼法为 Hollandia；密德堡号之荷文拼法为 Middelburg；
豪达号之荷文拼法为 Gouda。荷兰号、密德堡与豪达号的成员共
三百六十名。*Daghregister van Batavia*, 1624-29, p. 121. 28 Jan, 1625.

E ——此日本人名为Ioosemen；马来人名为Pieter Nanmings或Doulat. VOC 1086, Resolutie van Batavia, 29 Jan. 1625, Batavia, fo. 46v.

F ——荷文拼法为 Adriaen Antheunisz。斯海尔托亨博思（'s Hertogenbosch）人，一六一一年随 Oude Maen 号出航，跟随马尔兹（Adriaen Block Martsz）率领的舰队在一六一二年登陆雅加达，军阶为中士（Corporael）。之后于摩鹿加岛担任中尉，一六二三年一月十四日续约时升任上尉，月薪八十五荷盾。一六二九年时任巴达维亚城驻防军上尉。一六三〇年起升任战地指挥官（capitein Majoor），月薪一三〇荷盾。*Jan Pieterz Coen*, Deel III, p. 938. Resolutie van Batavia 14 Jan 1623.; Ibid., Deel V, p. 754. Resolutie van Batavia, 2 July,1629.

G ——巴达维亚城城堡本体具备四座棱堡。在西南方傍着大河的是"钻石"棱堡，这是驻守本城上尉居住的地方。在西北侧傍着大河的棱堡称为"珍珠"，东南方的棱堡称为"红宝石"，在"老虎运河"边上，棱堡内住的是战地指挥官。在东北侧的则称为"蓝宝石"棱堡。参见：François Valentyn, *Beschryving van Oost-Indiën*,（Dordrecht : Joannes van Braam, 1725），Vol. 4, p. 239.

H ——一六二五年二月六日，巴达维亚城评议会遴选利邦为市政法庭（Collegie van Schepenen）参审官。VOC 1085, Resolutie van Batavia, 6 Feb. 1625, fo. 132r.

I ——被殖民政府指派的华人领袖。

J ——本船来自漳州，载重约三百last（last 约为二点五公吨），乘客四百八十名，货物多为粗货。*Daghregister van Batavia*, 1624-29, p. 130. 24 Feb, 1625.

K ——荷文拼法为 Jan van Gorcom。一六一七年抵达万丹，时任上级舵手。一六一八到一九年在雅加达城堡被围困时，担任上尉。之后回任船长并于一六二〇年担任庶务长（equipagemeester）。一六二一年暂时担任前往班达群岛船队指挥官，随后担任西部海域（印度洋）防卫舰队副指挥官。一六二三年十二月二十八日被指派为评议员。一六二五至一六二八年担任安汶长官，随后归国。一六三四年九月二十三日再度前往巴达维亚担任评议员，但改名Jan van Broeckum。之后任摩鹿加长官，一六四〇年二月二十五日逝世于千子智。*Generale Missiven*, I: 1610-1638, p. 168. noot.1

L —此人经查为 Herman van Speult，而非 Jacques Specx。一六一三至一六一四年前往东南亚地区，一六一五年任安汶岛上级商务员，并于一六一七年晋升为副长官（Luitenant-gouverneur），一六一九年四月四日晋升长官及东印度评议员。一六二五年七月任满，旋担任三艘船指挥官前往西部海域（印度洋），一六二六年七月二十三日于任务中死于摩卡。*Generale Missiven*, I: 1610-1638, p. 138. noot.1

M —利邦所说与官方记载相符：Jan van Gorcum 确于此时乘该船出航。*Daghregister van Batavia*, 1624-29, pp.132-3. 5 Mar, 1625.

N —利邦将红溪（Kali Angke）写作Anquay。

O —*Daghregister van Batavia*, 1624-29, p. 133. 12 Mar, 1625. 实际上是由科罗曼得尔海岸来的鹿特丹纹章号（t' Wapen van Rotterdam）；装载五百九十九包衣物。

P —*Daghregister van Batavia*, 1624-29,p. 134. 15 Mar, 1625. 史帕克（Jacques Specx）先生所登上的舰艇是"齐克杰号"（Zierckzee）。

Q —不明，可能是快艇Fortuijntgen号。

R —不明。

S —*Daghregister van Batavia*, 1624-29, p. 134. 荷文拼法为 Cebesce 或 Sebessi，英文现称Pulau Sebesi。是一座岛屿，位于巽他海峡中，靠近苏门答腊东岸。

T —应为 Anjer。

U —荷文拼法为 Arnhem。

V —小会或教会会议是新教改革宗教会的基层自治组织，由一位或数位牧师，各长老以及教会执事组成，处理教徒受洗、圣餐、婚姻、葬礼等事宜。

W　—荷文拼法为 Michael（ert） Seroijen/Zeroyen。于一六二二年四月四日由科罗曼得尔海岸商馆返回巴达维亚时，取得牧师候选人资格。Bouwstoff, Deel I, p 138. Kerk resolutie van Batavia, 4 April 1622; 他在一六二四年八月十五日申请参加测试，以便升任牧师，但似乎始终没有成功。Bouwstoff, Deel I, p 189. Particuliere Acten dewelcke duerende de voors vergaderinge ende daerne in de Kercken-raedt te Batavia gepasseert sijn, 15 Aug. 1624. 他在一六二七年五月十四日被教会公开质疑在任上处理案件有偏袒之嫌，而被送交惩戒。*Bouwstoff*, Deel I, p 290-1. Kerk resolutie van Batavia, 14 Maij 1627. 由于一六三七年六月十七日教会曾处理他的遗产案件，他应在此时之前即过世。*Bouwstoff*, Deel I, p. 372. Kerk resolutie van Batavia, 17 Jun. 1631.

X　—荷文拼法为 Jan Hendricxz Sael。第二次航行担任West-vrieslant号上之上级商务员。一六二一年十一月二十七与公司续约，月薪一百荷盾。*Jan Pieterz Coen*, Deel III, p. 794.Resolutie van Batavia, 27 Nov. 1621.

Y　—今印度尼西亚语称 Pulau Lagundi，即 Lagundi 岛之意。

Z　—Jacobus Bontius, *Tropische Geneeskunde*,（Amstelodami: Sumptibus societaitis, 1931），p. 225. 荷兰内科医生邦修斯（Jacob Bontius）当时于巴达维亚城行医，也目击了此事件。

AA—洛米特说明详见第二章校注。

AB—继续者应为Geen Huigen Schapenbam。利邦此作Gueynung，后文或作Jean Euge，或作 Jean Hugon。

第十二章
到阿拉伯及印度海岸
EN ARABIE ET SUR LES
CÔTES INDIENNES

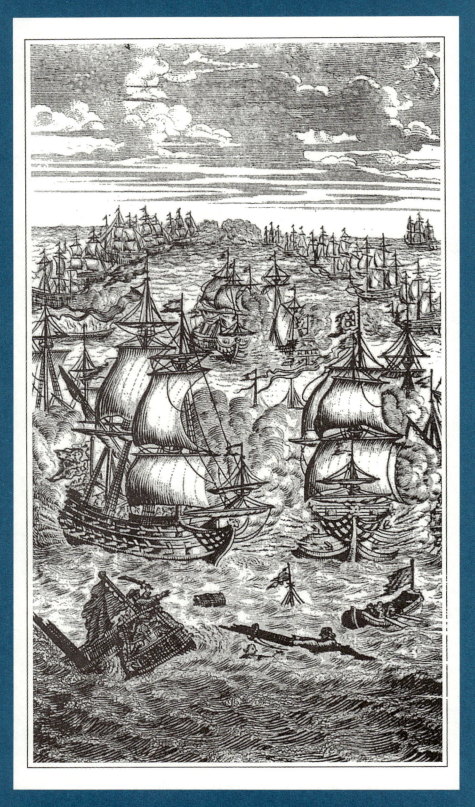

第十二章　到阿拉伯及印度海岸
En Arabie et sur les côtes indiennes

这个月（十月）十三日，史帕克长官 ***A** 带着三艘船前往苏拉特，再和其他人去波斯，最后回荷兰。他们在果阿邦附近遇见西班牙人，就一路尾随，直至果阿邦城前，双方一路攻战，直到不能再战。对方有四艘大帆船、两艘小帆船，我们则共有六艘船。我们击沉了两艘他们的船，船上的人都死了，只有几个人搭小艇逃走。他们将很多尸体抛入海中，因为我们看到船底有很多血，好像杀了牛群一般。

我方打了胜仗，但伤亡也不轻，船只损伤甚重。战争结束后，船队就分道扬镳。有一艘大帆船和一艘小船载满白银，向果阿邦城的沙滩驶去。由于怕被城里的大炮攻击，我们不敢靠近城堡，决定离开，船队分为二，一队往苏拉特，一队往波斯去。我所在的"希望号"往红海驶向麦加。大家叫它红海，但名不副实，因为它不是红色，其中的碎石倒是红的。在这里可以找到大量的珊瑚玛瑙。***B**

麦加

从前沿海有很多商业城市，非常富裕。现在最富裕、最美的城市则是麦加。麦加位于阿拉伯半岛（Arabie Heureuse），濒临红海，有三座清真寺，最重要的一座位于市中心，有非常高的城墙。向内

"麦加——穆罕默德遗体所在地"

麦加城和周围的村庄都建造了坚固的城墙，有的用瓦覆盖，有的用宽大、平整的石块砌成，城门的木雕精美。有些人穿着波斯服装，黑发棕色皮肤。有些人肤色白晰，像波斯人，身材体格相当好。主食是米和面包。波斯的酒非常好喝，口感极佳。他们也有椰枣和一种啤酒，是用一种名为"lacuas"的块根酿造的；还有几种水果，和印度一样，食物丰盛可口而价廉。这个国家盛产黄金，以及红宝石、蓝宝

陆深入一〔荷〕哩半之处，有一座山，阿拉伯人说那就是亚伯拉罕（Abraham）献祭艾萨克（Isaac）的山——他们在这个《圣经》故事里掺杂了千百个错误传说。山上有一座小城，人口众多，有一座清真寺，前来朝圣的伊斯兰信徒都要来膜拜、献祭。每年亚洲各国都有上千人来膜拜穆罕默德圣墓。五月——尤其是月底，约二十三日左右，麦加附近至少有三四千人。仪式在大清真寺举行，不准基督徒进入。*C——出自《伍特·舒顿航海日志》

石，也有钻石矿坑。土地肥沃。不远处有山，离城墙只有二十五哩，人们在山里找到钻石岩矿，波斯国王派人在那里驻守。

　　麦加城在伊斯兰宗教中的意义，就像欧洲的罗马一样。那个地方的长官带我进去。我打扮成波斯人，假装只看着长官，以免被祭司发现。祭司人数很多，假如被他们发现我是基督徒，会丢了小命，还会波及领我进来的长官，因为他们不准基督徒进入寺中广场。这座清真寺富丽堂皇，各地的人都来此朝圣，就像我们到罗马寻求救赎。我在那里的时候，来了一队朝圣者，加上其他人，约有三四千人。据我所知，他们带骆驼载着生活必需品和行李，穿越埃及沙漠，从君士坦丁堡一带来到这里。

我在那里迅速处理好私人事务，便向长官请假，起锚往苏拉特去载细布和我的执照允许载运的货物。

"亚美尼亚山——诺亚方舟遗迹所在"

有一座很高的山，是我在这一带航行四天见到最高的山，我们称它为"亚美尼亚山"（Montagne d'Arménie）。这座山距离海大约半天，当地人对我说，那里有一处名为"诺亚方舟"。这座山非常高，没有大树林，只有小丛林，想不出用什么方法可以把那么大的木块挪到那里去。遗迹像船的龙骨，两翼像船底，覆盖着高约两吋的树叶或某种草，以防雨水。我们量了它的大小，有六十呎。量到一半，随行的当地人不想让我们完整量完，不过照我们看来，宽度确有六十呎，比长度更长些。它有两呎半的方形硬木船顶。去的人都会带走几片木片，但带他们去的人总是非常不乐意看到他们这么做。看完了，我们就下山。我下山时跌了一跤，扭伤了脚踝，这事让我难以忘怀，只得让人背我到山脚下，回到船上。我们相信我们看见的是遗迹，但不相信它就是诺亚方舟。

"苏拉特之描述"

苏拉特

这个城很大，朝海而筑，另一面则有一道城墙环绕，上面铺有草坪。英国人自一六〇九年在此设立商馆，荷兰人则在一六一六年设立。双方都为这座城市带来很

之后，我们启锚往苏拉特，到那里去装载细布，再前往帕雷卡德堡。

苏拉特居民大多是黑皮肤，而且多数会说葡萄牙语，其他人则说摩尔话 *D。因为位于赤道，那里非常炎热。那里的人缫丝，织成一种很细的布，当地卖得很便宜。就生活条件来看，这个地方很无趣。他们的房舍建造方式和麦加一样，只有上方是平的，像平台，方便引

雨水到水瓮中，因为没有别的水源，否则就要到很远的地方去取水。

　　他们的主食是米和一种肥大的块根，相当好吃。他们肉食煮得很好，也很便宜，有鸡、鸭、小山羊和其他肉类。女人很温柔，花少许钱就可以买来做奴隶或女伴。她们累的时候喝热水，这可以使她们感到清凉。大家不敢喝冷水，因为天气太热，喝冷水会使人血液凝稠致死——这真的发生在我的手下身上。这里的房子很便宜。

　　他们有很多不同信仰：有人信仰穆罕默德，有人信月亮，有人信太阳，也有人信母牛。信母牛的人相信人死之后，会到母牛腹中，他们称之为"Banian" *E。他们不吃任何有生命的东西，只吃叶菜，用油烹调；不杀生，连跳蚤都不杀——他们甚至出钱雇佣兵、水手，杀死居所附近的毒蛇，或其他有毒的动物。

　　这里的人肤色是黑的，跟摩尔人一样，但有些人的肤色比其他人更黑，由大蒙兀儿皇帝 *F 统治。有不少葡萄牙人住在那里，而且和我们一样精通买卖。他们不敢攻击我们，我们也不敢动他们脑筋，因为那里的防御工事做得很好，泊在港口的船只也很精良。但到了海上，可就得各凭本事……

　　帕雷卡德居民肤色更黑。那里是不毛之地，除了一些小树丛外，寸草不生。他们与蒙兀儿帝国为敌，属于鞑靼帖木儿汗国 *G，然而他们与帖木儿汗国距离遥远，无法得到实际援助 *H。

　　我在那里时，帕雷卡德城被烧了三次，但对这个城市来说，这事稀松平常。当地住屋的价值不高，但还是砌了墙，而且因为没有别的建材，只能贴上普通石片。居民的职业五花八门，有人捻棉线，有人织布，有人绘画，画的衣服图案跟印度人一样，有人织细布做长裤，还有荷兰人雇用他们从事各种职业。因为天气太热，人们都裸着上身。男人只穿短衬裤，女人只穿一件衬衣。他们拿布料换香料，如胡椒、丁香花蕾、肉豆蔻，以及气味香浓，可用于庙宇焚香的檀香木。本地不产水果，都从外地运来。这就是我在这里十二天所观察到的。

大的利润。这里的交易量庞大，不断有来自亚洲各国的船只和商人造访。——出自《伍特·舒顿航海日志》

我的事办完后，长官准我离去，以完成总督交代的使命。我们张帆驶向科罗曼得尔（Cormondelle）沿岸，船上载满大包大包的货物，已经接近卡利卡特（Calicut）。但因奉命火速去援助亚齐（Achin）[1]国王，加上逆风，我没时间登陆卡利卡特。其实我很想到那里看看当地物产，结果只好绕过，继续航行。八天之后，我们到了亚齐。由于国王饱受西班牙人威胁，我们的到来受到了热烈欢迎。国王听到我们在果阿邦打败西班牙人，非常高兴，派了一艘帆船，请我到他那里去看看他们特有产物的交易买卖。我待了八天，和船员一起接受最高规格的待遇，每天都有牛肉、鸡肉送上船来。

我注意到他们的社会风俗、信仰、司法，他们也非常乐意向我说明。这里有天底下最残忍的习俗。

亚齐城

这是个大城，但建得很差。大多是木造房舍，覆盖着破旧的椰子叶或瓦片。四五里尔就可以拥有一栋当地相当好的房子。

这里盛产黄金，物产丰饶，有各种水果，和其他岛屿一样。岛上居民肤色黝黑，穿着像马来人。他们的武器有大刀、圆盾、矛、火枪、标枪、吹管。吹管有一刃接在木头上，像一把槊，用来吹沾毒的镖。人中了镖，如果不挖除受伤处，很快就会死。当敌人接近，就把吹管的尖头当槊使用，不用来吹毒镖。当地妇女相当美，穿着像马来人，有不少相似之处。

国王有很多大象，遭敌人攻击就会调用它们来作战，平日则允许它们自由来去。人们很怕国王，因为他非常壮硕、勇敢，人民对他的议论，他也无所不知。对于作奸犯科，他严格执法；只要一点小错，

---

[1] 位于苏门答腊最西端的回教王国，在岛上势力最大，是荷兰人的同盟。

就斩断手脚。他允许人们杀死与妻子通奸的奸夫。如果强盗杀人，会被判坐在削尖的木桩上结束性命——我见过一个人被判坐在削尖的木桩上，而且绑住双手，好让他不倒下去，如此了结性命。这个人暗地咀咒国王。

令人毛骨悚然的亚齐王

以前有一只象，每天都到市场上，以它的长鼻子向人致敬，像穷人一样讨生计。这只象在一个妇女前停下脚步，露出它那话儿并勃起。妇女们都笑了，跟那个妇女说："你能不能把那个东西完全藏起来？*I"那个妇女哈哈大笑，说可以。过了不久，国王召她和那只象来，在市场中央把她绑在象的肚子上，然后命令那头象插入女人的身体。象就照做，深深刺入女人下体。当大象的油 *J 射出时，就从女人的嘴里流出来。她的鼻孔出血，耳朵也流出让人不忍卒睹的东西。上士布将特、尚·鲁贝克（Jean Lubeck）、中尉菲利普·吉斯勒 *K，还有另外几名士兵都在场。他们看到这样的执法场面，都毛骨悚然。

然而，比起亚齐王对自己最贴身侍卫的妻子所作的处罚，这还不算什么。那位女子是我在亚齐王宫中见过最美的。他命令这位侍卫把妻子送进宫来，因为有事找她。侍卫就立刻将妻子送进宫里。国王留她两天，没把她送回去。那个侍卫不知如何找到自己的妻子，就想到一个办法，说自己有一个保险箱，里面有些重要的东西与国王相关，保险箱的钥匙在妻子手上，需要请她打开。这个暴君知道人们对他的指摘，就把侍卫的妻子叫到面前，亲手割下她的双乳，用金线锦缎包好，放在金盒中，如一份大礼，差遣两名贵族首领送给她丈夫，还下令要那个丈夫吃下妻子的两个乳头，如果拒绝便处死。这个可怜的丈夫一眼就认出了妻子的乳房，又听到这样的命令，昏倒在地，不久便

吹管

他们也利用枪管和管子来吹射小毒箭。箭端有两个凹槽或小切口，好让沾了毒药的尖端能轻易从箭体断落，留在人体中，使人中毒更深。这种箭上的毒药是用鱼牙做成，毒性很强，人中箭后，很难存活。——出自《荷兰人首航东印度》日志

亚齐的司法

从政治管理的角度来看，所有居民都如奴隶般服从国王。法律非常严厉，处罚犯罪的手段非常暴力、恐怖。犯一点小错就断手断脚。荷兰人在那里看到只有一只手、一只脚的人，腿的末端紧接着一个大碗，手臂接着一个支架，好作为支撑。这样的酷刑不仅用于对付小老百姓，对王公贵族亦无不同。因为我们在宫里看到国王的继子——王子母亲的另一个儿子，也受到切掉鼻子、耳朵和上唇的酷刑惩罚。——出自《舰队司令韦麻郎（Wijbrandt van Waarwijk）的十五艘船航海日志》，一六〇二至一六〇七年

国王饲养了很多大象，借以震慑子民，只要有人做了他不喜欢的事，就让大象来执行惩罚。最奇怪的是，大象懂得国王的意愿，惩罚犯人时，会恰如其分地执行国王的命令。还有另一种酷刑，是将犯人断手、断脚，或斩断肢体其他部分，再遣送到 Pulo Wai 岛上去——那个岛上几乎都住着这样的人。——出自《舰队司令范霍文东印度航海日志》

死去。这事回报到国王耳里，他竟然笑出来，好像自己做了什么值得称赞的事。这是我亲眼所见。此外，我还看过一个人坐在锯子上，一条腿在这边，一条腿在那边，从中间被锯开，只因这人想背叛有钱的主人。残暴的行径不可胜数。在看过那样多残忍的行为后，我对国王说："我不知道你的子民如何看待你，你对他们是如此残暴不仁。"他回答我，要么么做，才能让他们服服贴贴。

我向他告辞，回到船上，因为战争已经结束，我不能在那里继续逗留，除非战争需要。

第二天启航，在海上航行七天，到了苏门答腊岛。之后随洋流到万丹，然后到巴达维亚。我在那里找到了所有手下，大家都平安健在。总督很高兴听到我们打败敌人的消息。*L

我遇到一个千子智国王的大使在等季风，准备回千子智。他的人马曾经掠夺我们，但被我们教训了一顿，加以制服。*M 从荷兰来的"卡内尔号"（Canelle）抵达此地，带来一切平安的消息。*N

我们也审判了一名士兵和一名妇人，最后士兵被砍了头。妇人是史密德（Jean Schmid）的女人。克莱是猎人，想带这个女人投敌。这是摩洛起的意。大家都说，这家伙做了不该做的事，演变成他不想要的结果。他说："我们去万丹，因为我们在那里将会大受欢迎。"他们想逃跑，最后还是被抓——克莱被吊死；摩洛被放逐，永不得回到荷属东印度；妇人被押，直至她丈夫从荷兰回来。

"慕尼肯旦号"（Munguedam）从班达回来，载了满船的肉豆蔻花。*O 有一艘叫"茅里斯号"（Maurice）*P 的船从荷兰来，载满这里驻地需要的各种日用补给品。

两名士兵决斗，一人被杀死，我们把犯人关起来。后来证明是死者无理挑衅，他就被释放了。

十月七日，舰队司令尚·雨吉（Jean Euge）①*Q 上船，要带着两艘船回荷兰。第二天他们就出发了。

十一月四日，逢登布鲁克 *R 去世，第二天就埋葬，他是一名商务员。

同月六日，我们审判一个马来人，因为他在决斗中杀死了一名水手。最后马来人被判砍头，以杀鸡儆猴。

城市居民接受检阅，共有六百人佩枪，都是优秀的荷兰士兵。马来人也一样多，还有一千名中国人、三百名苏拉特人和科罗曼得尔人。他们设立了城市战备军官。同一天，"北荷兰号"抵达，从马尼拉和澳门载满丝绸和贵重物品，并带来消息说西班牙人因为害怕我们攻击，在澳门大肆修筑城堡。*S

我分到帆布裤，送给别人。

这个月二十八日，有一艘船 *T 载满丝绸从大员来，带来马丁·宋克过世的消息②。所有人都松一口气，因为他对人如此残忍。他因病魔缠身而死，而与他的残忍相比，病魔有过之而无不及。十二月二日，我们拍卖宋克留下的衣物。同月四日，我和二十五名士兵到红溪河去，爪哇人在那里有一座炮台和众多人手。我窥伺时机，想办法突袭这座炮台。察看好地形、选好路线后，从第一天早上到第二天破晓前，我们就攻下了那个地方，杀死了十个人。我的人马有四人受伤，我自己则右手受伤。我们收拾行李，退到城堡，受到所有居民和有钱人尊贵的接待。

---

① 应为 Geen Huigen Schapenbam，在 Jacques L'Hermite 逝世后接任舰队司令，一六二五年三月五日抵达千子智。

② 马丁·宋克逝世于一六二五年九月。

校注

A 一这里指的是Herman van Speult；利邦写作Spec，他在一六二五年十月十四日率三艘船由巴达维亚启程前往印度洋，十一月二十二日驶入亚齐海峡。十二月三日进入锡兰附近海域，十九日在科钦（Coutchin）海域掳获一艘葡萄牙商船。一六二六年一月十六日，在朱尔（Chaul）海域又掳获另一艘葡萄牙商船。当时葡萄牙已有四艘战舰与三艘英国战舰发生战斗，而停泊于孟买休整。荷兰船队遂直接航向苏拉特，并于一六二六年二月二日抵达。VOC 1090, Missive van Herman van Speult uijt het schip den Gouden Leeuw aen den gouverneur generael, 5 April 1626, fo. 297r-v; 299r-v; VOC 1090, Missive van Herman van Speult uijt het schip den Gouden Leeuw aen joncker Luickas van Essen, rentmeester tot Harderwijck,15 April 1626, fo. 35r.

B 一一六二六年二月十二日，史帕克的船队当时在印度洋与季斯提根（Frederick Kistigen）率领的舰队会合后，基于季风即将转向，以及葡船动向不明，在十五日将舰队中四艘荷船"金狮号"（Gouden Leeuw）、"奥兰治号"（Orangien）、"茅里斯号"（Mauritius）、"荷兰号"（Hollandia）直接派往荷兰；另外三艘荷船"万丹号"（Bantam）、"豪伊斯登号"（Heusden）、"圣乔辛托号"（St. Jochinto）则先往波斯，以期与荷兰前来亚洲的舰队会合，并防御葡军袭击；"吉祥号"（Goed Fortuijn）、"熊号"（De Beer）、"华勒赫伦号"（Walcheren）三艘船则派往摩卡（Mocha），随后返回巴达维亚。VOC 1090, Missive van Herman van Speult uijt het schip den Gouden Leeuw aen den gouverneur generael, 5 April 1626, fos. 305r-v; VOC 1090, Missive van Herman van Speult uijt het schip den Gouden Leeuw aen joncker Luickas van Essen, rentmeester tot Harderwijck,15 April 1626, fo. 35ᵛ. 利邦声称所乘的"希望号"，在现存的荷兰文献中未有线索，因此利邦是否真的前往麦加，仍有待考证。

C —*De Oost-Indische voyagie van Wouter Schouten*, p. 224. 但荷文原本所指称

的城市是 Mokka（Mocha），即摩卡而非麦加。此处应为法文版汇编误
译。

D —当地人使用乌尔都语（Urdu）。

E —意为商人，或许是指称婆罗门教的一种种姓身份。

F —"大蒙兀儿"利邦原文写成"le Grand Mogol"，现为"蒙古"之意。
但苏拉特当时确是蒙兀儿帝国（the Great Mughal,1556-1719）管理的主要
港口，因此不译为"蒙古"。

G —蒙兀儿帝国的开国之君 Zahir-ud-din Muhammad Babur（一四八三—
一五三一），声称其家族世系可上追到帖木儿（Timur），又从其本身察
合台汗国土耳其人血统可追到成吉斯汗。故利邦才称蒙兀儿帝国与帖木
儿和蒙古帝国有关。参见：*John F. Richards, The New Cambridge History of
India: The Mughal Empire*,（Cambridge: Cambridge University Press, 1993），
p. 9.

H —帕雷卡德今名普里卡（Pulicat）。十六世纪时属印度半岛南端
Vijayangara 国的势力范围内。一五七〇年后此帝国分裂又由于北方
Golkonda 与 Bijapur 两国不断侵略、攻击而逐渐解体，直到一六四六年
为 Golkonda 国攻灭。利邦所陈述城市被焚毁三次可能与此有关。参见：
Joseph E. Schwartzberg（ed.），*A Historical atlas of South Asia*,（Oxford:
Oxford university Press, 1992），p. 40, 46. 又一六一九年前后 Golkonda、
Bijapur 与北方的 Ahmadnagar 三国联合对抗更北方蒙兀儿帝国的侵略，
并以暂时承认蒙兀儿帝国的权威收场，之后到一六三五年，才为蒙兀儿
帝国收为藩属。故利邦所称蒙兀儿帝国之敌或许是以上三邦国居住于帕
雷卡德的居民。参见：John F. Richards, ibid, p. 113, 137-8.

I —指在阴道里。

J —指精液。

K —Phillips Gijselaer 见第四章校注。

L —利邦何时从印度洋回返巴达维亚，语焉不详，但此后数段纪事则由一六二五年九月重新开始，或许原稿的顺序有误？

M —*Daghregister van Batavia*, 1624-1629, p. 193. 15 Sept. 1625. 当日于巴达维亚城接待千子智王所派遣两位向荷兰东印度公司求和的使节。

N —*Daghregister van Batavia*, 1624-1629, p. 194. 19 Sept. 1625. "骆驼号"（Cameel），利邦写作Canelle，载重三百lasten，船员有一百八十人。

O —*Daghregister van Batavia*, 1624-1629, p. 204. 29 Sept. 1625. 慕尼肯旦号（Munnikendam）载有一万三百九十三斤的肉豆蔻皮、一万一千零十五斤肉荳蔻种子。

P —*Daghregister van Batavia*, 1624-1629, p. 205. 3 Oct. 1625. 荷兰文船名Mauritius。有船员一百七十九名，由密德堡分公司装设，三月十三日出港。

Q —*Daghregister van Batavia*, 1624-1629, p. 211. 15.Nov 1625. 应为舰队司令夏朋宝（Geen Huijgen Schapenbam），利邦写作 Jean Euge，与十一章 Gueyung 实为同一人，于十月十七日率 d'Eendracht 与 t'Wapen van Hoorn 出航前往荷兰。但出航后不久，Geen Huijgen 即于十一月五日过世。

R —此处实为利邦误记；过世者应为夏朋宝（Schapenbam）司令。同上注。逢登布鲁克死于一六四〇年执行封锁马六甲任务时。见第三章校注。

S —*Daghregister van Batavia*, 1624-1629,p. 212. 23 Nov. 1625. 此船原先在澳门附近执行封锁任务，后来与其他四艘船在台湾会合，前往马尼拉海域支持由麦哲伦海峡驶来的荷军攻击舰队。

T —*Daghregister van Batavia*, 1624-1629, p. 214. 29 Nov. 1625. 此船为平底船"亚讷木登号"（Arnemuijden），载回三百担（picul）生丝。

第十三章

在巽他群岛中

DANS LES GRANDES
ÎLES DE LA SONDE

第十三章　在巽他群岛中
Dans Les Grandes Îles De La Sonde

这个月六日，我带着士兵和水手一起到索洛岛的城堡去。我们一行共两百人，除了水手和奴隶。

九日，替"西卡佩号"（Wescappel）和"海鸥号"张帆，起航。*B

十四日，晚上才到锦石，早上上陆去买了一些新鲜食物，颇贵。我买了几只鸡和一些生活用品，然后继续航行。

火热的山

二十六日，我们来到古诺瓦丕火山（Gounouapi）[①]前。这一天是圣诞节，我们距离这座山只有约一火枪的射程。这座山非常高，山顶有一个洞，像烟囱一样，火从洞里大量喷出，在空气中迸出火花，好像一座超大的大炮，随心所欲地发射，像要毁灭一切。我们想办法离它远一点，因为火山灰都掉到船上。

这不是新鲜事，因为其他地方如班达、摩鹿加、这个岛及苏拉特那边，都有这样的山。大家说那是平日就会冒烟的硫磺山。

这个月二十九日，我们抵达安丁村（Endin）[②]和坦伯芝村（Tamberge），看看有没有索洛岛的消息，但村民没什么好消息。这些岛上没有果实，也没什么粮食作物，只有木材、根茎类和一些米。住

---

① 这里指的是另一座火山，和班达岛的火山同名，位于毕马岛（小爪哇）最东端。

② 在佛罗雷斯岛（Florès）上。

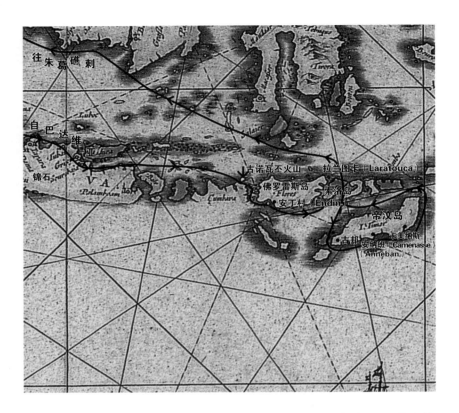

民和索洛岛住民一样买卖奴隶，卖的数量很多，也很便宜。肥壮和能生许多孩子的女人都很珍贵，而且不必工作，就像母马一样，养得肥肥壮壮。房舍都是木造，很零乱。居民穿着也像索洛岛，但比索洛岛人凶猛。当地信仰穆罕默德和多神教。他们和其他穆罕默德信徒有相同的司法和行为标准。这就是我在这个区域看到的。听完这些之后，我们就扬帆启程，朝着索洛前行。

一六二六年一月一日，我们到了梅泰海峡（Détroit de la Métaire）①。同一天在梅泰岛前下锚，本地君主来到船上，告诉我

---

① 位于佛罗雷斯岛和索洛岛之间。

A. la Baije de Solor
B. L'Entrée entre deux Rochers dont l'un est un peu plus haut que l'autre
C. Une autre Entrée ou sortie aussi entre deux Rochers
D. Le Fort situé sur une Montagne
E. un insulaire suivi de son valet

们索洛岛发生的事：原来，戴门（Dayeman）[1]指挥官逃到拉兰图卡（Laratouca）[2]去投奔敌人，把我们管辖的村庄都烧了。

　　同一天，城堡的上士来看是哪一艘船到来。一看到是我们，非常高兴。我们上陆进入城堡，看到大家都身体健康、神采奕奕，他们也很高兴见到我们。在这里又听到他们谈论戴门的事，以及他为何逃走：其实是戴门包养士兵的妻子，还养了五个。传教士责备他，说了些重话，还威胁要把他关进监牢。但他知道如果总督听到，他的命可能不保，所以不等处罚，在我们到达前就逃走了。

　　两艘船都到城堡前下了锚。五日，"西卡佩号"和一艘小艇在拉

---

① 　即Jan Thomasz Dayman，一六一三年抵达印度，一六二一年到索洛岛，一六二三年成为当地堡垒的长官，一六二六年七月前往葡萄牙属地拉兰图卡。参看本章"新战役"一段。*C

② 　即Laritouke，是位于弗罗雷斯岛海岸的葡萄牙堡垒。*D

兰图卡发现一艘葡萄牙的船。我们跟着它，慢慢靠近，然后开战。他们以为我们兵力庞大，自忖不敌，便撞向山岩，人则下船，放一把火把船烧了。他们死了二十个人，另有五人受伤。我们没有伤亡，只有一名上士大腿受伤。一切都烧完之后，我们退回城堡。

这个月十二日，我们出发前往帝汶（Timor），去等待，或寻找葡萄牙人——他们会去那里买檀香木。

古诺瓦丕火山爆发

古诺瓦丕火山十七年来不断喷发，喷出大量火焰、大石块；飞向海中，也飞向堡垒。以致大炮完全被灰烬覆盖，连一发都无法发射。——出自《逢登布鲁克航海日志》

古诺瓦丕是一座活跃的山，距离奈拉岛很近，无人居住。这座山日夜冒烟，有时会吐出火焰和大石块。几年前它大量喷发，喷出大量石块，甚至还有大块岩石，堵住它和奈拉岛间的海峡——这道海峡原有二十臂深，后来就再也不能行船。——出自《雷希特伦航海日志》

古邦王国

二十日，我们到了古邦（Coupang）[①]，登陆。国王听到荷兰人在港口，派他的儿子到船上过夜——他告诉我们是他父亲派他前来的。第二天，国王照例会带仆人和妇女，到船上来为我们服务。

第二天，国王带了两百名武装男丁和一百名妇女，还有待嫁的女儿来到岸边。我必须先解决女人事宜，才能获得补给。国王的儿子上船来，代表父亲向我介绍他的妹妹，让我和她共寝。根据他们的习俗，我们的军官和国王的女儿共寝后，她会更容易嫁出去，也更添荣耀。

他们在船上待了三天。妇女都很美，皮肤很白，穿着和班达妇女一样。唯一的差别是她们手臂上戴了很多像金子一样的黄铜手环，从手掌一直到手肘，脚上则从脚趾戴到膝盖。国王的女儿戴着精致的黄金，整个人闪闪发亮像块金子。这些女人都很像，她们要求男伴满足肉体需求，并赏赐他们珊瑚或针。她们最喜欢强壮的男人，只为此事费劲，甚至愿意付钱。比如说，我的一名中士很强壮，他顺从一个女人的要求，她就给了他一个三盎司重的金戒指。古邦王国真是淫荡之邦，是我所见过最下流的国家。

至于他们的习俗和规范，我完全不了解。他们的住家真是残破可怜。如果这个国家的人够好，其实是个好地方，有各种物产。国王的王宫高高筑起，由木板条和雕刻板筑成。除了生活物资，没什么可以买卖。

在古邦附近有个岛，距离不到一发炮射程。他们世代为敌，语言相通也无法沟通。我不知道他们靠什么为生，问了半天，还是一无所知。只知道他们赤身裸体，在私处绑一块树皮。

---

① 帝汶最重要的城市。

"淫荡的古邦人"

我看到的这个古邦王国，女孩子八岁就可以和小男孩做维纳斯那档事，直到结婚。我亲眼看过，不得不信。

这个月二十六日，我们离开古邦，沿着帝汶海岸前进，来到安纳班（Anneban）①，发现那里有葡萄牙人。我带着五十名火枪手登陆，但海浪太大，船翻了，我踏上陆地时，还以为带去的人都没了。两个人淹死，五名火枪手失踪。最后埋了两个人，其他人整队，发配军火。然后我们穿过森林，大约走了两小时，才遇见敌人。敌军在山上，连行囊都带上去。我们把仓库连同货品一起烧了，不知道里面是什么。直到晚上，还是没办法把他们赶出去。看到这种情势，我退到海边扎营。这次共失去三名士兵，有七人受伤。我们回到船上替受伤的士兵包扎，有一个一上船就死了。

利邦受封贵族

二月二日，我们到了卡美纳斯（Camenasse）②的外海。阿克拉隆（Aquelaron）③人看到我们，认出我们的旗帜后，很高兴地表示了欢迎，我们想赶紧派使者去见皇帝，并带着金子作为礼物。他们也派出一位官员来接待我们，是他们的总督。总督告诉我，因为国王和全体官员正在开会，我们必须等到明天再进宫。如果我先去见皇帝，和平便无法达成，那将非常遗憾。假若让四名奴隶抬来，看到所有官员对他跪拜，任他支使，皇帝就会心软。我那时只是等着，不知道这一切的安排，皇帝也不知道官员的计谋。皇上派了总理大臣和一百名佩备精良

---

① 位于帝汶岛北岸。*E
② 帝汶岛上的一个村落。*F
③ 即 Akelarang，帝汶岛的另一个村落。*G

的士兵来接我，总理大臣跟我说皇帝陛下很惊讶我等了这么久还没进到宫里。我回答说，我不希望打扰皇帝陛下的会议，才等到他派人来找我。

三日，我们上岸。皇帝站在皇宫入口，看到我和五十名穿戴整齐、武器配备精良的精英士兵，来到我面前，拉起我的手，低头跟我说："Tabai bania bania baita pougnia sodara."*H 意思是："欢迎！欢迎！我亲爱的兄弟，近来可好？"我呢，不太清楚礼仪，只是照别人告诉我的，回答"很好"。他下令要人立刻带来一只肥牛和二十几只鸡，让我们带上船给士兵、水手加菜。我们一整天都在谈论巴达维亚发生的事。他还告诉我与阿克拉隆间盟约的事，只是目前还没签订，而他希望我到时能在场见证。

四日，他们正式订下盟约，拿一个像碗的金瓶子，装了一半酒。所有阿克拉隆的大臣、诸国王和皇帝，都把箭、箭镖和大刀都放到大碗中。我也一样，把刀和一颗火枪子弹放进去。然后发誓若有人违反协议，便让土地掩埋他，让沾血的武器刺穿他的心脏。之后所有人喝下酒，再拿走自己的武器，跳起来大声呼喊，互相拥抱、亲吻。接着，皇帝说要把他的兄弟封为"Orancan"*I，也就是贵族，于是拿起同一个瓶子的酒，和一支可弯折的大刀，把酒洒在我的头上，亲吻我，并在我的腰间用大刀打四下。之后，四位主要国王也依样画葫芦，比皇帝打得还重。然后，配给我六名奴隶和六个女人，封我为"三个黑色半月"等级的贵族，允许我在此地期间随时进入皇宫。我没有很看重这事，因为他们是异教徒。我们每天都去找皇帝的女人。皇帝有十二个女人，十二座王宫，每座王宫有二十五名侍女。皇帝每天轮流临幸，皇帝今晚在这座王宫过夜，第二天就去另一座王宫，通常会在王宫内用午餐和晚餐。午餐过后，皇帝就和贵族去打猎消遣，除了最亲近的两三位国王，还带了五十个贵族——他很享受这段时间。我也一起去打猎，每次都有好的猎物。

王宫里的侍女都相当美，因为她们什么都不做，只负责陪伴皇后。这就是为什么她们都热情如火，却无法抒发，非常懂得服侍人，但是行动还是很保守。我觉得这样消磨时间很无聊。我比较喜欢和我的士兵一起行动，执行任务。所以我不想再停留，想要回到索洛堡垒，也想去见苏维斯（Sueys）国王，和他交易。

他以高规格接待我，答应我比其他国家更优厚的交易条件，而且希望我在那里多留些时候，不要只待一天；之后，我回到卡美纳斯，向皇帝告辞。他非常生气，希望我能多留一些时日，但他明白后，还是让我走了，并送我一担檀香木作为犒赏。不过我把檀香木都转交给了总督，我对如此消磨时光已经很满足。

这一带最重要的交易就是檀香木，数量很多，就像我们那边的山杨木，只是叶尖比较短。他们把檀香木的树连根拔起，剥皮，去除树木的白色部分，剩下的黄色部分就是好的部分，树硬得像黄杨木。他们把一整棵树切成小段，砍掉不好的小树枝，然后跟葡萄牙和西班牙人交换。先到的商人就先接待，而且对他们很忠实；如果有晚到的商人要伤害先来的商人，居民会保护他们。他们用这种木材交换黄金和印度式服装，他们很清楚这些东西的价值。这些人都很强壮，身材不错。

他们的武器是大刀、圆盾、长标枪和小鱼叉，他们都是不错的斗士。屋舍都是木造，用椰子叶和棕榈叶覆盖。国王的宫殿一部分木造，一部分是石墙，用某种树叶覆盖，有点像椰子叶，也有一部分用中国式瓦片覆盖。还有一些屋舍以切成片的木板建造，造得很好、很高，可以到两层楼，相当明亮。

他们吃米饭和一种相当好吃的根茎类，还有各种肉类，喝很多椰子酒。这个岛稻米产量不多，必须从其他岛如婆罗洲或菲律宾运来。

檀香木

爪哇树林中有一种红色的檀香木，但是黄色和白色的檀香木更贵，只有爪哇以东的小岛如帝汶和索洛才出产。檀香木很像胡桃木，果实有点像樱桃，先呈绿色，再变黑，无味，无法估价。

在整个印度地区，檀香木的使用很普遍，除了印度人，摩尔人、犹太人和其他国家的人都会使用。他们将它磨碎或在水里浸烂，再涂抹在身上，会散发香气。——出自《荷兰人首航东印度》日志

采集水银

某座山上有露出的水银，如露水一般。他们用手工做的一种铲子采集，这种铲子跟船上的很像，前端比较宽，后端有引道，水银便从那里流出来。但我们不想要水银，因为质地不佳。这是亲眼看过，也曾去参观的商务员费侯斯（Férose）向我报告的。大家说这座山一定有银矿，因为有水银流出来。而且居民参战时，都带着纯金制成的宝物。他们身上有三处金片：一块在额头，两块像骡子一样盖住耳朵，一块像盘子一样盖住胃，手臂上还有像臂章一样的护臂，全部都是纯金做的，腰间还系有腰带。我和士兵都很喜欢和他们打仗，因为可以得到几件纯金制品。

我们完成交易之后就上船启航。经过古邦，只停留两天，然后继续航行。二十八日到索洛岛，我就和士兵上岸。

三月六日，"鸽子号"（Pingeon）*J 出发前往班达，带了三十名士兵加强驻守。对于这么大的驻防站来说，这样的人数不算什么。敌人距离很远，而且不会来攻打，因为这些岛屿都归荷兰共和国管辖。

二十四日，我带着四艘克拉克拉舟，去看看拉兰图卡有没有船。我们到达敌人的堡垒前，他们派出大约十五六艘装备齐全的克拉克拉舟，和独木舟来攻打我们。我们就像偷偷溜班的人一样，一句话不说，快速撤退，但也没忘记回敬他们几轮每轮十二发的火枪弹。然而他们不轻易放走我们，我们费了很大的劲才回到堡垒。我一直以每轮十二发的火枪弹对付他们，他们也照样回击。尽管如此，我们没有伤亡，因为他们火枪的射程没有我们的远。他们有十五人死亡，十人受伤，我们受伤的人数和死亡人数相同，都是五人——这五人先是受伤，后来都死了，因为子弹都抹了毒药。我们回到大炮下方时，我的上士发了两炮，毁了敌人一艘克拉克拉舟，船上除了几个人幸存，其余都丧命。这就是他们的报应——他们什么也没做成，只浪费了几条人命，羞愧而返。

新战役

这个月二十八日，敌人到城堡附近设置陷阱。早上，他们假装攻打这个地区，其实是想引诱我们到海上。我们的人立刻出动两艘小型克拉克拉舟和"海鸥号"，载着五十名配备齐全的士兵。敌人假装不敌逃走，我们的士兵猛烈追击，以为可以抓到他们，不知道他们已经设下陷阱，而且人数众多。我们离堡垒很远，他们在我们前后左右出动了二十来艘克拉克拉舟，以为可以截断我们的去路，包围我们，但我们一看到这情况，便立刻撤退。他们以为可以乘胜追击，便追了上来，还以为可以击沉"海鸥号"，没想到对他们来说，这艘船的船头太硬。我们一面退一面打，打了相当久。他们发现自己人员不断伤亡，便死心了。我听到他们自己人传出来的话，说有一百一十人死亡。而根据部下给我的报告，我们只有四五人受伤，死了两人。逃跑的指挥官戴门就是这个陷阱的幕后黑手，但他的对手和他旗鼓相当——现在葡萄牙人不会再相信他。拉兰图卡隶属葡萄牙，是相当坚固的堡垒。拥有索洛城堡的荷兰人常常试图攻打拉兰图卡的葡萄牙人，都无功而返，因为对手太强大。索洛城堡过去由西班牙人建立，后来被荷兰人占领，现在属于荷兰人。

西班牙人控制拉兰图卡城堡，集中输出帝汶岛的檀香木，因为两地之间只需要一天航程。运到马六甲，再运到果阿邦，可以以最好的价格交易。

这些岛屿人们的生活条件各不相同，男人、女人都如此。男人是善战的士兵，武器是弓、箭、标枪、鱼叉、刀和方盾，火枪也使用得相当好，是西班牙人教他们的。妇女相当柔顺，穿着和班达妇女一样。这里没什么物产可交易，只有相当便宜的奴隶。房舍都是木造，覆盖椰子叶和棕榈叶，不值什么钱，因为奴隶都会自己搭建。他们赖以为生的是一种根茎类食物，和帝汶一样。有椰子，稻米很少，因为长不出来。葡萄牙人从别的岛上带来稻米，与他们交易奴隶。

有一部分人信仰穆罕默德，另一部分人信仰大象，而且这些人相信他们死后会进入大象的身体。他们的社会规范最痛恨窃贼，抓到便处死，杀人也会被处死。他们非常容易吃妻子的醋，如果发现有人偷偷找他们的妻子，他们会把两个人一起处死。就我所知，这就是他们的社会习俗、规范和信仰。他们也说马来语，虽然他们彼此间还有另一种语言，不过马来语还是最常用的语言。

这个月最后一天，我整理好堡垒准备离开，到菲律宾群岛的朱葛礁刺（Saquedane）*K 去，看看能不能进行钻石交易。住在那里的商人告诉我们，产地的商人没来，要等他们来才能买卖。六天后他们来了，带来质量很好的钻石，而且很殷勤地带我去看他们如何和其他商人交易。

和无影商人谈判 *L

我们沿河上行大概一天，到了上游一处平原。河流附近，大约是投一块石头的距离，有一座小山丘。我们上了岸，到那座小山丘上。树林里有一个金属大锅吊在两棵树中间，下面铺一张地毯，附近摆着一支大约两呎长的槌子，柄用皮革包着。随行的商人拿起地毯在地上摊开，洒上一团金沙和一团海盐，再拿起槌子敲打那口锅四五下，然后我们退下，让无影商人去摸一摸那个锅。等我们再回去看那些货物时，我们看到地毯上有钻石和他们的货品。随行的商人又给了一团金沙和一团盐，敲打大锅，然后退下。买卖的另一方过来，看到这些货物，如果愿意拿钻石来换，就拿走金沙和盐；如果不想，也一样拿走一点点金沙和盐，并敲打那锅，然后离开。他们就这样进行，直到双

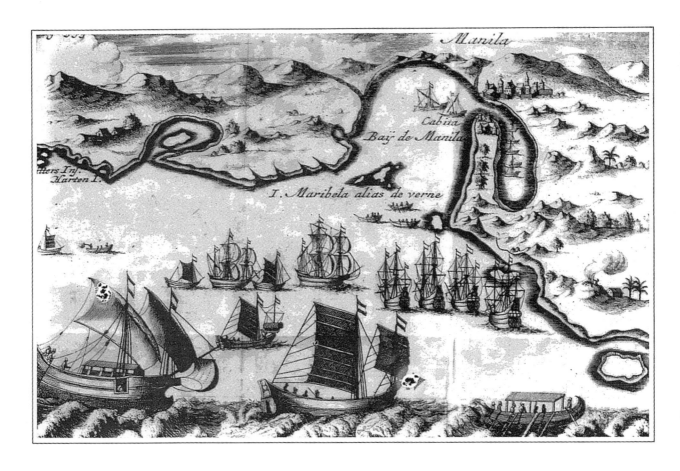

方满意为止。这就是他们交易钻石的方式。

　　商人告诉我，这些无影商人是小矮人，高两三呎，有一条尾巴拖到地上，像狐狸一样住在山洞巢穴里，人们抓不到。令人觉得诡异的是，在这个地区行走，总是有人不明不白死去，却不见当地有人迹。

　　这个地方到处都是河流，传说这些人在河里钓钻石。这很值得相信，因为我也看到河中有闪闪发亮的东西。路斯敦能（Losdunen）的弗兰斯瓦·阿德里安（François Adrian）和莱顿（Leyde）的尚·亨利（Jean Henry）告诉我，这些商人太傻了，若他们拿得到金子和钻石，应该通通拿走。可是，带我去那里的商人告诉我，曾经有英国人这么做，结果没有一人安返，要是我也如此，会跟他们一样。一个来河里洗澡的黑奴也这样告诉我们。我回答他们说，我不要和这些不认识又见不着人影的商人往来。带我来的商人还告诉我，葡萄牙人和西班牙人带了潜水员来，想自己去捞钻石，却都没有再浮出水面，所以他们都离开了。

这里有很多岛屿。西班牙人拥有北部一些靠中国的岛，我们称之为马尼拉。荷兰人被视为是敌人，不可以过去那里交易，不可以用钱买卖，所以能做的就是掠夺。

我们知道这些菲律宾岛屿物产很丰富。人们身材短小，全是马来人。他们穿裤子，加一件长度及腰的短衬衫，有白色，也有彩色。也有人只穿裤子，绑一条头巾。他们是很好的士兵，兵器和索洛及安汶岛上的人一模一样。

妇女相当漂亮，有的肤色较黝黑，有的较白。她们以两臂宽、三臂长的布裹身，称为更纱，是一种色彩丰富的棉布。也有一样长度的细丝布，称作"pétole"，染了各种色彩。或是穿一件长及腰部的塔夫绸小衬衫，再加半件棉或丝做的"pétole"，因身份地位而异。她们的头发盘在脑后，插满很香的白色花朵。房子都很便宜，以米、面包树和其他东西为食，如伦巴第麦①。他们是穆罕默德的信徒，我注意到这些岛屿都信仰相同的宗教。

---

① 帝汉最重要的城市。

校注

A 虽然法文编者所加标题为巽他（Sonde）群岛，但本章内容中所提及诸岛并不包括婆罗洲、苏门答腊与爪哇岛，而主要为今日之小巽他群岛之范围。

B —*Daghregister van Batavia*, 1624-1629, p 215. 10 Dec. 1625. 快船"西卡佩号"（荷文拼法为 West Kappel）、"鸽子号"（Tortelduijve）和小艇"海鸥号"（荷文拼法为 Meeuw，利邦写作Méou）共一百一十五人，包括五十名士兵、四十五名水手、二十名lascars（意为本地人士兵），由指挥官瑞伊斯（Jan Pieterse Reus）领军出航。第八章亦有一艘称为Méou的快艇，是否为同一艘船则有待考证。

C —*Generale Missiven*, I: 1610-1638, p. 227.Noot.1. 他投奔葡人的时间是一六二五年，而非编注之一六二六年。

D —今印度尼西亚语拼法为 Larantuka。

E —Anneban，过去荷文拼成 Ammenaban 现在正式拼法为 Amanuban。帝汶岛南岸的小邦国，位于东经一百二十四点五度处，法文版编者误标为北岸。*Generale Missiven*, I:1610-1638, 225, noot 2. 据记载由于利邦一行人在此季太晚登陆此处，而被葡萄牙人捷足先登，致使贸易一无所获。Ibidem. 此地在十五世纪华人的航海指南书籍《顺风相送》当中则称为"哑妈鲁班"。参见：向达校注，《两种海道针经》，〔北京：中华书局，1982〕，页67。

F —卡美纳斯（Camenasse），过去荷兰文拼法为 Camanasse，现拼法为 Kaminasa。位于帝汶岛南岸，东经一百二十六度处，现属东帝汶辖下。*Generale Missiven*, I:1610-1638, 225, noot 3. 据记载，此处王室异于其他南岸小邦，不向葡萄牙人屈服。利邦一行人拜会时，公司已经有两年未与当地王室接触。他们再度重申同盟，后者则答应供应檀香木。Ibidem. 一五二二年麦哲伦在环球航行途中，其继任者 Antonio Pigafetta 曾造访 Cabanaza，应即为此地。参见：Frédéric Durand, Timor: 1250-2005: 750 *ans* *de cartographie et de voyages*, （Toulouse: Editions Arkuiris, 2006），pp.50-2. 此地现在可能位于东帝汶南部港市苏艾（Suai）附近。

G —Aquelaron 所指为何学者目前并无定论。专攻帝汶史的瑞典学者 Hans Hägerdal 博士向校者指出，可能是 Camenasse 东方数十哩处的 Uma Klaran。因 Uma 在当地语言中指"房宅"，而 Klaran转音为 K[e]laran 后，以法语来拼写可能写作 Aquelaron。他指出当时 Camenasse 的君主对帝汶其他小酋邦在宗教仪式上有较高的地位，所以可能 Aquelaron 的首长正是前往此处来表达其愿意在仪式上臣服 Camenasse 的君主。

H —现代马来语写成"tabeh, tabeh banyak beta punya sandara"。

I —现代马来语写成"Orangkaya"。

J —*Daghregister van Batavia*, 1624-1629, p. 254. 1 May. 1626. 这是艘小型的快船（jacht），三月五日受命载运士兵到班达岛。船名荷兰文为"Tortelduijve"，意为"斑鸠"，为"龟——鸽子"两字组成的单字。利邦取一单字写作"鸽子号"（Pingeon）。

K —朱葛礁剌为位于婆罗洲南方的港口，十五世纪闽南人航海书《顺风相送》称为"诸葛担篮"，十八世纪陈伦炯著之《海国闻见录》称为"朱葛礁剌"。参见：向达校注，《两种海道针经》，（北京：中华书局，1982），267-8。 当时荷兰东印度公司与婆罗洲南方另一港市马辰之君主修好，也派出船只交易，顺道载货到朱葛礁剌收购钻石。参见：*Generale Missiven*, I:1610-1638, pp.209-10。朱葛礁剌位于婆罗州岛西岸，但利邦由班达岛出发需向西北航行，也是菲律宾群岛的方向，或许这是利邦以菲律宾群岛概括婆罗洲岛的原因。又婆罗州当时不属于菲律宾群岛，但其北部的文莱与菲律宾苏禄群岛间的许多小岛是穆斯林海盗卡母孔人（camucone）的大本营，一六二六与二七年间，西班牙马尼拉总督数度派船队扫荡这些海盗。西班牙武力于婆罗洲北部海域巡曳也可能导致利邦用菲律宾群岛来概括婆罗洲岛。参见：Emma Helen Blair （ed.），*The Philippine Islands*, 1493-1898, （Cleveland, Ohio.：The A. H. Clark Company,

1904）, Volume XXII, 1625-29, pp.121-3;187-8.

L　一利邦所目击与无影商人交易的记载，与十七世纪初张燮的记载婆罗洲
上"乌笼里弹"地方相符，疑即"朱葛礁刺"。其记载云："其人尽生
尾，见人辄掩面，羞涩欲走。然地饶沙金，夷人携货往市之，击小铜鼓
为号，货列地中，主者退丈许，山中人乃前视货。当意者，置金于货之
侧。主者遥语欲售，则持货去；不售，则怀其金蹒跚归矣。"参见：张
燮，《东西洋考》，（上海：商务印书馆，1616/1937），53。

第十四章

爪哇

JAVA

第十四章　爪哇 Java

我做完所有的事务之后就告辞，启航到马都拉①和佐丹②*A，五月二十二日到达佐丹。指挥官雷尔松希望我留下来检查并守卫商务员尚·米克（Jean Mique）负责的公司货品。

二十五日，雷尔松指挥官去巴达维亚，我则准备上岸去找佐丹国王，他对我们极为友善。

五月十一日，登上"鹿特丹纹章号"（Vuape de Rotterdam）*B，和朋友们狂欢一场。

十二日，回到佐丹，"纹章号"则启航到巴达维亚去。*C 我们这整个月都在交易，一直交易到六月二十日。从索洛来的"西卡佩号"抵达，说敌人非常嚣张，但其实他们是我们的手下败将。

七月十一日，它（指"西卡佩号"）启航，载运十五头牛到巴达维亚去。*D

十二日，那位商务员过世了，我把他葬在他的住屋底下。我自己还当了三个月的商务员，把所有的货物脱手。

二十二日，我离开了佐丹的房舍，因为爪哇人想杀我和手下，但我毫不畏惧。因为心里早有准备，提高了警觉。买卖完成后，我就上船，但还是每天回陆上打听消息。多亏了我非常爱戴的王子和王妃，他们向我透露一切，以及议事会对付我们的计策，使我对爪哇人的所

佐丹

佐丹（Jortan）城内有一条美丽的河流穿过，还有一个好港口。从摩鹿加来的船在前往万丹的路上，通常会在这里停靠，补给食物饮水。城四周围绕着厚厚的城墙。——出自《荷兰人首航东印度》日志

---

① 马都拉（Madura），位于同名的岛上，在爪哇东北方。

② 佐丹（Jortan），又写作Jaratan，位于岛的东部，邻近锦石，面对马都拉。

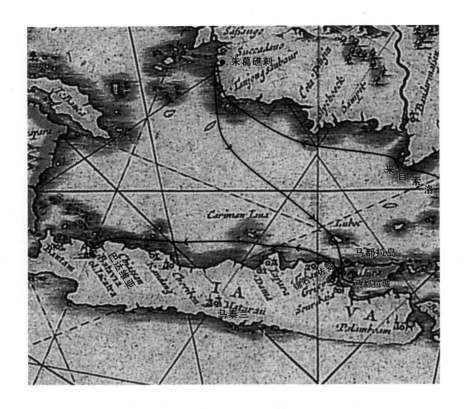

有阴谋了如指掌。

　　七月二十五日，中国帆船张满了帆，但是当它看见我尾随，便赶紧下锚，接着返回到佐丹。我也跟着回到那里。因为不敢在港口里袭击，我按兵不动，或者说我等待着，等他们航行到茫茫的大海中再发动攻击，将他们带到巴达维亚去。既然无事可做，我就派了一个马来人送信给总督，告诉他这里有关爪哇人和中国帆船的事。这艘帆船的人发现我们在追他们，又重新下锚，把船上所有货物都卸下。

　　这个月，我死了四名手下，都死于不知名的病。但我听说水是致病的原因。

"值得注意的事"

八月八日，巴达维亚附近，在一个我很熟悉的猎人身上发生了一件非常恐怖的事，值得注意。他曾经是我队上的人，很会领路，被总督挑选出来参加围猎。有一天，他和同伴去打猎，正在打一头母鹿，没想到遭到伏击。他正在草木茂密的灌木丛里追击一只鹿，却来了一只老虎，把他从颈子叼了起来，就走开了。这只可怕的野兽叼着他，如同猫叼老鼠一般。猎人的同伴与猛虎相遇，看着自己的同伴处在如此险境中，成为老虎的猎物，为了将他救下，便准备从侧面射击，迫使老虎丢下口中猎物。他真的这么做了，走过去，把枪口对准老虎开了一枪。老虎像是被打到，抛下口中猎物。他很快再上膛，以防万一，要是老虎回过头来，可以再开枪射击，他认定老虎还没被打死。在他上膛时，他的同伴回了神，镇定下来。然后两人便回去找他的枪。他们在二十步左右之外的地方找着了。回来之后，同伴病了很久。总督和所有评议会议员都去探望他，看他伤势如何。第二天，他的同伴和其他人回到出事地点，看能不能找到那只老虎。他们从射击的地点出发，大概走了二十步就找到了。老虎已死。他们把它带回来献给总督。这在爪哇行之有年，因为老虎数量很多。那个被老虎叼走的，名叫扬·维尔舒（Jean Wildschad）*E，而杀死老虎的那人名叫哈姆·克来（Herme Kraje）。①*F

十六日，平底船进水了。我把船开到锦石港的入口，重新整修、补洞，并且砍柴熏烧船壳，该做的都做了。

十九日，我们让船重新下水，但出发时又在暗滩上搁浅。船重新下水后，大海因为潮水而高涨。我们把船推到大海中，便顺利回到佐丹城，去执行总督指派的任务：严密监视并追踪中国帆船的行踪。

---

① 然而，不久之前有一名克莱（Arme Craye）被吊死！参阅第十二章"令人毛骨悚然的亚齐王"。

善有善报

九月三日，一艘爪哇人的小船被暴风雨打翻，船上有十二个爪哇人，有男有女。我用小艇把他们都救了上来。若非我们伸出援手，他们全都没命了。他们是佐丹国王的人马，其中有一位是王后寝宫的女侍，从马都拉岛来。本来离岸非常近了，风把他们吹向海上，才被打翻。我把他们救上来，在船上给他们烟草和槟榔，还给他们喝酒。他们问我，想要向国王要求什么报偿，并请求我把他们送上岸，和他们一起去觐见国王。我就陪他们去见国王。国王本来对我无甚好感，因为听闻过我的事迹，便心生嫉妒。但是，一见到他们，却很高兴地站起来，走上前欢迎。他听说他们都死了，整个王宫还为此举办了丧礼，没想到还能看到他们活着归来。

国王从他们口中亲耳听到他们差点淹死的事，幸亏有我救了他们一命，就很热忱地接待我，还告诉我别人对我的毁谤，并送我一头牛、三打鸡，和五十位宫女中最美的一个。从这件事看来，我承认对敌人伸出援手也是不错的事，这样就可以让他信服于善行。此后，只要我到那里去，就受到王室的欢迎，并获得各种荣耀。

这一带有三个城市：一个叫锦石，一个叫佐丹，另一个叫马都拉。除了万丹，皇帝 *G 把这三个城市和爪哇岛上其他的城市都毁掉。尤其是南部和东边的城市，因为他觉得他们不忠诚。

马都拉是一个很美的城市，有许多美丽的木造房舍，木梁刻成人像，墙上盖瓦片，有的也覆盖椰子叶。有城墙与几座正方形塔围绕，塔内有很多炮，都是铁铸的。这个城市位于一条美丽的河旁，有很美丽的花园，附近景色幽美。

锦石城没有那么大，也没建设得那么好。目前除了佐丹部分之外，只剩下一片废墟，是一个小聚落，没有封闭的城墙，和这一带的

马都拉

聚落村庄一样，建设得并不好。这一带完全被摧毁，只剩锦石城靠海岸一个叫内格雷毛（Negraymao）的地方。那里有穆罕默德的清真寺，地位就如同欧洲的罗马一样受人尊崇。那里也有一个地位和教宗一样、被称为穆罕默德的神。全国人从各地来，就像到他们的神穆罕默德被绞死的麦加朝圣一样。那里有五百多个祭司，要是有基督徒胆敢靠近一步，就真是找死。

爪哇的资源

爪哇全岛只有同一种族的人，男女都一样，他们的社会风俗和规范也都一样，甚至宗教、语言、衣着和商业活动都如此。这个岛上有丰富的胡椒和金矿，但色泽都很淡。他们也发现一些钻石，但是太小，不符合市场需求。还有其他香料，像姜和长胡椒，还有一种称为 richer [1] 的果实，有指头那么长，整条通红，完全空心。有各种好吃的水果，如橘子、柠檬、榴莲、菠萝蜜、山竹，还有非常多石榴、菠萝、anges、芒果，又盛产稻米和糖，和很多 cognors、无花果、棕榈、椰子和椰子叶作成的酒，西谷椰子酒和 omcocor 酒。有些树的果实有毒，虽然非常好吃，倘若吃下，如果没有解药就会致死。这里也长有解药。胡椒长的像藤蔓（anbelon），攀在树上。那些树是为了种胡椒刻意种植的。胡椒子长得像刺柏子，一串一串，长到可以绕圈圈，绕在枝桠上像刺柏一样，叶子则像长春藤。

椰子树的用处真是令人叹为观止，各个部分都可以利用。树干可以拿来建造房屋，又可以造小舟在水上行动。果实通常都长成一大串，长到三呎，有十个、十五个、十八个一串，长得非常大，大到

---

[1] 如同 cognor, omcocor, anbelon一样，这些字无疑是随意誊写自当地的词汇，也有可能是某些未能辨识的水果或香料。

Rhinoceros.

犀牛

犀牛有时也称作"埃及牛"或"伊索匹亚斗牛"。体型大约像一只象，但是腿短，蹼爪。最像野猪，嘴鼻凸出。鼻尖由下而上有一支尖硬角，像手掌一样长。人们认为，它想攻击象的时候就会在岩石上将角磨尖。皮很厚，有四只手指厚，但不均匀，覆盖着一种角质层，非常坚硬，连日本刀都穿不过。可以拿来做战袍、盾牌及犁铧。医学上，犀牛血用来强心，印度人拿来作解毒剂对抗流行病，可以让人发大汗、止泄、清血、止月经崩漏。人们拿它的角当杯子喝水，以便在疫病期间防御瘴气的侵扰，防止被传染。牙痛的时候，拿犀牛角磨一磨，立刻止痛。一六八六年暹罗国王送给法国的礼物当中有六支犀牛角。在亚洲是无比贵重的礼物。一名叫魏纳提（Vernati）的骑兵从巴达维亚写信回英国时，说犀牛牙、角、指甲都是印度一带常用的药品原料，就像Thériaque *H 在欧洲普遍使用一样。肉质柔软。我见过一只幼犀，不比狗大，跟着主人到处跑，只

可装一壶半的水。每棵树每个月都有一串椰子成熟，椰子肉可做椰奶和椰油，椰子中有汁液，很好喝。椰鬃可以织布，制成船舶用的缆绳，椰蓉（de la mèche）可以制成酒、醋、烈酒。以上是我知道的所有用途。

　　这个岛上有各种野生动物，有很多公牛、母牛，以及马、水牛、野猪、鹿，还有很多我们称为犀牛的独角兽。我们以火器来猎捕。这

喝牛奶，但是没活过三个礼拜，才刚要长牙齿，就因痢疾而死。犀牛似乎什么都吃，因为人们几乎只见它在干草堆里，吃蓟、荆棘，也许就是它们什么都吃，好的、坏的都吃，才长出那样的牙角。——出自《伍特·舒顿航海日志》

些动物我都看到过，而且猎捕过许多。

犀牛像驴子一样大，脚圆，有三趾，两眼间的下方处长了一支角，是很好的解毒剂。他们的身躯庞大而厚重，没有毛，外表深褐色像大象，身躯附着角质层，像一层坚固的护甲，很难刺穿。对人类来说，他们有危险性。犀牛遇到人的时候会追人，它跑得很快，跳起来会用脚压住人。

有一种动物叫鬣蜥（iguane），大约四五呎高，像鳄鱼，出现在沼泽地。这种动物很好吃，肉颇白，像鸡肉，但样子很丑。还有一种老虎，数量繁多，体型和狮子一样大，但是比较厚重。红褐色的皮毛上掺着黑色斜纹，非常凶残，对人或是其他动物而言，都很恐怖，大家也都特别警戒。另外，也有鳄鱼和凯门鳄，像其他的动物一样数量都很多。

爪哇人

男人非常骄傲，上身赤裸，下身围的布裙约三个两臂长，染上黄、绿、蓝、红各色，称为唐古。嫉妒心很强，身上会涂抹一种黄色的香油。武器有矛、标枪、箭，数量很多，腰间还配着匕首，称之为"kris"：所有刀刃都上了毒药。头发乌黑，长到颈部并涂油。他们不可信任，很容易背叛。出售胡椒和各种商品，以换取白银和印度织品。

女人相当美；她们穿着一种更纱，有各种色彩，长三四个两臂，宽四呎；上衣穿一件细布，长至腿肚，另一件套在胸前，她们称作"pétole"，丝质，其他则用棉布做成，依出身阶级而定。她们会编发，向后梳，头上戴满了各种香花，如铃兰。脸上和脚都涂上一种黄黄的油，称作"bobore" *1。她们极多情，但是会下毒，所以很危险。这些女人是极好的家庭主妇和烹调好手，她们将菜肴烹调得恰到好处。

这些是我在爪哇岛上观察到的居民习俗。

二十二日，我作了一个决定。看见中国人把帆船上的货卸下、清空了船，并把船拖到河流出海口。而朝南吹的季风也停了，我便扬帆启航到巴达维亚去。

同一天，从班达和安汶来的另一艘船"慕尼肯旦号"抵达，载满了肉豆蔻子、肉豆蔻的假种皮 *J 和丁香花蕾。我们都聚在一起，因为我的快船有进水的危险，差点以为永远到不了岸，进不了港。我们用所有的泵日夜抽水，在船到达港口前，我们都筋疲力竭了。

二十五日，到了巴达维亚港，庆幸度过了灾难。我请船上的执事（diacre）：从海德堡来的贝姆（Guéret Beme），向上帝祈求解救我们。之后我们就上岸去见总督。他很高兴见到我们，我们向他描述这一趟旅程。

这个月最后一天，巴达维亚城发生了大灾难。中国人区发生了大火，蔓延整条街。幸好我们很快地隔离了其他街道，不然海上吹来的风很强，整座城都有可能烧毁。损失惨重，因为他们都是商人：有人损失了一万里尔，加上店里所有的货品。有人说那是爪哇人趁黑夜放的火。大家认定确实如此，因为他们是仇敌，总是想尽办法从事破坏，甚至偷走在野地放牧的牛。除了中国的甲必丹大宅及十二三户人家没被烧到之外，这已经是这条街第二次被烧毁。

校注

A —Jortan 又称 Djaratan，即锦石的港口。*Generale Missiven*, I:1610-1638, p. 201. noot 4.

B —原文 Wapen van Rotterdam，利邦将 Wapen 一字写成 Vuape，但其实他

肉豆蔻和假种皮

这种树和梨树很像，无人栽种，四处野生。四季长青，开花、长叶、结果，果实在一棵树上，各种熟度都有：有些才长出来，有些长成，有些已经成熟。树叶长成像花束，根部很短，淡绿色，色彩均匀，叶形长，有香气。花朵很像樱花，风一吹就掉了。果实皮绉，初期绿色，成熟之后变成金黄色，像小梨子。外壳粗糙，会裂开，果皮色黄，也会裂开，然后有假种皮、果壳、果仁。把黄色的果皮剥开之后，就可以看到假种皮，像是包在果壳外一层薄薄的膜，果仁就在果壳内。——出自《伍特·舒顿航海日志》

这种果子的树很像梨树，树叶比较短、较圆。果实的外壳起初厚硬，像核桃。成熟之后，壳裂开，里头有一层薄膜，就像核桃的膜。荷兰人称之为 foeli、fouli 或肉豆蔻花，也称假种皮。我们从树上采下整颗果实，腌糖做成罐头，像这样的果酱在印度一带很受欢迎，这里做的最好吃，我们也带到亚洲其他地方去。肉豆蔻能补

脑、强化记忆力、暖胃、清肠、让口气清爽、利尿且止泻。总之对头痛非常有疗效，也能治脑中风，还有胃痛、肝痛、子宫收缩。果仁有这些疗效，提炼的油疗效更好。——出自《荷兰人第二次东印度之旅航海日志》

的记载有误，见下注。

C —*Daghregister van Batavia*, 1624-1629, p. 255. 20 May 1625. 这艘船应为"热兰纹章号"（Wapen van Zeeland），于二十日由锦石开抵。

D —Daghregister van Batavia, 1624-1629, p. 260. 19 June 1625. 可能是利邦误记，应为六月十一日，收到十四头牛。

E —荷文拼法为 Jan Wildschut。

F —荷文拼法 Harm Kraai。

G —即第五章所述之马泰兰大苏丹。

H ——种含鸦片的药剂。

I —荷文拼法为 bubur，利邦写作"bobore"。

J —制香料用。

第十五章

暹罗之旅与船难

VOYAGE AU SIAM
ET NAUFRAGE

第十五章　暹罗之旅与船难
Voyage Au Siam Et Naufrage

一六二六年四月二十日，总督派了一艘船让我去探索一个岛，看看他们有没有什么可以交易的。可是我们一出航，就在海上遭遇风暴，远远漂离预定的目的地，漂浮了十五天，储粮耗尽后，大家被迫挨饿。十五天之后，我们顺着风势又航行了三四天，抵达一个新的岛屿。我询问船上所有士兵和水手，问他们是希望回到城堡 ***A** 还是想登陆。他们都表示愿意跟随我，上陆去看看这个岛是个什么样的地方。

我上了岸，在河边划出半月形的一块地，仓促地筑起一座半月堡，以确保能够防御敌人的攻击：半月堡筑在河边，使人更加放心。等到第二天日头升起，所有人才上岸，当地居民不断增加，没有协商的意图，也不许人拿武器走近。他们拿着一呎长的大刀、方形盾和几支箭，与我们互相对峙。他们对我们如此不善，简直是逼我们大开杀戒。他们站在枪口前，受了伤就揩去身上的血，直到不支倒地。我看到这个情景，宁可杀了他们，也不要被杀。

这种情势持续十五六天，我们无法维生了。我们在海上早就断了粮，士兵被迫以敌人为食。之后，就没再看到居民了，也没有人像起初一样靠得那么近。太阳下山，居民就离开，直到第二天太阳升起，才又回来。就这样持续了将近十五天，他们不再回来，对峙结束。但我倒是决定发动攻击；我们走出那个半月堡约一火枪射程的距离，找到一个大村庄。那里有超过两百座房舍，不少妇孺和大量的家畜，如猪、羊、鸡，还有椰油，木炭，各种生活用品以及水果。妇女们作手

朱葛礁刺

朱葛礁刺位于婆罗洲岛东方，南纬十四度，岛上有一条大河流入海，船只可以上溯四十〔荷〕里，钻石就从河的上游带下来到城里。——出自《舰队司令范霍文航海日志》***B**

223

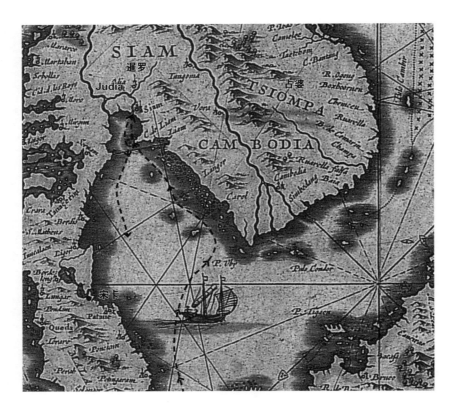

势告知我们，她们的丈夫已经过世。

我们在岛上到处跑了一圈，只找到两座村庄，都很大。居民肤色深，身材不错，穿裤子，像班达人和帝汶的人一样；妇女穿一件像麻纱一样薄的罩衫，有人在臀部上方束起，有人在胸部束起。她们相当友善，肉类料理得很好。那里有椰酒。她们的房舍是木造，覆盖西谷椰子叶。水果的种类也跟帝汶岛一样。

她们要我们相信，她们没见过其他人。我带走几名妇女，把她们带到总督面前，向他报告我们在岛上所看到的一切，他相当开心，把她们送回岛上，又送给她们几个臣属于我们的男人，好让岛上的生活重新开始。这个岛与菲律宾群岛相对，位于北方，在希兰岛旁。

之后，总督跟我说，我受了不少苦，应该到暹罗去度个假，顺便带个信给那里的商务员；五月一日之后，再去等候葡萄牙人。他们会到西里伯斯岛（Îles de Célèbes）和朱葛礁剌（Succadana）来，他们每年都来交易钻石。

利邦仰慕暹罗军队

到了暹罗，把船泊在河中之后，我往住的地方去，就是我们的商务员甘努格（Gainuge）的商馆那里，把总督的信交给他。他表示欢迎。我在那里住了十二天，吃得很好，悠闲地逛暹罗城，观察那里发生的事。

正好暹罗国王在整军、练军，准备对抗 Langore[①]国王和占婆国王。我们前去参观，看见一支纪律严明的军队：有十五万人、一千只象，每一只象都罩着塔状的鞍座。他们演练放火枪和弓。队伍中有四名士兵：几个手持标枪，几个手握火枪，另一个手中握着一只铁制的钩状工具，颇得心应手地指挥大象。这些大象平日训练有素，通晓号令。这支军队还真好看。他们配备了各种武器，只差大炮，还有负责召集的鼓号兵。听到吹响号角，他们整齐划一地前进，地面好像都震动了起来。只是他们把各类武器打散，不分兵种，全混在一起。

国王坐在车上，上面饰满了黄金和贵重宝石。车轮很低，所有人都看得见他坐在座椅上，从颈部到膝盖都罩着护甲，头上戴着头盔，像葡萄牙人的帽子，镶满宝石和一只天堂鸟，鸟喙衔了一颗钻石，右手拿着一支大刀，镶满各种宝石；身着战服。我在这个地区，从没看过穿着如此厚实华丽战袍的国王。

这个城市以国名命名，位于一条美丽的河上，船只战舰可以沿河进到城里。这个国家盛产黄金和宝石，米和油的产量也都很丰盛，总

---

① 城市王国位于东埔寨南方海岸。*D

之生活所需物品都很丰饶。只是没有葡萄酒，可能也有，只是不在这里。还有各种水果和各种物资。

如何驯服大象

森林里有很多大象，国王在他的畜栏中，也养了非常多。畜栏的门建得好似房舍，包括两平方呎的方材支柱，有如栅栏。两道门，一前一后，可以像闸门或栅栏一样升起。每一道门有一名守卫。他们抓一只发情的母象放到森林里，公象闻到了气味，靠近母象的时候，母象就会在森林里到处跑，最后跑回栏里。门口的守卫看到公象，如果判断可以驯服（他们可以清楚地辨别），就把栅栏打开。母象进了栏内，穿过一道门，再由另一道门出去，并未停留。而公象一进来，守卫就放下第一道栅栏，等母象从另一道门出去，守卫就放下第二道栅栏，公象便卡在两门之间。如果这只象不适合驯服，就放它出去，除了叫喊外，它什么也不能做，就像一只被驱逐的狼一样逃走。如果可以驯服，就把它留在那里两天，让它日夜不停地叫，像驯服野禽一样，再试着捕捉它。如果还是没办法抓住，就让他继续留在那里，直到驯服为止，成为私人 *D 所有。之后，便抓到两个大方柱之间，将两只脚以十字栓住；再找一个人以铁钩训练它。这就是他们捕捉和驯服大象的方法。我亲眼见识到的。

暹罗①这个城市非常美，而且很大，长超过一哩。大部分的房舍是以粗砖建造，再盖上瓦片。瓦片一半平整，一半突起；一些覆以锯齿状的木板，状如叶子。但这些人的脸并不好看，头发褐色，身材高。有些人着马来人的服装样式，有些人穿得像占婆人，因为他们是邻居。他们不戴头巾。妇女穿着像占婆人：一块及膝的布（roquette）

---

① 此指曼谷；亦可能是曼谷城北方十八哩的首都Judia，即国王的王宫所在地。（伍特·舒顿）

捕捉大象

要捕捉这些大象首先要有训练有素的母象，听得懂指挥。把它们带到离城市大约三〔荷〕里的森林里去，那里有很多野生大象。带出去之前，先在性器官上涂抹一种气味很重的油，大象很远就闻得到，马上便靠近、跟随这些母象。这些母象很熟悉整个过程，学会撤退返回城市里，发情的公象跟着它们进到畜栏里，完全不怕人类。畜栏周围围了很多人，懂得和母象说话，指挥它们行动。之后，人们用号角或是信号，通知所有人退出，留下公象和母象，由母象带到畜栏周围的象槽里。公象被母象吸引离开森林的时候，起初会不知所措，不知该回森林，还是继续跟随。如果他们决定跟随母象，以为会进入另一座森林，一直跟随下去却走到了畜栏。一踏进去，看守的人就会放下栅栏，把它们关起来。

象发现自己被关住，失去自由，就会陷入极端的愤怒，奋力寻求援助，撞倒锁住它们的木桩。观赏这样一场捕象过程真是有趣。

大象在那里哀号、哭泣、大叫两三个小时。一下子追这个人，一下子追那个，想从背后推倒人。但是畜栏里的驯象师都很敏捷，在木桩之间闪避；大象看到驯象师四处闪躲，更是生气，会以象牙攻击，也常伤到人。

大象奋力撒野之后，只得无力地放弃，停下来。这时我们可以看见它全身汗水直流，然后把鼻子甩在地上，喷出大量的水，站在附近的人都会被喷湿。——出自《史帝文·范德哈根（Steven van der Hagen）第二次航海日志》

暹罗人曾经和邻近诸邦打仗，但他们天生缺乏勇气，武器使用也不熟练。然而，他们对待奴隶和战败者都蛮横无礼。总之，这个民族令人恐惧的是人口数量庞大，个人的战力则不足惧。

男人不仅有老婆，还有一大堆妾。大部分暹罗人好逸恶劳、爱享受，事情都让女人和奴隶做。——出自《伍特·舒顿航海日志》

**E，头发绑在颈后，有些会戴帽子，都相当温柔。

他们和各种商人交易，包括米、黄金、母牛、猪、油和各类货品，还有很便宜的奴隶。他们的社会规范是，倘若杀人，又不肯负责抚养被害人的妻儿，被害人的父母可以杀掉凶手。如果被害人没有妻儿，他必须和被害人的父母合议一个价钱，赔偿了事。如果偷窃当场被逮，必须加倍赔偿偷窃物品的金额。如果没有被抓到，就算是上天的恩赐，什么事也没有。

奇怪的信仰

他们有各种信仰。有人信仰有睪丸的猪，有人相信一只养在王宫庙里的白象，还有各种崇拜的偶像、形象，他们相信死的时候，那只猪会带他们到大象的身体里。受膜拜的白象，全国上下仅有这一只。那只被膜拜的猪也是一样，因为整个王国之中，只有养在城里最大庙宇的这一只有睪丸，人们给他戴上类似教宗的皇冠。那只猪和象，是以金盆和金盘喂养食物和水，只有和尚才能去照料供奉他们。

我看过很多猪，但是在整个暹罗王国没看到任何像这样的事，令人无法置信，但是商务员尚·强泽（Jean Jantze）向我保证真的是这样。他已经在暹罗住两年了，下级商务员尚·克里斯提安（Jean Christian）也说同样的话。我想证明这件不可思议的事，便买一只怀孕的母猪，然后带上船舰去，养了十到十二天，让它生下小猪。小猪养了十五天到三个星期左右，就一只一只宰了烤来吃。有四只公的和两只母的。领航员尚·利克（Jean Rique）、商务员尚·皮耶（Jean Pierre）和我三个人都没有找到公猪的睪丸。是真的，我也不知道是怎么回事。

我赞赏这里的很多事物，包括王宫。宫里满是金织锦缎和金制餐具。除此之外，还有一个屋顶，约一到二时长，一时高，王宫的进门处贴满金箔、铺上金瓦。由此可见附近有很多黄金，像日本一样。不

同之处在于，这里是金，日本是银。我对手下说，真希望瑞士所有的屋顶都铺上这种瓦！

到处都有卖春的女人，人们并不限制她们。如果有人怀孕，就去堕胎，或在胎儿颈子上绑一个石头，丢到河里去。以上就是我在暹罗这个城市停留期间所注意到的事。

海盗利邦

时候到了，我在这里该做的事都做了，放下商务员的工作，该走了，启航去等候那些葡萄牙商人。他们为我和老板送货来了。到了维角（cap de Vay）的时候，我派了一个人到船桅上去侦察，并答应他，如果比别人早发现葡萄牙帆船，就赏他一顶帽子。他竟然很快就望见了有一艘船向着我们驶来，航向维角，准备前往马六甲或果阿邦（Goa）。那的确是一艘葡萄牙船。我们向他们发动攻击，拿下船。他们不肯投降，我们就用剑把他们一个个砍了，拿走船中最好的货物，然后放火把船烧了。四天以后，又来了一艘葡萄牙船，他们冒着被劫船的危险，但这回他们投降了。我饶了他们，把我认为是好的、强壮的挑出来，监禁在船上，其他人则送上岸，然后放一把火把船烧了。一个被掳的人告诉我，他父亲在后头的一艘船上，六天后还有另一艘船会到，是所有葡萄牙的船中货物价值最高的一艘。确实如此，它也遭到和其他船一样的凶险，我把自己认为好的东西拿下来，其他的就烧了。所有葡萄牙人都被监禁在船上，因为他们很强壮、勇敢。虽然是被我抓来的，他们还是很客气地跟我说话，告诉我，我对他们太客气了。因为他们说，如果他们是我，就一个个活生生地宰了，像对待之前的人一样。我回答，我只要那些美丽的钻石和最好的货物就足够了。如果他们答应我明年再来一趟，我就放他们回去。但是，他们没答腔。

船难

这个月结束之后，我启航往新巴达维亚去。我们在海中航行了大约一百哩后，领航员站上岗位，因为他在地图上发现海中有暗礁或是浅滩。他说我们离这个暗礁的距离尚远，约有二十哩。但是上帝若要惩罚我们，什么都可能发生。半夜时分，我们就撞上了暗礁。船正面撞了上去，第一次撞上时，船壳裂开，第二次撞上，船体就碎了。除了我和五名手下一共六个人，所有犯人和其他手下都灭顶了。淹死的犯人约有五十人，我的手下淹死的也有这么多。

我们漂在木板和其他物件上，从头一天半夜一直漂到第二天下午三点。我发现一艘翻过来的小船，船底朝上，便跳了上去，看看四

如迷宫般的东南亚群岛

巽他海域是葡萄牙人所称的南海海上的岛屿，我们列不出清单，因为大大小小数量实在太多，航行非常困难，到处有礁石、暗礁、海峡。所以要有极富经验的领航员。即使如此，还经常发生船难，或是迷航。而且我们只敢白天航行，夜晚就要找地方下锚，否则会迷路。其实就算白天行驶，都得拿着水砣探测深度。——出自《法兰斯瓦·皮哈尔东印度之旅与航程》

周，发现其他五个人在附近，一个在这边，一个在那边，彼此距离很远。我把裤子脱下来向他们挥舞。他们就朝着我的方向，抓着木板游过来。他们都到了之后，领航员也到了。他们一看到我就放声哭了起来，对领航员说："都是你造成的灾难。"我跟他们说："事情已经发生了。赶快向上帝祷告，祈求他带我们安全回到港口！"我就带着所有人，在那艘翻覆的小船边上一起祷告。我们抓住船的一边，把它翻转过来，然后把船里的水都舀出来，之后才进到船里去。然后，我们开始在海上找桨，或是可以当作桨的木板。我们找到四支桨，上帝保佑！小艇的舵还在。我们就这样漂流了九天才到岸。是上帝不要我们死，还要我们继续服侍他吧。我们没有东西吃，只有飞到船边栖息的海鸟，还有每天的雨水，因为现在正好是雨季。我们把海鸟撕裂，就放在船边晒干后吃。拿我的衬衫，两个人一人一边拉着，中间放木头好接水来喝。然后（……）①，幸好我们还有肉吃，祈祷上帝让我们有勇气，免去最可怕的灾难。

---

① 此处手稿缺少两页。

这一段旅程，我没有写上日期、月份，因为日志还有其他东西都留在船上，我仅以清晰的记忆写下这一段经历。*F

校注

A 一应指巴达维亚城.。

B 一此处查荷文原文为："朱葛礁剌位于婆罗洲岛上西南方，南纬一又二分之一度，岛上有一条大河流入海，小艇可以上溯四十荷里，钻石就从那里被带下来到朱葛礁剌。"按南纬十四度已接近澳洲北缘，应为笔误。参见：Margaretha Elisabeth van Opstall, *De reis van de vloot van Pieter Willemsz Verhoeff naar Azië* 1607-1612,（'s-Gravenhage: Martinus Nijhoff, 1972）, 260. 一六〇九年三月二十日条。

C 一或许是宋卡（Songklha）。

D 一国王。

E 一或许是荷语rokje，即小裙子之意。

F 一本章的人名、地名少有可核实者，是否为实录，有待考证。

第十六章

爪哇（续）

JAVA（SUITE）

第十六章　爪哇（续）　Java（suite）

一六二六年十一月九日，我和四名士兵从巴达维亚出发，去寻找并侦察从陆上通往万丹的路径。我从熟悉的士兵中挑选了最忠心的几位，最好还要会游泳，毕竟有时候我不想走陆路经过小镇或村落，以免被别人看到或是发现。我给那几个陪我的士兵每人一把军用大刀、两只像戟的刺枪和两支火枪，还有八天的生活津贴。

我们穿越了这个国家，从巴达维亚到万丹，避开所有修筑的道路，为的就是避人耳目。晚上，我们爬到树上去，躲避老虎、独角兽等动物，这一带的森林，野兽很多，我们轮流睡在树上，怕人从树上掉下来。那些野兽夜晚会到树下，以恐怖的声音啃啮树干，好像要把树咬断。天亮之后，我们下来，根据路线和地图继续向前走，总是非常小心谨慎，以防被发现。到了平原或村庄附近，一看到人就立刻跑到甘蔗田里躲起来。万一不幸被发现抓起来，我们约好说辞：我们是他们敌方（荷兰）的逃兵，因为和人决斗杀了人，在这种情况下，要被带往万丹王那里去。如果被带去询问，我们就会对国王说一些他已经知道的事情，这样才能被释放，使我们自由地到城里或其他地方去坏荷兰人的事。尽管如此，这么做都是出自善意、为了逃跑，并且遵守总督嘱咐的命令而为。

每个路口我都作了记号，哪里有卫兵、有岗哨、有士兵等等，从巴达维亚到万丹，经拉克努克河（Raquenouc，意为弯弯曲曲的河流），还有东顿爪哇河（Donton Java），那里有很多警卫士兵。到了万丹，我发现他们早上的警卫人数非常少，其实是睡着了，岗哨也一

样。如果我有五十人，就一定可以打败这些警卫，烧了这个城。可是，我只砍了一个岗哨的头，因为他在睡觉，我把他的头带走，留下身体。我们匆匆忙忙回到那条拉克努克河，躲在甘蔗田里。甘蔗田其实就在卫兵旁，我去侦察警卫的人数和守卫的情况。把状况摸清楚之后，我和我的士兵商量好在日出突袭他们，因为他们都在睡觉，我们拥有优势。日出时分，我们发现他们还在睡觉，只有守岗哨的在河边。我们把大多数人都杀死了，他们都没发现我们。在场的敌人剩下十个，其他人都逃到河边，丢下武器。我们把这些武器拆毁、弄断，又把死者的耳朵割下，准备带回去给总督看。然后就赶忙逃到森林里去了。

第二天，我们遇见五个爪哇人，有两男一女和两个小孩。我们把他们抓了带走，到那条叫东顿爪哇的河流。那里有爪哇人在守卫，他们比其他地方的守卫更警觉，所以没有惊动他们，只看到一个在河上捕鱼的人，我的士兵一刀劈下他的头，割下耳朵给别人看。接着，我们继续行程、返回巴达维亚，经过九天才抵达。

总督以为再也见不到我们，他估计我们早就被剁碎了，但是发现竟然不是如此。我们进城时，他听到守卫城墙的士兵欢呼，听到我回来的消息，非常高兴，从城堡中出来到护城河的桥上迎接我们。总督和我们打过招呼后，就带我们到他府中，在操练集合场上，等不及让我们换衣服，就急着想听旅程中发生的事，也想亲眼看看我们抓回来的俘虏，跟他们说说话，还要看看我们割下来的耳朵。看着这些被我们割下来的耳朵，他感到非常满意，对我们说："干得好！"他从俘虏口中得知敌人在万丹的计划和行动：他们想烧毁这个城。

一六二六年十一月三日，我们在城里的教堂埋葬了舰队司令尚雨贡（Jean Hugon）*A，他在行经麦哲伦海峡时死亡。我们为他涂上防腐剂，放入铅制的棺木中，置于船舱底，一直航行到巴达维亚。二十九日，我们埋葬城堡里代夫特中尉的孩子。

这个月的最后一天，来了一封占卑（Jambé）国王致总督的信：我们以隆重的仪式接待使者。书信内容要求我方协助防御柔佛（Joré）国王对他们的袭击，我们同意协助。我乘船前去那里，柔佛国王一发现荷兰人加入战场，便撤退了。他们因此跟占卑保持良好关系，直到如今。

占卑王国位于苏门答腊岛上、马六甲这一方，有一条很美的河流穿越，与马特雷岛（Matré）*B相望。河流贯穿两海，可沿河直上岛中央，然后从那里往下到达另一岸。那条河流很深，上、下游都一样，可以行船。我最欣赏的是，有一端流向北方，另一端流向南方。

这个苏门答腊的小岛产很多胡椒，价格便宜；也有黄金，但色泽很淡，和爪哇岛一样。和大爪哇岛一样有各种水果和香料，种类也一样。人呢，也一样，男人和女人都穿一样的服饰，佩带一样的武器。大部分房舍和爪哇岛一样，都是木造，以椰子叶覆盖。野兽数量很多，和距离约一小时航程的爪哇岛一样，有相同的语言、社会规范和回教信仰。

这些东方国家有很多岛屿，但距离都相当远，有的相距二至四百哩，有的在东方，有的在西方、南方、北方。这些国家有各种不为人知的语言，在这里停留很久的人就知道，但是马来语是最主要的语言，就像欧洲的拉丁语，只有中国和日本不用，他们各有文字和其他科学。我以前提过我到过中国，打过仗，之后会补充叙述那里人的特点。

马来人

他们没有印刷术，但手写精美。他们的字母（说得更准确一点是标示符号）共有二十个，用这些就可以表达各种事物。这些字是马来字，他们说的也是马来话，我们也会说，很容易学，学会的人就可以在东印度和所有岛屿间通行。——出自《荷兰人首航东印度》日志

校注

A 　—所称的是前文的夏朋宝司令（Geen Huijgen Schapenham，利邦写作 Jean Hugon， Jean Euge 或 Gueyung），在归国航程中途经巽他海峡时过世，随即葬于班达群岛。此时再度迁葬回巴达维亚城。*Daghregister van Batavia*, 1624-1629, p. 295. 11 Nov. 1626.

B 　—马特雷岛（Matré）应为当代的印度尼西亚 Pupat 岛，位在苏门答腊岛东北沿岸，与位于马来半岛南侧的马六甲城隔着马六甲海峡六十公里遥遥相望。十七世纪时全岛以北面沿海的 Medang 城指称全岛，故利邦以马特雷岛称之。

第十七章

描述中国

DESCRIPTION DU
ROYAUME DE LA CHINE

第十七章　描述中国
Description du royaume de la Chine①

对外国人的疑虑

对当地居民而言，和外国人往来，如果不按照规定是很危险的，尤其和那种猫眼的人（此语是中国人用以形容他们不喜欢的欧洲人）。外国人如果想要在中国通商亦然，生意无论大小都阻碍重重。总之，他们很提防我们。这就是为什么我们被迫撤退到澎湖，他们认定漳州是他们的领土。他们无法容忍外国人定居在他们的土地上。有一位和尚／道士曾经预言，有一种猫眼、红胡须的人会成为统治者，所以要和他们通商的人必须把商品清点清楚，用船只载来，然后随即载走他们所需，很难获准居留，或是进城过夜。——出自《雷希特伦航海日志》

中国蕴藏非常丰富的黄金，还有丝、珍珠、宝石和数量庞大的樟脑。有些樟树的树干大到可以做成四呎半厚的木板，还有更大的。这种木材满布条纹，像黄杨树的树根一样。各种食物都有，像欧洲一样，只是没有红酒；那里有葡萄棚，但不酿红酒。

中国有十七个省份，最小的比荷兰十七个邦加起来都还大。听人说中国和整个欧洲一样大。沿海的广东省和交趾支那接壤。有一个大城叫广东，沿用这个省的名字 *A：澳门的葡萄牙人在那里经商，但是日落就必须撤离，（中国人）不准任何外国人进城，只能在城外的平原交易，离开的时候必须原船驶离。

听说耶稣会教士已经走遍中国；但我是不相信，那些澳门的教士倒是有可能，他们几乎与中国人无异。因为葡萄牙人娶了当地的女子，生了孩子，便送去读书，学习说写西班牙文 *B 和中文。完成学业之后，就像中国人一样蓄发、结辫，简直就和中国人一样。听漳州府尹说，有两个住在北京的传教士或是耶稣会教士被剥了皮。北京 *C 是皇城所在地，中国最大的城市之一，与省也同名。漳州（Chinchau）也是一省，在沿海地区，城市也与省同名。这些城市都颇美观，建筑得很好，大部分以石材建造，覆盖上漆的瓦片。道路穿越护城壕沟，壕沟上架桥连接，每座桥有两到四名卫兵。村庄、小镇间的距离约有半小时脚程。

---

① 手稿上本章标题位于页缘。

"人口密集的中国"

　　这个国家的人口极密集，即使只走一小段路，如掷小石子的距离，也很难不遇见人，正如一座蚂蚁窝：人来人往。我很钦佩这个国家能供应足够的食物，养活这么多人。

　　皇帝在北京，那个城市位于全国中心。漳州府尹告诉我，北京的大小足足有两整天的脚程；皇宫有三层高墙，十五呎厚；而且听说皇帝通常有五万人守卫，出征时总有三十万人随侍在旁，甚至可达四十万人，这点我倒是相信。毕竟我在中国沿海地区，看到眼前这片土地有如此多的人口。我不敢相信的是，尽管军队人数众多，但毫无

中国的道路

　　比起人们已知的其他国家，中国所有的道路规格划一、最为平整。道路四通八达，甚至山上都有路，以石头或各种硬石铺成。如果我们相信亲眼目睹者所说的话，这是全国最伟大的工程，可能也是全世界最伟大的。乡间景色极优美，有各种芳香的花草。沿着河岸、溪流种植了成排的美

丽树木。——出自《马特里夫航海日志》

裹小脚

女人的一项装饰是小脚。为了达到效果，在女人年纪很小的时候就用长布条裹住。她们得强忍痛苦，因为依照这个国家的品味，脚愈小，人愈美。这种品味其实不符合审美，但是人们却赋予小脚美感，那原本是男人的嫉妒心所致，他们希望女人步履艰难，才不会经常离开家。——出自《马特里夫航海日志》

中国人的活动

最值得敬佩的是，他们拥有土地出产的粮食，除自给自足之外尚有富余，虽然这些人大可以优闲地生活，但是他们依然非常积极、勤劳而节俭。本来已属良田的土地，在他们的改良下变得更好，才有我们所见到的肥沃。他们开垦山林、山谷，甚至于海边都辟为田园，只要相信那块土地能够出产，他们就不断地播种、耕作。身为土地的主人，这样的劳苦他

勇气，只有天生的勇士才是好士兵。

中国人流行一种习俗，即不论任何情势、景况，后代必须传承祖先定下的规矩。他们穿着长袍，像一件彩色长衬衫，有两三种色彩，叠穿，有布衫或丝质，蓝色和其他色彩，根据自己的身份穿着。头发盘在头上，像我们盘马尾一样，再插一支发簪固定。还有一顶精心做成的筒状绒帽，其精致程度如同女人的头饰；男人、女人都戴，只是男人露出耳朵，女人盖住。男人在长袍下穿裤子和短靴，鞋尖翘起。男人不留须，但也有例外。女人身材矮小，男人把女人弄得非常娇弱，只准她们在家里走动，由去势的男人（或称宦官）扶持。

中国男人只要养得起，要娶几个女人都可以，妻妾怀孕之后就不再碰，而去找其他女人。这就是这个国家食指浩繁的原因。

我和来访的中国使节中一位显贵的人士一起吃喝，他们称之为"大人"（mandarin），意思是首领。他向我探听我方的消息，也谈到女人，以及与她们的相处之道。我对他说明我们的习俗之后，他回答，难怪你们国家的人口不多。和中国比起来，我们国家简直没人。对此他并不讶异。他自己有一年生了一百个孩子，包括男、女婴在内，被溺死的婴孩和正在孕育中的胎儿除外。于是，我回答他："难怪你们国家有那么多人，原来如此！"

中国人的精工巧艺

中国人是我在东印度见到最有创造力、最精巧的人。饮食有节制，吃得不多。他们使用一双细棍子，半呎长，有三分之二长为圆柱状、三分之一为方柱状，夹在手指中来取肉。肉置放在碗中或瓷盘中。烹煮前先切成小块，烹调得很美味，放在方桌上。每个人有自己的方桌和矮凳。

他们的房舍中绘有各样美好的故事。我特别注意到他们把世界各

地的人都描绘为无眼的人，船舰一抵达这里，我就注意到了。每个国家的人都穿着自己的服装，只有法国人画成裸体，在他们面前摆着各样的布料、配件，以及剪刀和针。我不知道他们从哪里知道这些，应该是得自于和他们有交易往来的西班牙人或葡萄牙人。两年后，我看到另外两幅画，将荷兰人画成单眼，这是以前不曾出现过的，想必是我们让他们感觉，无论是制大炮或战争的战术，我们的心思和创造力都和他们不相上下。

他们的大师创作出一些令人赞叹的作品，画作如此，其他也一样。有一次，我看到一幅画，画鸟园，有各种鸟类和树木，旁边另一幅画的是庭园，庭园里有各种姿势服饰不同的人和猎人，带着弓箭和火枪射鸟。越仔细看，越觉得他们像是活的，画得是那么逼真，就差开口说话了。

我还看过龙虾顶着装满酒的酒杯，做得非常传神、诩诩如生。放在桌上，若要给谁喝，龙虾就径自跑到那人的面前，停下来。

他们比欧洲人更早有印刷术，火炮和火药的发明也在先，还有毛笔。他们从反方向书写，每一个字都有意义。墨像一支小圆棍。他们拿一块像大理石的石头，中间有一个半月形的小凹洞，在上面滴上一滴水，然后就拿这支圆棍沾水研磨，水就变黑，拿起毛笔蘸墨就可以书写了。至于印刷，他们在石版上刻字，用毛笔涂黑，再把纸按上去磨擦，就印出来了，和我们那里的方法一样，但是只能印一篇文字。他们没有发明出像我们那样的排字法。如果想印新的文字，就必须再刻一块石头。想印一本像我们那边一样的书，至少要一千金币以上，还不算印刷工人的苦工和技术。

他们不用银币交易，甚至没有货币，但是所有的钱包都像腰带那样，里面放着秤和剪刀。金子打得非常薄，比纸略厚而已。他们拿剪刀将金箔剪成小块，再用秤称重。他们的交易是以格令（grain）或是盎司的度量衡进行，因商品价值而异。

们甘之如饴，没有人能从他们手中夺走。人们不能容忍损害他人利益的人和无所事事的游民，对他们施以重罚。促使他们辛勤劳作的另一个原因是，他们不得获取他人土地所产的作物，促使他们必须自己耕作生活所需。——出自《马特里夫航海日志》

严肃的中国人逸事

中国人绝对是全世界最严肃的民族：他们每个人都表情沉重，极度谦虚，超出你的想象，比从前斯多葛主义的人更坚忍。我们的昆恩总督在中国的时候，曾有一位中国代表来和他谈判。那人耐心地等待一整天，都没有表情、没有一点情绪起伏，就坐在房间里，总督旁边，几乎没说一句话，目的是要让总督开口，从他口中说的话得到结论，看透他的心意，看出他的心情。

昆恩总督也不在他们之下，一样严肃、谨慎，和那个人一样的脾气，一句话不说，动也不动，想得到和那人一样的答案。最后那

求神问卜的方式

如果他们想要进行某项计划，就用一种命运签来决定。拿两块削成腰果形状的小木头，一面平整、一面隆凸，用一条绳子绑住。拿着两块木签到神明面前，以非常敬虔的心、繁复的仪式，低声说话，祈求顺利成功，并承诺以图像、神像或食品回谢。之后便将小木块掷下，如果两个平整面都向上，或是一个平坦面、一个隆凸面，代表坏预兆。他们便向神

他们很会欺骗人，一不小心就会上当，也很无赖，可以把黑的说成是白的。虽然如此，当他们意识到人们对他们的谎言小心提防时，立刻变得谦卑且诚实，因为他们害怕一旦被我们控告，会被处死。

他们的治理规范条文很多。抢匪杀人要被绑在桩上，打到半死，让他留在桩上毙命。盗贼要被倒挂，刽子手拿着一片半呎宽的木板，套圆手把，击打盗贼的腹部，依照判定次数打大板。娼妓如果害死婴孩要被淹死。妇女奸淫被处死，奸夫被处腹部刺穿。他们在淫妇的子宫放进涂抹炸药的芦苇，由刽子手点燃，炸死。

对士兵则有另一套治理办法。如果罪不至于死，守卫犯了错要这么处罚：腹部向下平躺，以木刀重打屁股，打几下依判定次数。如果应被判死刑，例如和人斗殴杀死人或站岗时打盹，就会被带到巡抚（Vice-Roi）那里去，以兵器处死，或是在众目睽睽之下，跳下布满长矛和兵器的山沟或山谷。

关于他们的律法，我所能谈的就是这些。

中国人的信仰

至于他们的宗教，也极为多样。他们崇拜魔鬼。有人崇拜好官，大人过世后，画成像，挂在祭坛上，置于魔鬼像旁；也有人崇拜将领，对他们忠心耿耿，把画像挂在家中。每个人都有一个祭坛，魔鬼的像放在中间，两旁挂着各种像。日夜点一盏灯，每天吃的食物先祭拜。如果放了两天，就和水一起丢掉，也不给动物吃，再换新的祭品。如果要远行或是做什么重大的事，就会到魔鬼像前掷签，在祭坛上有一组半月形的木头。如果两个的末端都朝向魔鬼像，就不宜行动，但是如果向着自己，就可以开始一桩生意或是出远门。万一事情不如意，他们就回到家里，拿一根棒子，如指头一样粗，两呎半，鞭打魔鬼，一面大喊大叫，好像他们被人打了一样，说："你骗了我，

I dolle des Chinois

明理论，骂他们是狗、坏人等等。骂够了，再讨好他们，请求原谅，答应如果能赐下好运，再送礼物。如果他们请示的是重要事件，却得不到好预兆，就拿起神像丢到地上，用脚踩，也有的丢到海里去，甚至还有人在神像脚下放火烤，烤到掷出好预兆为止。他们经常殴打神像，打到掷出好运签才停止。然后就会在神像前摆上佳肴，演一台戏，献上猪公头，把最好吃的菜肴都摆出来。——出自《马特里夫航海日志》

让我徒劳远行，你等着瞧！"然后把所有肉都拿走，丢在一旁，就这样一直到他们满意为止，再重新祭祀，如果事情不顺利就不给祭品。看到这个情形，我真不知道该说什么，就嘲弄地说："为什么要打它？"他们回答我："因为它害我白费力气！"我就跟他们说："它能对你做什么呢？他什么也没说。"他们回答我说："我们掷了签。"我说："你们和它真是半斤八两！你们要相信上帝，他创造天地、世上一切，包括你。"他们回答我说，他们相信天上有一个人，我们称之为上帝，他是一个好人，赐下各种食物，让他们得以存活。但是他们还是敬拜魔鬼，因为魔鬼是一个魔鬼，会折磨他们、让他们受苦："这就是为什么我们祈求它、敬拜它，好叫它放过我们，不让我们受苦，不破坏我们的财物。我们愿意供奉所有食物。"我就问他们："你们供奉的肉，丢在一旁，又换新的，但何曾有谁来吃？"他们回答说，它会抽取精华。我回答说那是胡言乱语。对他们说那么多，真是没有一点用处，他们还是坚持自己的信仰。这就是我对他们宗教信仰所知的一切。

听说这个国家和鞑靼人之间有一座墙。有可能是真的，因为我看到海边的一部分墙，相当长，将整片的山脉截断，人既不能下去也不能上来。有隘口的地方就有城墙。我不知道究竟有多长，他们不让外国人进去。我们只好以武力发动战争，这就是我们那些年在这个国家所做的事。

肛交行为相当盛行，他们习以为常（……）①

校注

A 　—根据东西交往史权威玉尔爵士所编之 Hobson-Jobson 字典 Canton 条的解释：“Canton 乃是南中国最大之海港，广东省省会。此一拼写法是沿袭葡语 Cantao 而来。此一城市正确的名称乃是广州府。”因此虽然拼写发音为广东，实则指广州。参见 Sir Henry Yule（ed.），*Hobson-Jobson: A glossary of colloquial Anglo-Indian words and phrases, and of kindred terms, etymological, historical, geographical and discursive*, William Crooke（ed.），（London: J. Murray, 1903），p.158.

B 　—参考第一章编注4，葡萄牙于一五八〇至一六四〇间受西班牙管辖。

C 　—北直隶。

---

① 　手稿佚失缺两页。

第十八章

婆罗洲

BORNÉO

第十八章　婆罗洲 Bornéo

……（箭）的尖端涂上毒，射动物时尽量远离心脏，不想杀死它们。这些动物觉得自己受伤时，便跳跃着逃到树丛里，想甩掉疼痛。箭在树丛里折断了，但是含毒的那一段插在体内，血便在毒箭的部位凝结，受伤的部位渐渐愈合，成鳞瘤状，像我们的胃结石。当地居民借着这个方法，就认出哪些是受伤很久的动物，哪些是没有受过伤的动物。到了时机成熟，再射一支更粗的箭，把那只动物杀死，再去找体内的胃结石，并吃它的肉；非常好吃，就像野兔肉一样。

麝猫

还有一种动物数量很多，叫麝猫，和中国种长得一样，体型大小和猫相似，只有嘴鼻部位是尖的，耳朵像石貂。两腿之间有一个口袋，内有麝香，我们每两天去挖那个口袋，就像掏耳朵一样。里面很油，像腊肉的油，那是它们的汗水产生的。其实麝香的分泌不是流汗就有，我看过几只养得很好的麝猫，精心养在笼子里，喂以鸡肉。而那些没有好好喂的，麝香量就少很多。取麝香的时候，人们抓住麝猫尾巴，将它拉出笼子一半，拿一支小汤匙挖口袋。这种动物很难饲养，非常自负，取麝香的时候会大叫，会咬人、抓人，没有一只是安详死去的。

和其他岛屿的人比较起来，这里的人肤色黝黑、深褐色，相当粗暴。他们的武器是小刀和圆盾。有箭和火枪，也有约两个两臂长的吹

胃石

我们在婆罗洲找到著名的胃石。那可是大家争相抢夺的东西，非常珍贵，因为有排毒的疗效。胃石生长在母羊和山羊的胃室里，围绕着胃室里的小脓胞长成，甚至在胃石里也能找到这些小脓胞。胃石色泽单一，外表不显眼，呈褐绿色。要吃的时候，把它浸在一杯水里，浸一阵子之后把胃石拿开，水会变苦，喝这苦水就会把身体中的所有毒素排除。我们猜，山羊的胃石是它吃的一些特殊的草形成，因为在东印度其他地方的山羊并没有这样的胃石。——出自《奥利维·范·诺特（Olivier de Noort）航海日志》

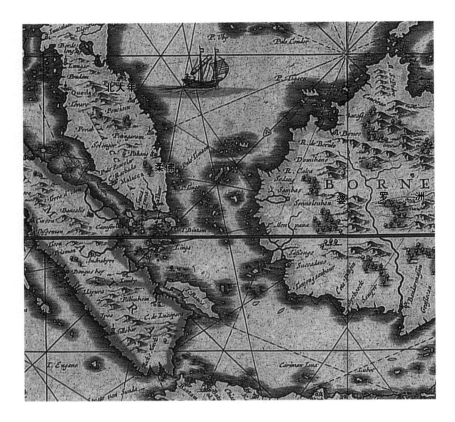

管，粗细像两面开孔的杖，末端有刀像桨。颈上挂一个箭袋，装满一呎长的小飞箭，尖端用鱼骨做成，沾了毒。他们可以把这些飞箭射得很远，人被射中后，如果没有把中箭的部位挖掉，会立刻死去。他们也把这些吹管当作桨来使用，以对抗敌人。他们还有标枪。

房舍一部分木造，一部分石造，覆盖屋瓦，造法和中国一样。一些平屋顶，一些斜屋顶，以接榫建造，非常方便。也有的是以椰子叶或棕榈叶覆盖。

有多种宗教，有人信仰穆罕默德，有人相信人死后会进入牛的肚子里，所以他们不吃肉，也不吃水果，也有人崇拜大象。他们的社会规范和西里伯斯岛一样。这是我在婆罗洲岛所看到的一切。

"北大年的柔佛王国"

在北大年（Batagnie）的柔佛王国（Jaurès）[1]里，都是马来人，生活的条件相同，男人拥有与前述相同的武器。他们穿得比较好，男人穿紧身裤，身上挂一支长一呎半的剑，像一把短刀。他们身材相当不错，倒不特别高，而是结实、体格健壮，头上绑着一条红色或蓝色头巾，末端有金色流苏。女人相当美又温柔，穿着一条长巾，长约三四个两臂，腰部束紧，上面穿一件薄衬衫或塔夫塔绸上衣，有红色或蓝色，再加一条一个两臂长的布，称为胸巾，覆在胸部上。头发和千子智岛上的人一样扎在后面，戴满白色的香花，如铃兰。耳垂上垂吊着金耳环，镶着各种宝石，像印度人一样，手上戴好多个金戒指，脖子戴金项链，根据社会地位不同而佩戴。她们非常多情，善用语言迷惑人。男人很容易犯嫉妒，如果看见他们的女人和别人在一起，就会杀死她。他们痛恨偷窃，如果捉到现行犯，会毫不留情地连同所有共犯一起处死。至于强盗则有不同的处置，会将他们放在尖头桩上，任其慢慢死去。

这个区域有各种水果，和婆罗洲岛一样。米、油都很多，各类生活必需品很丰盛。房舍一部分木造，一部分石造，有些以瓦覆盖，有些以叶子覆盖，都很便宜，只要一两块巴塔哥（patagon）[2]就能买到一幢房子。他们很会做肉食。男人是很好的士兵，很勇敢，比其他岛的人都更勇敢，除了日本人之外。黄金量很多，还有胃石。他们和荷兰人很要好，做各种交易，用当地产品交换自苏拉特和科罗曼德尔运来的印度服装。

他们的语言是马来文，讨价还价时是这样说的："Brapa itou ayam ambébé cambin babé boa bazan itou" *A 意思是："多少只母鸡或小山

---

① 西班牙或法兰德斯（比利时）的银币。

② 前述（十三章）提及戴门（Dayeman）指挥官已投入葡萄牙人麾下。

羊或猪或母牛？"他们回答："Quitanmau tourca den cai sarassa den cai pouté" **B** 意思是："我要换一些我们穿的衣服。"

女人称为"Pranpan bey bey" **C**，意思是"美丽的女人"；男人称为"Oran laqui bey" **D**，意思是"这个英俊的男人"；孩子则是"Anaquita"，意思是"我的孩子"。想要得到一个女人的爱，就说"Maré quita pougnati bigni quatameuboa baran malan guitalaqui" *E 意思是："小姐，求你到我身旁，让我们享受爱。"轻佻的女人，称为"Prompan sondel" **F**，就回答："Quita pougnati quita souca bagnia dampocounira quita maoua boa beguemana pocounira maou quita souca bagnia cargia sama pocounira quita souca sari sari begitou maretouan." **G** 意思是："先生，你跟我谈情说爱，对我真是无比的荣耀。我也希望每天和您一起享受爱的欢愉，每日思念着这事，只要您有意愿，我随时陪伴您。"这是我在北大年的柔佛所注意到的事。

上述是我在东印度的亲身体验。还有一些地方没有提到，因为我没有去过；也有一些是我去过，但是没有描述的地方；有的是因为时间太久忘了，也有一些是我忙着交易而忽略了；有的则是因为正在打仗；有的则是为了执行其他任务，没有记下；总之，我还是尽力、真实地写出我所看到的一小部分。可能故事的组织不够好，顺序不够好，想要知道更多的人可以向以下这些人请教。他们都是曾经和我在一起的人，当过军官、商人：第一位便是但泽的谢灵上尉、巴赛的菲利普·吉斯勒是我的上士，还有来自布朗斯威克（Brunsvick）**H** 的中尉尚·吕伯（Jean Luber）、霍尔屈姆（Gorcum）的中尉安德烈·扬布伦（Andre Jomblont）、魏泽的史垂克。阿姆斯特丹分公司的商务员，来自布鲁塞尔，荷兰裔的商务员尚·亨利克（Jean Henric）、来自阿姆斯特丹的指挥官戴门①、来自阿默斯福特（Amfort）**I** 的吉勒（Gilles）

---

① 亦称为Joré en Pantani，位于马六甲半岛西北方的王国。

旅行者的可信度

我每天晚上写下当天发生的事。读者不能期待都是美好、值得赞美的事，但可以确定的是，内容正确，都是最真实的陈述。我天生是一个诚实的人，说不出谎话，读者可以放心地读下去；我决心要破除俗话说"远来者谎言多"。我写的都是亲眼所见，或是一些可信之人所说的话，我对他们的话深信不疑。而且我把亲眼所见和听来的写得很分明，让读者可以清楚地分辨。——出自罗伯·沙勒《东印度旅行日志》，一七二一年

航海日志

航海日志不是为了大众阅读所写，通常是航海家自己的记录，或是出于职务所需，或者用作自我的回忆。这些文字并未交给专业作家，将各方说辞加以修饰、美化，再添加其他事实甚至谎言，刻意夸大，诋毁自己不喜欢的人，简单来说就是为了使得阅读有趣味，而失去实用性，仅为了让书商和作者获利。这个文集里，都是不

上尉，来自荷兰的上尉莱菲尔（Leydfeld）**J**，以及当时的总督：来自霍恩城（Horn）的昆恩和来自阿姆斯特丹的卡彭铁尔 **K**，还有其他一些人。他们和我在一起到过那些地方，还可以说更多。而我所写的一切不是从书本上得来的知识，是我亲眼看见和亲身的经历。

校注

A 一可能是现代马来语 "Berapa itu ayam …kambing, babi…itu？"

B 一现代马来语写成 "Kita mau fukar dangan kain serasa, dengan cain putih"。

C 一现代马来语写成 "perempuan baik"。

D 一现代马来语写成 "Orang laki baik"。

E 一现代马来语写成 "Mari kita punya（hati）bini ketemu buat barang malam kita lagi"。

F 一现代马来语写成 "perempuan sundal"。

G 一现代马来语写成 "Kita punya hati kita suka banyak dan Bukanir, kita mau buat bagaimana bukanir mau kita suka banyak karena sama bukanir kita suka sari sari begitu. Mari Tuan！"。

H 一现代德文写成 "Braumschweig"。

I 一荷文拼法为 "Amersfoort"。

J 一或许是利邦于第三章提到的海菲德（Heydfeld）上尉。参见第三章校注。

K 一荷文拼法为 "Pieter de carpentier"。约一五八八年生于安特卫普，一六五九年九月于阿姆斯特丹逝世。一六○三年于莱顿就学，一六一六年随"忠诚号"（de Trouw）前往东南亚，任上级商务员。在昆恩撤离

雅加达城、前往摩鹿加集结舰队时，他亦在侧。同年三月，他在安汶岛被任命为评议员与贸易总监（Directeur-generaal），旋即与舰队一同反攻雅加达，并深入被包围的城中，宣告援军抵达的消息。一六二〇年四月，英、荷两国组成防卫舰队时，他也参与联席委员会。在昆恩总督之提名与评议会全数投票支持下，于一六二三年一月二十三日继任总督。一六二七年九月二十七日，昆恩重返巴达维亚，三天后重新担任总督。于是卡彭铁尔在卸任后担任同年归国舰队指挥官，于十一月十二日启航，一六二八年六月三日抵荷。因其干练，两度于一六二九和一六三二年担任荷兰东印度公司全权代表，访英。参见 *Nieuw Nederlandsch biografish woordenboek*, Deel VI, pp. 273-4.

加修饰的简单文字。写作的目的是让人明白东印度真正发生的事，让人不忘记当时犯下的错误。——出自《航程汇编》第二册，序

第十九章
告别东印度、
返航欧洲我的故乡
《S'ENSUIT MON DÉPART DES INDES
ORIENTALES POUR M'ACHEMINER A
L'EUROPE ET LIEU DE MA NAISSANCE》

第十九章 告别东印度、返航欧洲我的故乡
S'ensuit Mon Départ Des Indes Orientales Pour M'acheminer A L'europe Et Lieu De Ma Naissance

一六二六年十月十四日，三艘船启航，航向荷兰。船名为"恩克豪森号"（Enchuise）、"特托勒号"（Tertole）、"莱顿号"（Leyde），费查尔（Ferchore）为押运员。**A**

十五日，从荷兰来的"荷兰号"抵达巴达维亚港，载满各种给东印度堡垒的补给火药。船上有一位公司的主管叫施拉姆（Hiram）。所有公司的主管都要轮流来报告业务状况。**B**

十八日，我们整理了"斯其丹号"（Schiedam）快艇，以伴随另外三艘船。前有三艘船已经出发了，"斯其丹号"还在巴达维亚。后来，总督想再派三艘船去荷兰，包括快艇"斯其丹号"、船舰"恩克豪森号"和"特托勒号"**C**，因为还有很多要送往荷兰的货品，况且三艘船只还空着。于是，我们把这几艘船装满后才启航，载了丁香花蕾、核桃、肉豆蔻花、胡椒等珍贵货品。

二十七日，我收拾好行囊，把猎狗群带上快艇和船舰"特托勒号"，告别这里的一切，张帆启航，航向荷兰。祈求上帝带领我们顺利抵达目的地，也让其他人顺利跟随。这一天我们遇到一艘从万丹来、载满货物的小船。

一六二七年一月三日，抵达万丹之前，我们为"胜利号"快艇补充了新鲜的饮水和木材。听指挥官塞诺（Senaut）说，我们和万丹国王已经达成了和平协议，只要带着银子登陆，就可重新展开交易。这对我们来说是个好消息，因为这里既是全爪哇兵力最强、也是敌意最强的地方。这里的胡椒最丰富，又有各种生活必需品。

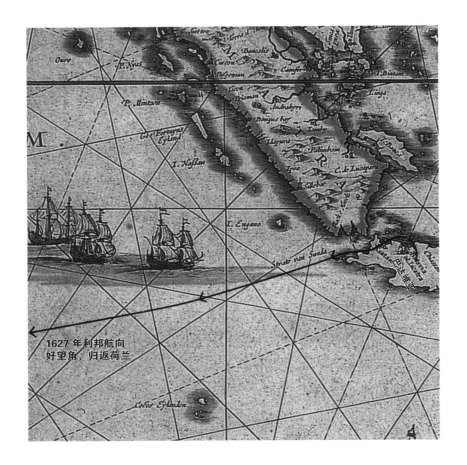

1627 年利邦航向
好望角，归返荷兰

六日，上陆找新鲜的可饮用水，然后上船。

十四日，穿越巽他海峡，一整天都没有风，非常平静。

十五日，看见一座帆，但不知道是什么船，猜测可能是从波斯、苏拉特来的船。

十六日，开始实施食物配给：给自己人四磅面包、两份油、一份醋。这是八天的量，其他的再说。

二十二日，死了一个人、一个木匠。这个月就这样过去，没发生什么事，倒是风向大顺，让我们乘风前进。

二月一日，风向变了，不过还算顺。一个水手喝太多酒，和人争

限水

一六二九年五月九日，我们在"德多斯号"（Der Does）船长的房门口找到一张纸条，内容如下："如果再这样下去，不给我们水，我就让大家一起罹难。"船上谣言满天飞；我们全力寻找写这纸条的人，比对笔迹，但是都找不出来。

为了这件事，评议会在海军旗舰上召开，不知道该如何处理此事。只好在圣巴伯（Sainte-barbe）的圣像前和船上好几个地方彻夜守卫，一直守到这个月十一日中午，一位叫阿曼贾克伯（Harman Jacobs）的领班（quartier-maître）**D** 出面说明："请大家听好，是我写了那张字条，塞进船长的门缝中。我不害怕承认，我知道这可能会要我的命，但是我宁可一死痛快，也不要大家每天都忍受干渴。我们每天只有四份半塞提尔的水，我活不下去了。"

他承认之后就被关起来，送到舰队司令船上，评议会裁决将他丢入海中死刑。判决五月十六日执行，在"德多斯号"上将他两腿绑上铁球，丢到海中。——出自《雷希特伦航海日志》

吵起来，结果因喝醉酒被关进监牢里。

七日，绳子被暴风雨吹断，暴风雨非常大，我们都以为会沉没，但是水手使尽了力拉紧帆。要不是这样，他们自己也会被刮落到海里去。

八日，我们召集了大会，因为水的储量不够，只剩一半，但是离好望角还有一百五十哩。我们把水的配给量减少两份，面包也减少四分之一磅，一个礼拜只有一天有肉。我们必须立刻采取配给，免得最后饿死。

二十六日，有两个人喝得酩酊大醉，破口辱骂船长。我们将他们关到牢里，直到我们高兴为止。非常接近好望角的时候，我们遇到逆风，海上什么都没有，不久就遇到一大群鲸鱼和海豚在周围嬉戏。我们倒宁愿它们走远一点，因为那表示暴风雨近了，不是好预兆。幸好风起了，把我们吹离开。

三月三日，我们放了那两名犯人，要他们保证以后必须心平气和、不再闹事。

七日，有一个人死于不知名的疾病，他是一个会巫术的人，我们猜测是他的主人把他勒毙了。我们把他包在床单里，像处理其他人一样扔到海里。这时立刻来了一只鲸鱼，一口把他吞掉就走了。水手之间大胆地传说，是魔鬼吞了他，要他的灵魂和身体。我告诉他们，不可以这么鲁莽地批判一个死去的人。不过这些混蛋对他更大加嘲讽。眼见这个情况，我不知道该说什么，只好对自己说，随他们去信吧，反正些水手都是相信各种鬼灵的人。

十日早上，暴风雨把船舵折断了（……）①

---

① 手稿在此中断，至少还缺一帧，包含利邦记述的结局。

262

校注

A —根据记载，"莱顿号"（Leijden）一六二六年返国是十二月十二日出发。*Dutch-Asiatic shipping in the 17th and 18th centuries*, Vol. III, p. 28. Voyage 5182.3. "恩克豪森号"（Wapen van Enkhuizen）亦同。Ibid, Vol. III, p. 28. Voyage 5181.2; "特托勒号"（Ter Tholen）亦同 5183.3。而利邦称本月为十月，实则为十二月。

B —根据记载，一六二六年十二月十四日，"荷兰号"（Hollandia）抵达巴达维亚港，为旗舰，舰队司令为史拉姆（Wybrand Schram，利邦写作Hiram）。*Dutch-Asiatic shipping in the 17th and 18th centuries*, Vol. II, p. 56. Voyage, 0334.3.

C —根据官方记载，斯其丹号于十二月二十七日出港。而四艘船结伴航行，也同时于一六二七年七月二十五日抵达荷兰。由此可知，前三艘船于十二日离港后，并未远行，而是在港外近海逗留。此段文字可能是指在三艘船离港后，本来斯其丹号只需追上他们即可，但因为总督反悔要这三艘船装更多货物，便让斯其丹号通知他们暂缓出航，派其他船只追加送货到这三艘船上。参见 *Dutch-Asiatic shipping in the 17th and 18th centuries*, Vol. III, p. 28. Voyage 5187.2.

D —荷语为kwatiermeester，意为"四分之一长"，意思是四分之一人员的首领。实际上，负责按照班表叫醒轮值卫哨、掌舵、瞭望的人员，并督促轮值人员将船中积水用帮浦排出。夜晚则负责在罗盘室悬挂吊灯，并清理吊灯内的油污灰烬。又负责点燃船尾悬吊大灯。用餐时将食物分发到每七人为一组的长桌。洗船时带领清扫。要放下小艇前，备齐必要用具，并派一名领班相随。当水手登陆，要清点人员，并留意其去向。如此，当船长或其他上级人员完成任务要离去时，无须等候人员集结。参见Nicolaas de Graaff, *Oost-Indise spiegel*, Marijke Barend-van Haeften en Hetty Plekenpol（ingeleid en bewerkt），（Leiden: KITLV Uitgeverij, 2010），p. 117.

附录

一、职阶对照说明表

职　阶	法　文　原　文	月　薪　说　明
摄政暨总督 / 总督	Vice-Prince ou Général / Vice-Prince	1200 荷盾
舰队司令	amiral	375~500 荷盾
长官	gouverneur	200 荷盾
指挥官	commandeur	100~150 荷盾
司令	commandant	（常由上级商务员兼任）80~120 荷盾
商务员	marchand	60~80 荷盾
法庭执行官	grand sautier	40~60 荷盾
下级商务员	sous-marchand	40 荷盾
行会主席	prévôt	无给职

（公司职员）

参见：
Pieter van Dam, *Beschrijvinge van de oostindische Compagnie*, （'s-Gravenhage：Rijks Geschiedkundige Publicatiën, 1939）, Boek III, 72; 226-261.

职　阶	法　文　原　文	月　薪　说　明
船长	maître du navire	60~80 荷盾
领航员	conducteur	40~50 荷盾
水手	matelot	11 荷盾

（海事人员）

参见：
Nicolaas de Graaff, *Oost-Indise spiegel*, Marijke barend-van Haeften, Hetty Plekenpol(uitg.), （Leiden: KITLV Uitgeverij, 2010）, 120.

职　阶	法　文　原　文	月　薪　说　明
战地指挥官	sergent majeur / capitaine majeur	120~130 荷盾
上尉	capitaine	80 荷盾
中尉	lieutenant	50~60 荷盾
掌旗官	enseigne	36~40 荷盾
上士	sergent	20 荷盾
中士	caporal	14 荷盾
士兵	soldat	9 荷盾

（军事人员）

参见：
Pieter van Dam, *Beschrijvinge van de oostindische Compagnie*, （'s-Gravenhage：Rijks Geschiedkundige Publicatiën, 1939）, Boek III, 296.
François Valentyn, *Beschryving van Oost-Indiën*,（Dordrecht：Joannes van Braam, 1725）, Vol. 4, 376.
Charles Boxer, The Dutch Seaborne Empire: 1600-1800,（London: Pengin, 1965）, 301.

二、旧时度量衡对照说明表

度量衡单位	法文原文	换算为现代单位／说明
塞提尔	setier	容积单位，约 2.53 升。
臂	brasse	长度单位，约 1.6 米。
磅	livre	重量单位，国际交易间秤货物的磅，传统上大约流淌过瑞士中央的罗伊斯（Reuss）河以西为法国磅，共 489.5 克；罗伊斯河以东为德国科隆磅约 467.625 克。15 世纪后，莱茵河到阿尔卑斯山间为苏黎世磅约 528~529 克。但在日常生活本地市场交易用的"磅"，瑞士各地差异由 313 到 980 克不等。参见：Historisches Lexikon der Schweiz（瑞士历史辞典），Pfund 条，http://www.hls-dhs-dss.ch/textes/d/D14200.php
步	pas	长度单位，一步在欧洲各地有所不同，介于 3 英尺到 5 英尺之间。因安特卫普与洛林地区十七世纪时通用的步均为 2.5 英尺，法国则为 2 英尺，故利邦所指之步应在 61~76 厘米之间。参见：Robert Norton, *The Gunner Shewing the Whole Practise of Artillerie*, (London: A.M., 1628), p.43.
呎	pied	长度单位，在瑞士各地有三种呎，罗伊斯河以东通行即纽伦堡呎（30.38 厘米），罗伊斯河流域以西通行巴黎呎（32.48 厘米，巴赛尔、Wallis 除外），伯尔尼附近通行伯尔尼呎（29.33 厘米）。此外，少数地方仍通行的长度，参见：Historisches Lexikon der Schweiz（瑞士历史辞典），Fuss 条，http://www.hls-dhs-dss.ch/textes/d/D14191.php
古尺	aune	长度单位，约当 1.2 米。
拉斯特	last	重量单位，约当海运 2 吨。
法尺	pied de roi	长度单位，约 0.3 米。
荷兰尺	aune de Hollande	长度单位，约 30 厘米。参见：De Graaf, *Oost-Indise spiegel*, p.51.
两臂	brassée	两臂合围之长度。
吋	toise	长度单位，约当 1.9 米。
一火枪射程	à un trait de mousquet près	通常是 120 吋（fathom，共 216 米），但特别改制加强可射到 140~150 吋（252~270 米）远。但此距离折半后，才是（约 100 米）较稳定的接战距离。参见：Lowis de Gaya, *A Treatise of the Arms and Engines*, (London: Robert harford, 1678)，p.16
一炮击距离	à un coup de canon loin	荷兰船舰上铸铁炮（Goteling）炮击涵盖的范围，最近 500 米起至 1500 至 2000 米不等。参见：Anne Doedens; Henk Looijesteijn (uitg.), *Op jacht naar Spaans Zilver*, (Hilversum: Verloren, 2008)，124. Noot 202. 但此似有些许高估。因此种中小型铸铁炮与英国 Saker 炮形制相类似，此炮身长 8~10 英尺，射击 4~7 英磅间的炮弹，炮击涵盖范围则起自 170 步到 1700 步（英制每步为 5 英尺则约为 259-2598 米）之间。参见：Ernest M. Satow (ed.), *The Voyage of Captain John Saris to Japan1613*, (Nedeln: Hakluyt Soiety, 1900/1967)，7. Noot 3.
哩	lieue	长度单位。按照利邦之记载，班达岛与希兰岛间约有 10~12"哩"；中日之间则有 50~60"哩"，若由现有数据（班达岛至希兰岛约 110 公里，九州岛到宁波约 800 公里）推算回来，其"哩"大约为 10~11 公里左右。这个利邦之"哩"跟"荷里"（约 7.407 公里）仍然有约 3 公里的差距，但比起英里（1.609 公里）与法里（约 4 公里），仍然较为接近。此处径译为哩。
[古法] 里	lieue	长度单位，约为 3.248 公里
[荷] 里	lieue	长度单位，约为 7.407 公里

三、法文版汇编目录／荷兰文原始书目录对照表

　　书中边栏文字的参照数据多为法文版编注者自《低地联邦荷兰东印度公司创立与扩张的航程汇编》(René Auguste Constantin de Renneville, Recueil des Voiages qui ont servi à l'établissement et aux progrès de la Compagnie des Indes Orientales, formée dans les Provinces-Unies des Païs-Bas, 2e édition, Amsterdam: Étienne Roger, 1710)一书（法文，共七册，目录请见下表）所撷取的内容。根据中文版审校学者考证，此汇编翻译自十七世纪当时已出版的荷兰文航海实录：《荷兰联合东印度公司的成立与扩张：包含前述低地各邦居民最主要的航程》（共两卷，各分上下册装订，章节不因分卷而重起）及《东印度旅程，包含许多最重要而不平常的历史事件，对抗葡萄牙人与望加锡人的血腥海战、陆战，许多主要城市与城堡遭遇围城、攻城》。

汇编目录	法文版编注者参考书目《低地联邦荷兰东印度公司创立与扩张的航程汇编》	出处说明
第一册	《荷兰人第二次东印度之旅航海日志》(Seconde voyage)，一五九八至一六〇〇	原载于《荷兰联合东印度公司的成立与扩张：包含前述低地各邦居民最主要的航程》(Izaäk Commelin (ed.), Begin ende voortgangh van de Vereenighde Nederlantsche Geoctroyeerde Oost-Indische Compagnie: vervatende de voornaemste reysen by de inwoonderen der selver provincien derwaerts gedaen. Amsterdam: Joannes Janssonius, 1645-46. 2 deelen) 第一卷第一章 "荷兰与热兰邦船只经挪威、莫斯科、西伯利亚，首度前往契丹之国与中国之首航、次航，第三与第四次航行的简短报告" (Kort verhael van d' eerste [1594] [de tweede, de derde en vierde] Schipvaerd der Hollandsche ende Zeeusche Schepen by noorden Noorwegen, Moscovien ende Tartarien om, nae de Coningrijcken van Cathay ende China)
第二册	《史帝文·范德哈根第二次航海日志》(Second voyage d'Etienne van der Hagen)，一六〇三至一六〇六	原载于前书第一卷第八章 "史帝文·范·德·哈根司令官率领十二艘船舰第二度前往东印度，及占安汶与直罗里岛葡萄牙城堡之航海记" (Beschrijvinghe van de tweede Voyagie, Ghedaen met 12. Schepen naer d'Oost-Indien. Onder den Heer Admirael Steven vander Hagen. Waer inne verhaelt wert het veroveren der Portugeser Forten, op Amboyna ende Tydor)
	《马特里夫东印度航海日志》(Voyage de Corneille Matelief le jeune)，一六〇五至一六〇八	原载于前书第一卷十二章 "关于勇敢的科涅理斯·马特里夫司令官率领十一艘船于一六〇五、一六〇六、一六〇七与一六〇八前往东印度与中国之航程的历史报告" (Historische Verhael, Vande treffelijcke Reyse, gedaen naer de Oost-Indien ende China, met elf Schepen. Door den Manhaften Admirael Cornelis Matelief de Ionge. Inden Jaren 1605. 1606. 1607. ende 1608)

汇编目录	法文版编注者参考书目《低地联邦荷兰东印度公司创立与扩张的航程汇编》	出处说明
第三册	《雷希特伦航海日志》Voyage de Seyger van Rechteren），一六二八至一六三三	原载于前书第二卷第二十章"一位现为上爱赛邦长官：哉格·范·雷希特伦，在一六二九年一月二十五日雅可布·史帕克司令官率领下出航，曾于前述东印度各地担任探访传道师的航海记"（Oost-Indische Reyse, ghedaen by Seher de rechteren, Kranck-bezoecker inde voornoemde Landen, ende nu gheweldigen Generael, vande Landen Over-Yssel, uytghevaren onder den Heer Admirael Iacob Speckx den 25 Januarius 1629）
	《亨德利克·哈格纳东印度航海日志》（Voyage de Henri Hagenaer），一六三一至一六三八	原载于前书第二卷第二十一章"上级商务员亨德利克·哈格纳于一六三一年启航，一六三八年返航，于经历东印度大部分地区的报告"（Verhael van de Reyze gedaen in de meeste deelen van de Oost-Indien, door den Opper-Coopman Hendrick Hagenaer. uyt gevaeren inden Jaere 1631. ende weder gekeert Ao. 1638）
第四册	《舰队司令范霍文航海日志》（Voyage de l'amiral P.W.Verhoeven），一六〇七至一六一一	原载于前书第二卷第十五章"在坚强的总司令官彼得·威廉生·范霍文率领下十三艘船自一六〇七年起航行东印度、中国、菲律宾及周边各国其日志及航程中所见闻事物的报告"（Journael ende verhael, van alle hetgene dat ghesien ende voor-ghevallen is op de Reyse, gedaen door de E. ende gestrengen Pieter Willemsz. Verhoeven. Admirael Generael over 13. schepen, gaende naer de Oost-Indien, China, Philipines, ende byleggende rijcken, in den Iare 1607. ende volgende）
	《彼得·逢·登·布鲁克航海记》(Voyage de Pierre van den Broeck），一六〇五至一六三〇	原载于前书第二卷第十六章"彼得·逢·登·布鲁克之航程中于远方角、安哥拉、几内亚、东印度所遭遇可资记录事件的历史描述与日志"（Historische ende Iournaelsche aenteyckeningh, Van 't gene Pieter van den Broecke op sijne Reysen, soo van Cabo Verde, Angola, Gunea, en Oost-Indien (aenmerckens waerdigh) voorghevallen is）

汇编目录	法文版编注者参考书目《低地联邦荷兰东印度公司创立与扩张的航程汇编》	出处说明
第四册	《尤利斯·范·史匹伯根航海记》（Voyage de George Spilberg），一六一四至一六一七	原载于前书第二卷第二十章"一位现为上爱赛邦长官：哉格·范·雷希特伦，在一六二九年一月二十五日雅布·史帕克司令官率领下出航，曾于前述东印度各地担任探访传道师的航海记"（Oost-Indische Reyse, ghedaen by Seher de rechteren, Kranck-bezoecker inde voornoemde Landen, ende nu gheweldigen Generael, vande Landen Over-Yssel, uytghevaren onder den Heer Admirael Iacob Speckx den 25 Januarius 1629）
	《雅各布·勒梅尔与威廉·柯聂利生·斯豪登南太平洋导航》（Navigation australe faite par Jacques Le Maire et W.C. Schouten），一六一五至一六一七	原载于前书第二卷第十八章"南太平洋导航：雅各布·勒梅尔与威廉·柯聂利生·斯豪登于一六一五、一六一六、一六一七年之所发现，麦哲伦海峡以南前往太平洋的新航路，以及异族、人群之解说，回航之历险记"（Australische Navigatien, ontdeckt door Iacob Le Maire ende Willem Cornelisz. Schouten in de Iaeren Anno 1615, 1616, 1617, daer in vertoont is, in wat gestalt sy, by zuyden de Straet Magellanes, eenen nieuwen doorganck gevonden hebben, streckende tot in die Zuydt-Zee, met de verklaeringhe vande vreemde Natien, Volcken, Landen ende Aventuyren, die sy gesien ende haer wedervaren zijn）
	洛米特《拿骚舰队航海记》（Voyage de la flotte de Nassau, Jacques L' Hermite），一六二三至一六二六	原载于前书案第二卷第十八章"尤利斯·范·史匹伯根为总指挥官带领，由荷兰联合东印度公司董事装备之六艘船舰：大日、大月、猎人、阿姆斯特丹海鸥、热兰风神、鹿特丹晨星号，并携带联邦会议与亲王阁下国书穿越麦哲伦海峡到摩鹿加群岛的航海记或历史日志"（Historisch Journael vande Voyagie ghedaen met ses Schepen, uytghereed zijnde door de vermaarde Heeren Bewinthebberen vande Oost-Indische Compaignie uyt de Vereenighde Nederlanden, te weten de groote Sonne, de groote Mane, den Jager, de Jacht, de Meeuwe van Amsterdam, den Aeolus van Zeelandt, de Morgenster van Rotterdam. omme te varen door de Strate Magallanes naer de Molucques, met commissie der Hoogh Mogende Heeren Staten Generael, ende sijne Princelijke Excellentie, onder 't gebiedt vanden Heere Joris van Spilbergen, als Commandeur Generael over de vlote）

汇编目录	法文版编注者参考书目《低地联邦荷兰东印度公司创立与扩张的航程汇编》	出处说明
第五册	奥利维·范·诺特《荷兰人环球旅行记载》(Voyage des Hollandais autour du monde, Olivier de Noort),一五九八至一六〇一	原载于前书第一卷第五章"荷兰人在奥利维·范·诺特之率领下经由麦哲伦海峡环球航行之记载"(Beschrijvinge van de schipvaerd by de Hollanders ghedaen onder 't beleydt ende generaelschap van Olivier van Noort, door de Straet of Engte van Magellanes, ende voorts de gantsche kloot des Aertsbodems om)
	《保禄斯·范·卡登航海记》(Voyage de Paul van Caerden),一五九九至一六〇一	原载于前书第一卷第六章"由船长保禄斯·范·卡登所记载,阿默斯福特的彼得·博斯司令官所率领,四艘船舰:低地国、联合邦、拿骚、荷兰宫廷号,在新布拉邦特公司投资下前往东印度之简短报告或日志"(Kort verhael, ofte journael, van de reyse gedaen naer de Oost-Indien met 4. Schepen, Nederlandt, Vereenigde Landen, Nassou, ende Hoff van Hollandt, onder den Admirael Pieter Both van Amesfort, voor reeckeninge van de Nieuwe Brabantsche Compagnie tot Amsterdam, in de jaren 1599. 1600. ende 1601. gehouden by Capiteyn Paulus van Caerden)
	《雅可布·范·聂克二度航海记》(Seconde voyage de Jacques van Neck),一六〇〇至一六〇四	原载于前书第一卷第七章"荷兰人在雅可布·范·聂克先生率领下二度前往东印度之简短并真实的报告,按儒洛夫·儒洛夫生的日志对勘,并在阿姆斯特丹号上由其他作者所增补"(Kort ende waerachtigh verhael van de tweede schipvaerd by de Hollanders op Oost-Indien gedaen, onder den heer Admirael Iacob van Neek, getogen uyt het journael van Roelof Roelofsz, vermaender op 't schip Amsterdam, ende doorgaens uyt andere schrijvers vermeerdert)
	《史帝文·范德哈根首航》(Premier voyage d'E. van der Hagen),一五九九至一六〇一	原载于前书第一卷第十二章"荷兰人在史帝文·范·德·哈根司令官率领下自一五九九年起之航行的历史报告,附载两艘亚齐船只在柯聂利司·彼得生与归杨·赛内加率领下于一六〇〇与一六〇一年的航行"(Historisch verhael van de voyagie der Hollanderen met den schepen gedaen naer de Oost-Indien, onder het beleydt van den Admirael Steven van der Hagen. in den iare 1599 ende volghende. daer by ghevoecht is de voyagie van twee Achins-Vaerders, onder het beleyt van Cornelis Pietrz, ende Guiljam Senecal, gedaen inden jaere 1600 ende 1601)

汇编目录	法文版编注者参考书目《低地联邦荷兰东印度公司创立与扩张的航程汇编》	出处说明
第五册	《尤利斯·范·史匹伯根首航》（Premier voyage de G. Spilberg），一六〇一至一六〇四	原载于前书第一卷第十章"在尤利斯·范·史匹伯根司令率领下三艘由热兰邦出发的船舰公羊、绵羊、羔羊号前往东印度于一六〇一、一六〇二、一六〇三、一六〇四年间航程中的历史日志"（T historiael Journael, vann de Voyagie ghedaen met drie Schepen, ghenaemt den Ram, Schaep, ende het Lam, ghevaren uyt Zeelandt, van der Stadt Camp-Vere, naer d'Oost-Indien, onder 't beleyt van den Heer Admirael Joris van Spilbergen, gedaen in de Jaren 1601. 1602, 1603. ende 1604）
第六册 第七册	《伍特·舒顿航海日志》（Voyage de Gautier Schouten），一六五八至一六六五	原载于《东印度旅程，包含许多最重要而不平常的历史事件，对抗葡萄牙人与望加锡人的血腥海战、陆战，许多主要城市与城堡遭遇围城、攻城》（Wouter Schouten, Oost-Indische voyagie; vervattende veel voorname voorvallen en ongemeene oreemde geschiedenissen, bloedige zee- en landtgevechten tegen de Portugeesen en Makassaren, blegering bestorming en verovering van veel voorname steden en kasteelen, Amsterdam : Jacob Meurs, 1676）